Rio & Elad
「王を統べる運命の子④」

Chara

王を統べる運命の子④

樋口美沙緒

キャラ文庫

この作品はフィクションです。
実在の人物・団体・事件などにはいっさい関係ありません。

目次

口絵・本文イラスト／麻々原絵里依

序　二柱《ふたはしら》の竜

初めに見えたのは、神々の山嶺《さんれい》と呼ばれる、高山の峻厳《しゅんげん》な峰の連なりだった。

急勾配の山頂は万年雪をいただき、人智《じんち》の及ばぬ未踏の場所だ。けれど、竜にとってはそうではない。雄々しい峰々の上を、白い竜と黒い竜が、じゃれ合うようにして飛行している。

二頭の竜は、太陽の光と、白銀の雪の照り返しを受けて、それぞれの鱗《うろこ》を宝石のように輝かせている。白い竜の首には一枚、黒い竜の首にも一枚、それぞれ相手の色の鱗があり、竜たちはその鱗を擦《こす》り合わせるように首と首をくっつけたり、長い尾を絡ませ合ったりして、長時間、旋回している。

山々は高度を下げるに従って草原と低木地帯にかわり、やがて、山の中腹から山裾までは深い森に覆われていく。

森の向こうには、古くからこの地に住まう人々が素朴な家を建て、痩《や》せた土地を耕して暮らしており、彼らは二頭の竜が頭上を通り過ぎるたび、農作業の手を止め、その場に跪《ひざまず》いて祈りを捧《ささ》げた。

やがて二頭の竜は山の草原に下りると、それぞれ人の姿になった。

白い竜は黒髪に青い瞳の、逞《たくま》しい体軀《たいく》の青年に。

黒い竜は銀髪にすみれ色の瞳の、美しい少年に。

なぜこの姿なのか、お互いにあまり深く考えたことはない。相手に愛してもらえる形を探り合い、こうなった。そしてその思いのとおり、白い竜は黒い竜を、黒い竜は白い竜をこよなく愛していた。

「ああ、ウルカ。きみは今日もきれい。僕の鱗と同じ髪色。そして僕の大好きな空色の瞳。僕を抱き上げられるくらいの、大きな体」

銀髪の——黒い竜が囁《ささや》くと、黒髪の、白い竜は嬉《うれ》しげに微笑《ほほえ》み、人姿の黒い竜を優しく抱き上げた。抱き上げられた黒い竜は、白い竜の頬に、己の頬をすり寄せて抱きついた。

「エラド、お前も美しい。私の鱗と同じ髪色。私の好きな夜明けの空色の瞳。私がいつでも抱き上げられる小さな体。私たちは二つで一つの魂だ」

黒い竜、エラドは、白い竜、ウルカに下ろされると、草原地帯を駆け回った。ウルカもそれを追いかける。空で寄り添って飛んでいるときのように、彼らは人姿でもじゃれ合い、抱きしめ合って草地に転がり、あたりにはエラドの、朗らかな笑い声が響いていた。

抱き合ったまま草地に寝そべって、エラドとウルカは見つめ合う。けれどそのときふと、エラドはどこからか、聞こえる声を耳にしたように上半身を起こした。

「また人間か」

同じように体を起こして、ウルカが冷めた口調で言った。人姿の彼らは、素朴な、この地に古くから住まう人間たちと似たような、生成り色の貫頭衣を着ている。

「北からこの土地に人間がたくさんやって来てるんだ。彼らは暮らす場所を探してる」

神々の山嶺以北は、人間が暮らすには不向きな厳しい山岳地帯だった。彼らは山を越えて、ウルカとエラドが治める東南部の内陸地帯を目指しているらしい。一人二人ではない、何百人もの流民だ。まだここへ到達していない彼らのことを、エラドは神の力をもって知っていた。

「人の生は、私たちには関係のないことだ。お前が気にすることじゃない」

「そうだけど、彼らは国を追われて傷ついている民だ。……ここに流れついても、放っておけば死んでしまうかもしれない。ねえ、ウルカ。僕らで彼らを助けてあげられない？」

エラドの提案に、ウルカはため息をついた。

白い竜は、人間に興味がなかった。私はお前さえいればいい、とエラドに伝えた。

「私たちは互いだけが必要だ。私はお前以外の生命に興味はない。私たちはもともと一つの竜で、お互いがいれば完璧なのだから、人間に構う理由はない」

「ウルカ。きみは知恵の神だからそう思うんだ。でも僕は人間を助けてあげたい。これも、本来一つの竜だった僕らの中に、初めからあった感情だよ」

二頭の竜は、もともとは、一頭の巨大な竜だった。近辺に己と似たような神は存在せず、一度いくつも山を越えて探しに出たが、見つからなかった。

退屈と淋《さみ》しさに、竜は体を二つに分けた。分けるとき、白い竜には知恵を、黒い竜には慈愛を授けた。

対になった竜はまるで違う二頭だったが、諍《いさか》うことはなかった。互いを愛していて、大切にしていた。知恵の竜は人間に興味はなかったが、慈愛の竜はこの土地に住み、生活を営み、工夫をして道具を作り、愛し合って子どもを産み育てる、小さな生き物のことを愛《いと》しく思っていた。

彼らのささやかな喜びも、やるせない悲しみも、心弾む楽しみも、エラドにとっては親しい心の動きだった。エラドはたやすく人の心に共鳴した。空を飛ぶ小鳥の、ちっぽけな脳みそで考えるわずかな心にさえも、エラドは寄り添うことができた。だからこそ、厳しい山越えをしながら、安全な場所を求めて旅をしている流民の悲哀は、エラドにとっては耐えがたいほどに切ないものだった。

「ねえウルカ。お願い。人間たちがきたら、助けてあげよう。彼らのお願いごとを、残らず聞いてあげよう。僕のためにそうしてほしい」

ウルカはじっとエラドの瞳を見つめ、それから、仕方ないなというように息をついた。

「お前が望むなら……エラド。お前のためなら、受け入れてもいい」

エラドは花がほころぶように笑った。

知恵の神には人を疑う心があったが、慈愛の神にはなかった。

やがて二頭の竜が守る土地に、ぼろ布を引きずり、痩せた赤子を抱え、泥まみれになって旅をしてきた流民たちがやって来た。

先住の民は、土地を分け与えるのを渋ったが、神々の山嶺から竜が下り立ち、流民を受け入れると、彼らがこの地に住まうのを許した。

流民たちは地に額をつけ、しとどに涙を流して、二頭の竜に感謝した。

ウルカとエラドの住まう山嶺から、いくらか離れた大河沿いに村を築き、彼らは生活を始めた。痩せ細り、病がちな流民をエラドは憐《あわ》れみ、彼らの村に何度か祝福を与えたおかげか、百年もたったころには、村の規模は先住の民をしのぎ、大きく発展していた。

エラドは人間の生活を楽しく眺めながら、相変わらずウルカと寄り添って飛翔《ひしょう》し、たまに人姿でじゃれ合う、満ち足りた日々を過ごしていた。

先住の民と流民たちが衝突を始め、村の中に階級ができ、富めるものと貧するものが現れたが、これも人の営みの一つであろうとエラドは特に気に懸けなかった。

――この土地をフロシフランという王国にしたい。ついては王をたて、その王と、神々の契約がほしい。

もとは流民であった人間の中から十数人が、旅団となってウルカとエラドの住まう山嶺を登ってきたとき、エラドは驚きつつも、彼らが山頂まで着くころには凍えて死んでしまうだろうと、渋るウルカを促して人間たちの前に姿を現した。

彼らはいつの間にか、驚くほど質のいい布を纏《まと》い、この地に流れ着いてきたときの悲壮な様子はなくなり、神の前ですら堂々と振る舞っていた。

二頭の竜に、人間たちは礼を尽くして供物《くもつ》を献上した。美しい宝石や、細かな細工物だった。

ウルカがいらぬと断り、エラドはなぜ自分たちを訪ねてきたのかと訊《き》いた。

その旅団の代表らしき壮年の男が、二柱《ふたはしら》の竜の神への謝意を述べたあと、彼らの望みについて話した。

フロシフランという王国を、強く、盤石《ばんじゃく》な国家とするために、神と王とで契約を交わしたいのだという。

「我々は神力をお借りするぶん、王は正しくあらねばならぬと、国の形を決めてまいりました」

王になるという旅団の代表者は、大きな板に書いた王室と、北の塔と、寺院という三つの機構について話したが、エラドにはさっぱり理解の及ばぬ話だった。知恵の神であるウルカは、話の本質を見抜き、人間たちの望みを分かっているようだった。

『ならぬ』

聞き終えたウルカは、竜独特の、鼓膜を震わせるような声音で人々の要求を退けた。

『人の子が神の力を得てもよいことはない。恵みがほしいというのなら、エラドが時折祝福を与えてきた。それだけでなく、我らはこの土地に度々恩恵を与え、土壌を豊かに保っている』

人間たちはその場にひれ伏し、「分かっております。ですが、もはやそれでは足りぬのです」と訴えた。

この百年のうちに人口が増えた。先住の民との小競り合いも耐えない。彼らをも取り込んで一つの国になり、強くならねばならない。フロシフランは内陸の国。北西部は神々の山嶺によって守られているが、南部の新興国は常にこの土地を狙《ねら》っている。東部には海沿いの大国が手を伸ばしかけている。どうかお慈悲を。

エラドには、人が戦い、争う、その事実は理解できても、その心は分からなかった。慈愛の神はあらゆる心に共鳴できたが、なにかを傷つけることに関してだけは、理解の及ばぬ部分だったからだ。

そのため、人間たちの言葉をすべて、理解できたわけではない。ただ、彼らが怯《おび》えていて、困っているということだけが分かった。

『ウルカ、叶《かな》えてあげようよ』

だからそう言った。人間たちが顔をあげ、一縷《いちる》の希望をかけてエラドを見つめる。ウルカはなぜ、とエラドに問うた。

『あなたたちは困っているんでしょう？　僕たちの力を、みなを守るために使いたいということでしょう？』

訊《たず》ねると、そのとおりだと、代表の男は何度も繰り返し、エラドの足元に身を投げ出して懇願した。

「神よ、お力をいただけるのであれば、我々は巫女《みこ》を差し出します」

旅団の後方にいた、三人の若い娘が立ち上がって、エラドとウルカの前に並んだ。

「南の村の長、ラダエの娘たちでございます。神の力を悪用せぬよう、王室と、北の塔と、寺院にて監視をさせ、神々のお世話もさせていただきます。我々が神のご意志に背いたときには、この娘たちを通じて、どうぞ罰をお与えください」

三人の娘のうち、上の二人は落ち着き払っていたが、三女だけはまだ少女といえる年頃だからか、巨大な竜を前に緊張し、小刻みに震えていた。

彼女たちがかわいそうで、エラドは『あなたたちはそれでいいの？』と訊いた。ラダエの三姉妹は、覚悟を決めているようだった。厳かに頷《うなず》き、「フロシフランの民のためならば」と言う。

『神との契約は、複雑であるぞ』

ウルカが、今一度脅すように言ったが、彼らはけっして退かなかった。最初に受け入れたのはエラドだ。ウルカはエラドに懇願されると、ようやく彼らの言い分を受け入れた。

しかし知恵の神は、初めに人間たちが提示してきた条件について話し合い、双方の言い分を取り入れた、より複雑な契約を結んだ。

王には神力を無尽蔵に貸すが、王の器に収まる程度で諦めること。

ただ、人間側の意見を汲《く》み、王の眷属《けんぞく》として、数人までならこぼれた神力を分けてもよいこととなった。その上で、王がこの力を悪用し、私利私欲のために使おうとすれば、契約は破棄される。次代の王も、神力を正しく用いないものには、ウルカとの契約は成せない。その他にも、王はウルカから真名を与えられ、この真名は王の眷属である『使徒』の一人に伝えられることも決まった。王が暴政を加えたとき、真名を使ってウルカとの契約を切ることができるようにだ。

ウルカは何重にもわたり、己の神力を無闇に使われないように、条件を整えた。

しかしエラドと人間たちの契約は単純だった。エラドとウルカは二つで一つの魂。

ウルカの神力にエラドの神力が結びつくことで神の力が真価を発揮するため、エラドの力を授けた花嫁を、王のもとへ送り出すことにした。この花嫁には、エラドのもっとも得意とする癒《い》やしの力を授けることも決まった。ウルカの強い神力を受け取る王は、少なからず魂が傷つくだろう。花嫁がそばにいることで、この魂の傷は癒える。

そしてその花嫁は、ウルカの希望で、エラドが独自に作り出すことになった。ウルカが言うには、どこかの家から娘を一人選ぶような仕組みにすれば、政争が起こりやすく、エラドを騙《だま》す人間が増えるだろうと言うのだ。

エラドは慈愛の神で、大抵の願いを受け入れてしまう。複数の娘から自分を選べと迫られて、困惑するのは眼に見えていると指摘され、エラドはウルカの助言を受け入れた。

ラダエの三姉妹とは、長女のセネラドにウルカとエラド双方の力を、次女のイネラドにウルカの力を、三女のトゥエラドにエラドの力を与えて契約した。これにより、姉妹は人ならざるものとなった。彼女たちはフロシフラン国王と神々の契約がある限り、この地に留《とど》まり、すべてを監視する役割を担ったためだ。

そして人間たちによって、ウルカは王室を象徴する神、エラドは寺院を象徴する神となった。

北の塔はウルカとエラド、両方から力を与えられたセネラドが、巨大な時の樹を顕現させ、彼女はその樹の根とともに生きることを選んだ。

フロシフランという王国が産声をあげ、その後四百年続く国となった、最初の出来事である。

エラドには当初、これらの取り決めが己とウルカ、二頭の竜にとってどのような変化をもたらすものなのか、分かっていなかった。

エラドはただ、人間たちの望みをきいてあげるよう、ウルカに頼んだだけだ。

恩恵を与えたところで、世界が変わるとは思っておらず、自分とウルカはこれまでと同じように、神々の山嶺で寄り添って暮らしていくのだと信じていた。

しかしウルカは違う考えのようだった。

人間たちは、いずれ我々を政《まつりごと》の中に引き入れるだろう、とウルカはエラドに言った。

エラドは新しい王が選ばれ、ウルカと契約を結び直すたびに、神々の山嶺から人間の作った寺院へ下り立ち、土をこね、己の血から心臓を作り、命を吹き込んだ。

そうしてエラドは、自ら作った美しい花嫁を、王へと捧げ続けた。新しい王に、新しい花嫁を与えるために。

花嫁の姿は、人姿をとったときのエラドが、女性になったらこうなるだろうという、そのままの姿だった。竜の神と契約を結んだラダエの三姉妹たちとも、なぜかよく似ていた。

そうして、フロシフランの王室が生まれ、代を重ねるうちに、不思議なことが起こるようになった。

数代に一人、ウルカの人姿そっくりの子どもが、生まれてくるようになったのだ。

ウルカは、己の神力のうち、王の器に収まりきらなかったものが血の中に凝縮され、ウルカと似た容姿で生まれ落ちるのだとエラドに教えた。

ウルカそっくりの王と、エラドに似た花嫁が寄り添う姿を見ると、エラドは幸せな気持ちになった。

フロシフラン王家が生まれて百年ほどは、エラドはこの人間たちとの交流を珍しく思い、楽しんでいた。自身に仕えてくれるトゥエラドのことも、まるで小さな妹のように思え、たびたび人姿になっては、山裾の森や、いつしか大きく栄えた人間の街で、一緒に遊んだ。初め巨大な竜に怯えていた少女は、一年もしないうちにエラドのことを家族のように慕うようになった。

王国は神々の恩恵を受け、瞬く間に発展を遂げた。先住民は流民に取り込まれ、彼らは一つの王国民になった。豊かな大地、整備された交通路、様々な美しい特産品、たくさんの鉱山。

軍備も強化され、フロシフランは二度、他国からの侵略を打ち破った。

剣を持ち、殺意を持って土地に入り込んでくる人間を抵抗もせず受け入れるほどには、エラドの慈愛も広くはなかった。

しかし、初めてこの土地にやってきたフロシフラン国民と同じ、貧しさに喘《あえ》ぎ、生きる場所を求めて流れてくる憐れな民については、エラドは気の毒に思い、受け入れてやるようにウルカを説得し、王室にもそのように伝えた。

王室からはたびたび、そのエラドの姿勢に苦情があがった。

フロシフランはすべての流民を受け入れるほどの強国ではない、貧しい民を際限なく許していれば治安が乱れ、国は荒れると。

ウルカは憐れな流民についてなど、はなから興味はない。しかし、エラドが受け入れてほしいと言えば、王室がどれほど異を唱えてもエラドの意見を優先した。

そして王室は、ウルカの恩恵を存分に受けている以上、ウルカが決めたことには逆らえなかった。

北の土地から、数百人に及ぶ流民がフロシフランに入国したある年、エラドはトゥエラドとともに王都の寺院に呼ばれた。

ちょうどウルカがイネラドに請われ、王城を訪れているときだった。

寺院や王城へ招かれるときは、大抵人間たちからなにか願いがあるときだ。ウルカはけっして人間の願いを聞き入れないので、エラドはそれまでも何度となく口添えを頼まれて、寺院に下りていくことは多かった。そういうときは、街の人々が驚かぬように、人姿で行くようにしており、その日もそうだった。

トゥエラドはエラドと契約したときに、エラドそっくりの銀髪にすみれ色の瞳に変わっていたので、背丈がそう変わらぬ二人が街を歩いていると、年の近い兄妹に間違われた。

ウルカは人間と関わることを億劫《おっくう》がったが、エラドはむしろ呼び出されることを好んでいた。自分よりずっと短命で、脆《もろ》く、弱く、小さな人間たちの考えていることは興味深く、また愛しくもあった。

ウルカは人間を、狡猾《こっけい》で抜け目のない詐欺師だと呼んだし、エラドも人間のそういう部分を否定しているわけではなかった。それでも、その狡《ずる》ささえ、彼らの弱さに思えると、憎むことができなかった。

その日、寺院では年老いた大主教と導師たち、それに珍しく、王の使徒の一人である『王の眼』が、恭《うやうや》しくエラドを出迎えた。

そしてつい先日、エラドが認めた数百人の流民たちを、フロシフランから立ち退《の》かせることを許してほしいと請われた。

エラドは悲しかった。寺院からも王室からも、流民の受け入れを拒む旨は、何度も受け取っていた。

「あなたたちの祖先も、初めはこの土地に流れついて命を繫《つな》いだんだよ。居住を許してくれた先住の民にならって、気の毒な流民たちを受け入れてあげることはできないの？」

人姿のエラドは、優しく、諭すように大主教に語りかけた。

「その歴史は当然存じております。しかし、あれほど多くの民族を際限なく国に迎え続ければ、フロシフランの国民は飢え、国政は荒れてゆきます」

「この国は豊かだ。僕も花嫁に一層の力を与えよう。花嫁がいれば王はウルカの強い神力で傷ついた魂を癒やせる。次に生まれてくる子どもは、先代の王よりも神力を宿す器が大きくなる。それを繰り返していけば、大地はもっと肥え、流民を受け入れ続けても、誰も飢えることはないはずでしょう？」

「では花嫁に、エラド様のお力の半分をお与えくださいますか」

大主教の言葉に、エラドは少し驚いた。ほんの爪の先ほどの力でも、エラドの力は人間にはありあまるものだ。半分もの力を与えると、花嫁はフロシフラン全土の民の怪我《けが》も病気も治せてしまうほどに、強大な力を持つだろう。ウルカがこの場にいたならば、きっとやめよと忠告するに違いない。

しかしその条件を飲めば、今いる流民たちを追い出しはしないと約束されて、エラドは花嫁に己の力の半分を渡すことを、受け入れた。

大主教の望みはこれだけではなかった。

「エラド様の仰《おお》せのとおりに、王と花嫁の血脈が累々と続くうちに、フロシフランの国土はさらに栄えるでしょう。けれど今代の王の御代ではまだ、新たに流れ込んできた民たちも含めた、国民すべてが豊かになるには足りぬのです。いずれフロシフランの国土がエラド様の言葉ほどに肥えるときまで、大地の下から、エラド様の恵みを与えてくださらぬか」

それは――驚くべき話だった。大主教はエラドに、寺院の地下深くに潜って、フロシフラン全土に神力を与え続けてほしいと言うのだった。

地上に残す花嫁に力の半分を与えたうえ、地下で国土全域に恵みを施し続ければ、エラドの強大な神力ですら、ほとんどを使い尽くしてしまうだろう。

「僕は今でも神として、大地に祝福を授け、神力を与えているよ。それでは足りないということ？」

眼に見える地上はウルカの領域だ。見えない地下はエラドが恵みを与えていた。それゆえに、この国は水に恵まれ、数々の鉱脈を持っている。

けれど大主教は、今の恵みだけでは民が飢えると再度繰り返した。

「もちろん、永遠という約束ではありません。ほんの一時です。ほんの一時、地上はウルカ様。地下はエラド様により一層お守りいただくだけのこと。きっとすぐに、ウルカ様がエラド様をお迎えにあがるでしょう。そのときは、神々の山嶺にお帰りくだされればよいのです」

大主教から提案されたその新しい契約では、「ウルカが地下に潜るのは、エラドを迎えにくるまでの間だけ」と明言されていた。

魔法と神力を使って結ぶ契約は絶対的なものだ。エラドはウルカがすぐに自分を迎えにくると分かっていた。むしろ、エラドがもう少し地下に潜っていたいと願っても、一日として許してもらえるか分からないほどだ。エラドの望みはなんでも聞き入れてくれるウルカでも、二頭の竜が長い時間離れていることだけは我慢ができないのだから。

エラドは流れ着いたばかりの流民たちを憐れに思っていた。フロシフランを追い出されれば、彼らは他国の地で殺されてしまうかもしれない。ほんのしばらく、地下にこもって国土に神力を注ぎ込めば、おそらく一年ののちには大地は肥え太り、穀物や野菜の収穫量は倍増し、山には太った獲物が多く生まれ、新たな鉱山も見つかるだろう。

暮らし向きが豊かになれば、フロシフランの国民も、かわいそうな流民たちを迫害したり、追い出すこともないはずだ。

「分かりました。ウルカが迎えにくるまでの間、僕は地下で大地に力を捧げます」

このとき、大主教が「もしもその間に新たな王が生まれたときは、地下からトゥエラドが花嫁を連れてくること」と契約に組み込んだのだが、エラドはそのことに、さほど疑問を抱かなかった。

人の子の命は脆いから、今代の王にまさかのことがあった場合のためだろうと、安易に考えた。なぜならエラドは人の子が愛しかったし……、なによりもウルカが、すぐに己を迎えにくると信じていたからだ。

『王の眼』が恭しくエラドに差し出した魔法の契約書は、高価な羊皮紙だった。その紙は、銀と青の神力のきらめきをまとっている。用意したのは『王の眼』だろうけれど、ウルカの神力によって作られた契約書だとすぐに分かった。

ウルカの神力による契約書を、エラドが破ることはできない。二頭の竜は強大な力を持つ神だが、互いの力への干渉だけはできない理《ことわり》となっていた。

だが、それでもエラドはそれほどに危惧《きぐ》せず、己の神力をもって、その契約書に署名した。

そして――そこから百年後。

エラドは暗い地下でただ一頭、まだ大地に力を捧げていた。

ウルカが、エラドを迎えに来ないから。

長い長い時を生きるもの。白い竜の片割れの黒い竜。強大な力を持つ神――エラドはそんな存在だったが、ウルカと離れているのは、ただの一日ですら辛《つら》かった。

ウルカも同じだと思っていた。一頭の竜から分かたれて生まれ落ちてからというもの、日が昇り、そして沈むわずかな時間すらも、二頭の竜は離れたことがなかったのだ。

――ウルカはなぜ、僕を迎えに来ないのだろう……。

地下で力を捧げた百年のうちに、エラドは孤独に苛《さいな》まれ、やがて心を病んでいった。

黒い竜を苦しませたのはウルカが迎えに来てくれないことだけではなかった。半身である白い竜とは、互いにどれだけ離れた距離にいても、相手の魂との繋がりがあった。

エラドの神力はウルカの神力と混ざり合い、フロシフランの国土一帯に神脈として充満していた。

それがなぜか、大主教に請われて地下に下りたとき、まるで鋭利な刃物で断たれるように、ウルカとエラドの神力の繋がりがちぎれたのだ。

ウルカとの繋がりが消えて、エラドは気が狂いそうになった。ウルカの気配は感じていた。ウルカが神々の山嶺にいること、なぜだかそこから一歩も動かないことにも気づいていた。エラドのことを迎えに来ないのはどうしてか、分からなかった。

ウルカに会いたかった。

けれど人間と交わした契約は絶対だった。ウルカの神力の及ぶ範囲一帯に、あの契約書の約束はとどろいている。

そうして、初めに約束を交わした大主教が死んでからも、エラドは地下深くに潜ったまま、新たな王が生まれたと知らされると、己の力の半分を分け与えた花嫁を作った。地下で、エラドに寄り添って暮らしてくれているトゥエラドが、その花嫁を王家へと献上しにいく。

そんなことを何度か繰り返したあるとき、また、新たな王がたったと、当時の大主教から伝えられた。

新たな王の名はハラヤというらしい。

神力のほとんどを大地に与え、起き上がることすらままならず、ウルカの迎えを待ち続けて気を病んだエラドは、言われるままに土人形を作ったが、いつものとおり心臓を与え、人間に仕立て上げたその子は、エラドそっくりの少年にしかならなかった。

数度、作り直した。だが何度作っても、エラドはもう自分の分身しか作れなくなっていた。

薄暗い地下で、エラドはその意味を理解して泣いた。ウルカに会いたいのだ。この地下から出ることのできる花嫁を使ってでもいい。ウルカが自分を迎えに来てくれないのは、きっとエラドを忘れてしまったからだろう。

けれど、自分そっくりの少年を見れば、ウルカはエラドを思い出してくれるはずだ。

ウルカさえ迎えに来てくれれば、花嫁をまた作り直せる。

エラドは弱っていた。ウルカに会えぬ孤独に苦しんでいた。加えて力のほとんどを吸い取られている。

トゥエラドはこの少年をそのまま王に献上しよう、とエラドに言った。

「主神よ、あなた様の窮状を陛下に伝えます。この少年を連れてゆき、子の産める花嫁がほしいのなら、ウルカの神をここへ寄越すようお願いしましょう。王城には、私の姉もおります。姉にも説得してもらいます」

きっと主神のお苦しみを分かってくれます、この国になによりも恵みを与えたのは主神なのですから、と、トゥエラドは繰り返しエラドを励ました。

そうだ。きっと人間たちも、ただ忘れているだけなのだ。思い出せば、ウルカを自分のもとへ連れてきてくれる。エラドはそう思った。

だから行かせた。少年の花嫁とトゥエラドを、新たな王ハラヤのもとへ。

願いは拒まれ、女の花嫁を連れてこぬ限り、ウルカを迎えに行かせることはできないと言われ、都度花嫁を突き返されても、三度、やはり少年の、エラドの人姿そっくりの子どもを作って、王城へのぼらせた――。

だが三度め、ハラヤはエラドの所業を契約違反だと憤り、少年の花嫁を殺してしまう。

そしてエラドが力をこめた花嫁の心臓を、部下に与えたのだという。

エラドの力の半分が、完全にエラドから消えた瞬間だった。

心臓を飲み込んだという誰かの血脈の中に、エラドの力が奪われたのだ。

心臓を失い、土塊と化した花嫁を抱えて戻ってきたトゥエラドは、エラドのそばで泣き崩れた。憎い、憎い、人間たちが、ウルカが憎いと彼女は何度も繰り返した。

優しいエラドを傷つけ、力を奪った人間たち。その人間たちに従うかのように、エラドを裏切ったウルカが許せない。

そう叫ぶトゥエラドを、宥《なだ》め諭すだけの余力は、もはやエラドにはなかった。

――暗い地下でたった一頭。

　エラドは失意に沈んだ。力を奪われたことも、己の作った花嫁が殺されて戻ってきたことも辛かったが。

　これほどに願い、請うてもなお、ウルカが自分を迎えに来なかったという事実が、心優しい慈愛の神の心を、絶望に叩《たた》き落としたのだった。

一　地下神殿

一体どれほど眠っていたのだろう？

——いや、それよりも自分は何者なのだろうか。もしかして、エラドなのだろうか……？

眼が覚めたとき、リオはそれまで見ていた長い長い夢の中で、あまりにエラドの心が自分に迫っていたせいで、そんなことを思った。

けれど数秒もしないうちに、リオは大きなすみれ色の眼を見開き、我に返った。

体の節々が痛い。あたりは薄暗く、ひんやりと冷えていた。ゆっくりと起き上がると、頭に鈍痛が走る。

両手を広げてみると、ちゃんと人間の手をしている。そしてリオはその手の中に緑色の、ガラスのナイフを握りしめていた。ナイフには、真鍮《しんちゅう》の細い鎖がついている。リオはハッと息を呑《の》んだ。

（これ……俺がユリウスにもらって……ルストの手を刺したナイフだ）

これまでの記憶が、一瞬にして頭の中に蘇《よみがえ》ってくる。

ルストに真名を返し、土人形の短い寿命を残すだけとなったリオは、『北の塔《セヴェルニ・エシュ》』から要請を受けて、魔女の足跡を調べる旅に出たこと。

そうして、己の心臓を、生き返らせてしまった第二王子ユリヤに渡す方法を調べるために、ハーデにあった魔女の根城、ヴィニゼルへと足を踏み入れた。

そこで魔女に襲われ、ユリヤは死に、リオは幻影に惑わされてルストを刺してしまった――。

その動揺を突いて、魔女にさらわれてしまったことを覚えている。

手のひらにはルストの腹を刺したときの、驚くほど抵抗なく肉を切る感触が残っていて、リオは震えた。思い出すと、全身から血の気がひく。

（ルスト……ルストの体を傷つけてしまった。血が出てた……ルストは、無事なの？）

ルストの腹から溢《あふ》れていた、血の色を思い出す。

不安が募り、眼の前がぐらぐらと揺れた。ルストが死んでいたらと思うと、怖くて寒気がしてくる。

（あの場所では、ユリヤも死んでしまったのに……）

リオの脳裏には、ヴィニゼルの廃城で儚《はかな》く死んだユリヤのことも浮かんでくる。リオを庇《かば》い、魔女が操る蛇に腹を食い破られて命を潰《つい》えさせたユリヤ。

リオは泣いてすがったけれど、ユリヤは幸せだったと笑っていた……。

胸が押しつぶされるように痛み、リオの眼に涙がこみ上げてくる。自分の片割れを失ったような、凄《すさ》まじい喪失感が心を染めていく。けれど同じくらい、リオは頭の中に、冷静な自分がいることも感じていた。

「泣いてる場合じゃない……」

ぽつりと呟《つぶや》き、乱暴に涙を拭《ぬぐ》った。

（ルストが生きてるか、確かめなきゃ。……きっと、きっとルストは生きてるはず）

リオは祈るように、ガラスのナイフを両手で握りしめ、額に押しつけるようにした。魔女に連れ去られる直前、このナイフを渡してくれたのはルストだったと思う。

ルストは強い男だから、きっと生きている。リオはそう信じたかった。少なくとも、死んだところを見ていないのだから、ここで悲しみに暮れているよりも、やるべきことがあるはずだ。

（ここを出て、ルストを探そう。この眼で、ルストの無事を確かめたい）

ルストに会いたくて、気持ちが逸《はや》る。傷つけたことへの罪悪感や、不安、アランやフェルナンがどうしているか、ユリヤを悼《いた》みたい気持ちが複雑に絡まり合ってリオの中にあるけれど、今は考えても仕方がないと棚上げすることにした。

その気持ちに向き合っていると、このまま動けなくなってしまう。自分が魔女に連れ去られた状態なら、無理やりにでも行動して、状況を変えなければならない。そう、リオは気持ちを奮い立たせた。

持っていたナイフを首にさげ、見つからないよう刃は服の下に隠す。着ているものは、魔女の闇に飲み込まれたときと変わっておらず、その汚れ具合から見ると、さらわれてそう長くは経っていないように感じる。

リオが寝ていたのは冷たい床で、古びたタイルが一面に貼ってあった。光源はないが、なぜかあたりは真っ暗闇ではなく、天井が高いこと、円形の部屋であること、壁にもタイルが貼られていることが分かった。

ゆっくりと立ち上がると、体が軋《きし》む。

(……もしかしてここは、どこかの、地下？)

リオはふと、さっきまで見ていた夢を思い出した。かわいそうな黒い竜、エラドが閉じ込められていた地下神殿のことを。

床や壁に貼られているタイルは、あの背景と似ていた。

(この近くに、エラドがいたりして？)

その可能性はおおいにあった。魔女、トゥエラド・ラダエはエラドに仕えていて、リオの夢のとおりなら、エラドは契約に縛られて地下から出ることができない。魔女がリオをエラドのいる場所に引きずりこむのは、自然な流れに思える。

不安に、額が汗で濡《ぬ》れるのを感じながら、リオは落ち着こうと深呼吸をした。腰に巻き付けた小さな鞄《かばん》の中身を確認する。携帯食の干し肉と、一日分の水袋が入ったままだ。魔女はリオの持ち物や衣服などには興味を示さなかったらしい。喉がひりついて渇いていたので、貴重な水を一口だけ飲んで、急いで水袋を戻す。

「とにかく、この部屋から出られるか試してみよう……」

出入り口を探すため、壁に向かって歩き始めたところで、ふとどこからか、生き物の蠢《うごめ》く音が聞こえてきてリオは足を止めた。石の床を這《は》うような、ずるずるという微《かす》かな音。

耳を澄まし、リオはじっとした。どんな危険があるか分からないから、迂闊《うかつ》には動けない。緊張で、胃がきりきりと痛んでくる。服の上から、胸元にあるガラスのナイフをぐっと握りしめた。

「眼が覚めたようね」

薄暗い闇の向こうから、姿を現したのは魔女――トゥエラド・ラダエだった。

銀の髪にすみれ色の瞳。顔だちは『北の塔』の当主、セネラド・ラダエにも、王家に仕えるイネラド・ラダエにも、そしてリオにも似ていた。もしかすると、歴代の花嫁もトゥエラドに似ていたのではないか、と思わされる。

彼女は白い、簡素なドレスをまとっていて、その裾は長く、床を這うように広がっている。見た目は十五、六歳の少女だ。ついさっきまで見ていた夢の中では、エラドに仕える健気な娘でしかなかったことを、リオは思い出す。けれど今の彼女は赤い唇を歪《ゆが》ませながら笑み、美しい瞳には、けっして消えない恨みの火を灯《とも》していた。

全身から、ぞっとするほどの冷気を放っている。それは怒りの炎が、高温になりすぎたがた

めに冷たくなったのと同じように見えて、リオは緊張に体が小さく震えた。けれど、屈するわけにはいかない。自分を作った親でもあるはずの彼女を、じっと睨《にら》み付けながら、リオはいつでも反撃できるよう、少し腰を屈《かが》めた。

魔女はリオのそんな態度を見て、小さく嗤《わら》った。

「お前ごとき、なにをしようとも私に傷一つ負わせられるわけがない」

リオはそんな魔女の嘲《あざけ》りを無視して、必死に問いかけた。今はとにかく、少しでも情報がほしかった。

「なぜ俺をここに？　ここはどこだ？　ルストたちはどうなった？」

「私がその質問に答えるとでも？」

「……俺になにをさせるつもりだ」

魔女は眼を細めると、鼻先でせせら嗤った。

「傲慢《ごうまん》な人形ね。お前になにができると？　残りの寿命も百三十日ばかり、ウルカの王の真名を知っていても、もはや意味がない。せいぜい、ウルカの王を脅すために使えるくらいよ」

リオは瞬《まばた》きもせずに、魔女の言葉をじっと聞いた。なにが大事な情報になるか分からないから、なるべく聞きこぼさないようにと懸命だった。魔女はつまらなさげにため息をつく。

「忌々《いまいま》しいウルカの王なら、往生際悪くまだ生きている。安心した？　お前は生かしておくほどの価値もないけれど、ウルカの王はお前に執心している。だからやつをおびき出す道具くらいにはしてあげる」

（ルストが……生きてる！）

本当だろうか？　一瞬疑ったが、魔女の顔に嘘《うそ》を言っているような素振りはなかった。けれど心が弾んだのもほんの一時で、「やつをおびき出す」という言葉に引っかかる。

魔女はリオに顔を寄せると、うっそりと微笑んで顎に指をかけてきた。少女にしか見えない魔女の背丈は、リオとあまり変わらなかった。

「きっとあいつは、お前を探しているわ。だからお前はここでおとなしく待っていればいい」

「……俺を使っておびき寄せても、お前がルストに勝てるわけがない」

確信があるわけではなかった。けれど、次に魔女のもとへ乗り込むとき、ルストがなんの対策もしないとは考えられない。今度こそ、確実に仕留めるための準備をしてくるはずだ。三年前、大軍を率いて反乱を起こしたときでさえ、トゥエラドはルストがリオに気を取られなければ殺されていた。だからきっと、三度目はない、とリオは思った。

トゥエラドもリオの考えを見透かしたように、ふっと息をついた。

「あの男が考えることくらい、私だって思いつく。だからこの地下に誘うのよ。ここは四百年前、強欲な人間どもが決めたとおり、エラドの領域なの。地下ではウルカの神力は弱まる」

リオはその言葉にハッとした。長く、けれど鮮明だった竜の夢の中で、たしかに地上はウルカのもので、地下がエラドのものだと決められたところを見たからだった。

(そんな……もし俺を探してルストが地下に来たら……危ないってこと?)

冷たい汗が、じわりと額に浮かぶ。考えてみればヴィニゼルでルストが遅れをとったのも、ハーデの国土ではウルカの神力が弱まるからという理由があったからだろう。地下でもそれは同じ条件になるはずだ。

トゥエラドは怯えたリオに気を良くして、鼻で嗤いながら少し距離をとった。

「私がウルカの王に負けそうになったのは、地上で戦っていたから。神力を受ける器の小さい人間たちと違って、私はエラドの神力のほとんど半分を宿しているわ。地下で戦えば負けるはずがない。ここにはウルカの神力は届かない」

――だから今度こそ、あの男を殺して、ウルカも殺す。

はっきりと言ったトゥエラドの眼が、狂気じみた光を帯びて見開かれた。

胃の腑《ふ》がぐっと摑《つか》まれ、引き絞られたような恐怖を感じた。

(ルストが殺されるかもしれない……?)

その不安が押し寄せてきたけれど、黙って聞いていてはいけないと、リオは回らない頭で言葉を探した。

「……ルストを殺せるからってウルカまで殺せる? それは思い上がりじゃないか?」

ルストが殺されることなど想像もしたくなかった。けれど、今はそう言葉を繋げてでも、魔女から情報を得て、リオができることを探すときだと考えた。魔女はリオの気持ちなどすべて分かっていそうな眼で、ちらりとこちらを見る。

「お前ね、どうやって『王の鞘《さや》』が生まれたか知ったんでしょう？　憎いハラヤが側近にエラドの神力を宿す心臓を食らわせたからよ。じゃあ、私がウルカの王を殺して、その心臓を食べたら？　疑い深いウルカは契約の手順なしに次の王へ力を渡したりなどしないわ。けれど契約した王の心臓には神力を宿す決まりがある。私が取り込んだら、人間の王よりもウルカの神力を多く宿せる。それこそ、力の主を殺せるほどにね――」

今度こそ反論の余地もないほどの恐怖に、リオは黙り込んだ。

困惑が、胸の中に突き上げてくる。

（魔女は……ルストを殺して、その心臓を……食べる、つもりなのか？）

指先から、震えがのぼってくる。一瞬リオの脳裏によぎったのは、暗い地下の冷たい床に横たわったルストの死体。おびただしいほどの血と、その肉体から彼の心臓を取り出し――口の周りをまっ赤に染めて食べている、魔女の姿だった。

地獄のような光景を想像して、眼の前がくらりと揺れた。

魔女はおかしそうに声をあげた。

「お前がいてくれてよかったわ、ウルカの王が、愚かにもお前に執着してくれたから、なにもかも上手《うま》くいくのだから」

可愛《かわい》い子、と、トゥエラドは囁くと、リオの頬をそのたおやかな、白い手で優しく撫《な》でた。

「ウルカの王が死ぬ日まで、ここで待っていればいいの。どうせお前の命もそう長くない。お前さえ良い子にしていたら、一緒のお墓に入れてやるくらいの温情はかけてあげる」

薄暗く、淡い光しかない地下でも分かるほどに、トゥエラドはにっこりと微笑んだ。慈愛に満ちてすら見えるその美しい笑みに、リオは倒れそうになるのをこらえながら、気力を振り絞ってさらに問うた。

「お前がここまでするのは……エラドという神のためなのか？」

途端に、魔女の眼の中に怒りが湧き上がってくるのが見えた。

「それ以外になにがあると？」

魔女がリオの顎を摑む指に力を込める。骨がみしみしと軋み、リオはその痛みに呻《うめ》いた。そんなリオを冷たく見下ろしていた魔女は、やがて興味が失《う》せたようにリオの顎を放すと、踵《きびす》を返す。そうして来たときと同じように、長い裾を引きずって、タイル張りの壁の向こうへ、薄闇に紛れるように消えてしまった。

声もなくそれを見送ったリオは、一人になると急に力が脱けて、その場にへなへなとくずおれるようにして座り込んでいた。

――魔女はリオを使ってルストをおびき寄せ、ウルカまで殺すつもりだ。

それに対して今、自分ができることはなに一つない、という事実に、リオは打ちのめされていた。

トゥエラドが立ち去ってからしばらく、呆然《ぼうぜん》としていたリオは、けれどすぐにこのままでは駄目だ、と自分に言い聞かせた。活を入れるように、自分の頬を両手でぱん、と叩く。

だだっ広い部屋の中に、その音が乾いて響いた。

（とにかく……ルストは生きている。そのことだけでも分かってよかった）

心臓はいつの間にか、どくどくと痛いほどに鳴っていた。リオは左胸に手を当てて、鼓動を落ち着けようと深呼吸した。

手のひらに残る、ルストを刺した感触を忘れるように、ぎゅっと拳《こぶし》にする。

——ルストが生きていて、よかった。

罪悪感がわずかに緩み、泣きたいような気持ちになる。けれど今は、感傷に浸っている場合ではないことも分かっていた。

魔女はルストをおびき寄せるつもりのようだから、リオはなんとかしてそれを挫《くじ》かねばならない。

（ルストを殺させたりなんてしない）

ましてや、その計画に自分を使われたくなどなかった。ルストのお荷物になって、また傷つけてしまうなんて冗談ではなかった。

（ひとまず落ち着いて……一つずつ、情報を整理してみよう。俺にできることがなにか、思いつくかもしれない）

そのために、リオは魔女に突っかかったのだから。

部屋の中にはまともな椅子もテーブルも、当然ながら寝台すらない。地べたに座り込んで、所在なく両膝を抱え、リオは魔女との会話を頭から順に思い出していった。

ここがどこなのかは、はっきりとは分からない。分かったのは、ウルカの神力が及ばない地下だということ。

他の使徒たちがどうしているかも分からないけれど、ルストが生きているのなら、大丈夫だろうとリオは思っておくことにした。心配しても、どうにもならないことだからだ。

それからリオの寿命は——トゥエラドの言葉では百三十日ばかり。

（……ここで目覚める前は、残り六十八日だった）

寿命の日数が増えているのは、ユリヤが死んで、その寿命がリオに戻ったからだろう。単純に計算すると、リオは六日余り地下で寝ていたことになる。

複雑な、鬱々とした気持ちが、リオの胸を駆け巡っていく。

ユリヤの死を悼みたい。ヴィニゼルで散ってしまったユリヤのことを考えて、失った悲しみに浸りたかった。

けれどそんな時間がないこともよく分かっている。

六日も寝ていたのなら、きっとルストにも心配をかけている。一刻も早くこの地下から逃げなければならない。

もう一方で、残りの寿命が百三十日ばかりだと知っても、そのことにさほど落ち込みも、衝撃も感じていない自分に気がついた。

（俺にできることを、探そう）

複雑な感情のすべてを頭から追いやって、リオはそう自分に言い聞かせた。

トゥエラドの思いどおりにはさせたくなかった。自分のせいで、ルストやウルカが殺されるのはいやだ。

夢で見たことがすべて事実なら、エラドは気の毒だけれど、それはそれとして、今あるフロシフランという国を壊していいとは思えない。リオはまだ、自分を『使徒』だと思っている。

セスが死んで、この国のために働くと決めた。

ところがルストから真名を奪ったせいで、フロシフランの民を苦しめていた元凶が自分だったのだと知ってしまい、一度は死を決意した。

結局土人形の寿命が残っていたせいで、まだ生きているけれど――。フェルナンにつれて行かれたツェレナから、ヴィニゼルまでの旅の間中、リオは、自分は生きていてはならない存在なのだと思い、ずっと苦しかった。

けれど今――リオの胸の中を駆け巡るのはユリヤの笑顔と、セスの言葉だった。

――とびきりのきれいな冬を知ってるなら、春を知らなくても。ね、たとえ春を知らなくたって、幸せだって。

――僕の生は、人が思うよりずっと、幸せに溢れていた。その事実を、死の暗闇が塗《ぬ》りつぶすことはできない。

ユリヤはたった二十五日生きただけの人生を幸せだと言い切り、笑顔でリオを励ましてくれた。セスは最期まで果敢に、自分の命に立ち向かっていた。

二人の残してくれた心が、リオの中で熱い炎になって燃えていた。

生きよう。

そう、率直に思えた。

自分は生きよう。生きられるところまで。

それが残り何日でも構わない。自分の命を燃やし、最期まで自分の信じることをする。

眼の前のことを一つずつ。やれることをやって生きる。

それだけが、セスやユリヤに対してできる報いのような気がした。

心の中に、これまでになかった覚悟が生まれているのを、リオは自分でも感じた。

(ルストのためにも……生きぬいて死ぬ)

ルストのことを思うと、今離れているのがとてつもなく辛くて、恋しかった。

腹をくくると、一刻も早くルストに、自分の素直な愛情を打ち明けたい衝動に駆られた。生きるべきじゃないと思い込んで、ルストを遠ざけていた日々を、愚かに感じるくらいだ。

リオは取るものも取りあえず立ち上がり、薄暗い部屋の中を歩き始めた。眼をこらさねばよく見えない暗がりの中、この部屋を出る手がかりがないか探すことにした。壁に両手をつき、出入り口や、突起物のようなものがないかまさぐる。

床に這いつくばり、部屋を出るための仕掛けがないかも探した。

結局、そういったものは見つからなかった――魔女が、リオを生かしておくつもりなのは本当だったらしく、大分時間が経《た》ってから、頭まですっぽりと黒い長衣を着た男が食事を持って来た。その男の姿には、うっすらと既視感があった。

（オルゾ議員……）

ルストに切り捨てられて殺された、王宮の文官のことが頭をよぎった。実際には、食事を運んできた男はオルゾではない。粗末なパンとスープだけの食事を男が床に置いて立ち去ったあと、リオは彼が、エラドを信奉する教団の団員なのではと憶測した。

確証があるわけではないけれど、当たっている気がする。

（……エラドの教団員は、たぶん……フロシフランの、先住民だ）

魔女に連れ去られて六日間眠っていた間に、ずっと見ていたのはエラドの記憶だったのではないかと、リオは思うようになった。何百年も前の時代、一柱の神からウルカとエラド、二頭の竜に分かたれて、無邪気に空を飛んでいたころから――この地下に閉じ込められて、ハラヤに花嫁を殺され、力の多くを奪われるまでの、エラドの記憶では、と。

あの記憶から読み取れた情報と、今までの自分の知識を考え合わせると、エラドの教団が魔女と結託し、現王家を滅ぼそうとしていた理由はただ一つ。本来なら自分たちだけの土地だった国土を、あとから流れてきたフロシフランの民から取り戻すことだろう。

リオは知らず、ため息をついていた。二つの民族が混ざり合ってから、もう四百年以上の時が経っている。表面上、フロシフランに多民族国家の様相はなく、人々は仲良く暮らしているように見えるのに……。

(不満を抱えたままの人たちがいたんだ。そしてそれを、魔女に利用されてる)

トゥエラドの目的は政治的なものではない。ただの私怨《しえん》、恨み辛みにリオには見える。エラドの教団員は国の主権を狙っているから、魔女と教団の目的は似ているようでいて違う。

トゥエラドに利用され、魔物になって死んだかつての騎士団長、ヘッセンのことを思い出す。実力も地位も兼ね備えた人物だったのに、黒い大蠍《おおさそり》に変化して、『使徒』たちに討伐されてしまった。フロシフランが豊かに栄えてきた歴史の陰に、王家と国民に憎悪を抱えた人々が、一定数存在しているのだろう。

(……教団はウルカを殺し、エラドを主神に奉って、新たな王を選び、エラドと王を契約させるつもりかもしれないな。三年前の戦争で、魔女についたハーデ側の領主たちの中には、先住民の血が濃い人たちが、かなりいた可能性もある)

ウルカの威光をいただく王家そのものを、快く思わない勢力がいた。それが、三年前の戦争が起きた本質的な原因だったとも考えられる。

（でも、トゥエラドはそんなことはどうでもいいはずだ。あの人はウルカを殺せればそれでいいと思ってる。恨みが果たされたあとのことは、なにも考えていないだろうな……）

そもそも、この状況をエラドが望んでいるかどうかさえ、トゥエラドは考えていないかもしれない。リオが夢で見たエラドは、ウルカの死やフロシフラン王家の滅亡を願っているようには見えなかった。

（エラドは……どう考えているんだろう）

固いパンと味のないスープを、食欲はなかったが体力を保つためだけに無理やり食べたあと、リオはエラドの気持ちを想像してみた。

自分とそっくりの少年が、ルストそっくりの青年と、神々の山嶺で戯れて笑っていたのを、鮮明に思い出せた。

エラドの心はウルカさえいればいつでも満ち足りていて、そしてどんなときでも、小さく弱い人間への慈愛に溢れていた。

夢の中では、ウルカが知恵を、エラドが慈愛を司る竜だと、自然に知った。

（エラドの心に憎悪はあるだろうか……本来なら、人間を憎んでも当然な仕打ちを受けたと思うけど……）

リオは考える。なぜ、エラドは地下に閉じ込められたのか。

エラドは素直に大主教の言葉を受け取り、すぐにウルカが迎えに来ると信じて魔法契約を結んでいたが、リオからすると、エラドは騙されたように思える。

エラドは優しすぎて、フロシフランの権力者たちにとっては、面倒な存在だったのではないか。なぜなら、エラドの願いをウルカがどこまでも叶えてしまうから。

(王家は流民の受け入れを拒んでた。……神がウルカだけなら、流民なんて受け入れたりしない)

二柱の神の思考を、リオはどうしてか自然に、そしてくっきりと思い描くことができた。

問題は、人間側が示した「ウルカが迎えに来るまでエラドは地下にいる」という条件だろう。この文章が、神力を使った契約書にあったから、エラドは地下から出られず、正常な花嫁を生み出せなくなり、ハラヤに力を奪われる結果に繋がった。

ウルカがエラドを迎えに来ない理由がなにかあるはずだが、それがなにかは分からない。リオが夢に見たのはエラドの記憶で、ウルカのものではなかった。

(……俺がエラドの記憶を夢に見たのなら、それは俺とエラドの魂が近いから？　もともと、『王の鞘』はウルカの力じゃなくて、エラドの力だったから……)

ハラヤが花嫁から心臓を奪い、側近の男がそれを食べて、初代の『鞘』になったことを、リオはもう知っている。

同じウルカから洗礼を受けて『使徒』の一人になるにもかかわらず、『鞘』だけはその力の源流がエラドから受け継いだものなのだ――。

そこまで考えてふと、リオは自分の両手を見つめた。

リオは『使徒』の中でも、魔法操作の力がほとんどなかった。アランやフェルナンは上手に魔法を使っていたけれど、リオはただウルカに祈って、眼の前の人の傷を癒やしていただけだ。『使徒』がウルカに認めてもらった洗礼のあとも、他の『使徒』たちは「魂の形」として動物の姿になっていたのに、リオはリオのままだった。

その理由が、リオと他の『使徒』では力の源が違っているから、という理由なら？

もしかして、と思う。

「俺の力、この地下でも使えるんじゃ？」

そっと、両手を床についてみる。『鞘』の力は癒やしの力だが、その原動力は神力そのものだ。エラドの神力が、リオに宿っているのだとしたら。

「……エラドの神様。お願い、俺をここから逃がして」

いつもウルカに祈っていたけれど、初めてリオはエラドに祈った。じっと眼を閉じて、祈りに集中する。

（エラド。俺の声が聞こえるなら、俺に力を貸してください……！）

あなたのことも、助けたい。

思った瞬間、体の中を弱い雷がびりびりと通り抜けていった気がした。産毛が総毛立つ。リオはハッと眼を見開いた。自分の両手が、黒と紫の光をまとっている。それが床のタイルを、そして部屋一面の壁に瞬く間に広がっていく。

リオの放った力はすぐに消えたけれど、壁には突然、ぽっかりと出入り口が現れていた。扉のない出入り口は、廊下に続いているらしい。向こう側に、うっすらと灯《あか》りが見える。

リオは数秒躊躇《ちゆうちよ》したけれど、急いで立ち上がり、部屋を出た。リオが出ると、空いていた長方形の穴は消えて、ただの壁になる。よく見ると、外側の壁には手のひら大の石が突き出ている。たぶん、ここを触れれば入り口が開くのだろう。外からは開けられて、中からは開けられない仕組みの部屋だ。

(ということは、俺がここから逃げたことはわりとすぐにバレる可能性が高い)

自由に動けるのは、長くて次の食事が運ばれてくるときまで。短ければ、先ほど出された食事の食器を、誰かが下げにくるまでだろう。

それより前に、トゥエラドに気づかれる可能性もある。

(できるだけここを離れないと)

リオはあたりを見回して、出た先の廊下がどうなっているか調べた。

薄暗かった部屋と違い、廊下には一定距離ごとにランタンが置かれていた。高い天井には、古い神殿に見られる石造りの梁《はり》が巡らされており、やはりここは地下神殿なのだろうと思われた。

廊下はそれなりに広く、静まりかえっている。空気は湿り、歩いても、音はあまり響かなかった。じっとりとした地面に、音が吸収されるようだ。

廊下をいくらか行くと、祭壇を奥にしつらえた聖堂に行き着いた。祭壇に祀《まつ》られているのは黒い竜の像だ。比較的最近作られた部分なのか、フロシフラン王都の大聖堂ほどではないが、街の寺院のような造りだった。

リオは身廊の端から端へそっと忍び歩いて、また廊下に出た。

聖堂を通り過ぎると、地下の淀《よど》んでいた空気が動いているのを感じた。わずかな風にのって、人の話し声が聞こえてくる。

危険だと分かりつつ、情報がほしいのもあり、リオは柱の陰に隠れながらその声に近づいていった。

と、廊下の先に突然大きな出入り口が現れ、そこから明るい光が漏《も》れているのが見えた。話し声も、どんどん大きくなってくる。同時に、野菜を煮込むスープや、温めた乳の匂いが鼻先に香った。

（食堂……？）

幸い、出入り口には人気《ひとけ》がない。壁に張り付いて、そっと中を窺《うかが》い見ると、黒い長衣を頭まで羽織った人たちが何十人か集まっていて、無造作に置かれたいくつかのテーブルを囲んで食事をしていた。

エラドの教団員たちだろう、どうやらここで生活しているらしい。

――教主様はなにをお考えなんだか。仲間が大勢殺されたのに。

誰かがそう言っている。リオはじっと耳をそばだてた。

「ハーデの土地まで奪われたら、我々に勝ち目はないぞ」

「いや、逆に言えばフロシフランの白い竜は、まだ国土の半分を取り戻せていない。正式な王を迎えたにもかかわらずだ」

「教主様は次こそ、あの罪人の王を殺すと言っていたから、そうなれば我々にも勝機はある」

(教主様……トゥエラドのことか?)

教団員たちは、ルストやフロシフラン国民のことを何度も「罪人」と呼んでいた。たぶん、彼らの価値観ではそういうことになっているのだろう。

「罪ある王家さえ滅べば、正しい王がこの地に蘇る」

「……だが、我々は無勢《ぶぜい》だ。市井《しせい》に戻り、罪人どもに混じって生き延びるのも一つの道じゃないか?」

誰かが、ごく小さな声で囁くと、あたりは少しの間静まった。

「愚かなことを! 死んでいった仲間たちに悪いと思わないのか」

「フロシフランの民は我々から土地を奪った悪魔だぞ」

「……いや、だが、やつらは我々と共生してきた」

「それはエラド様が守ってくださったからだ！」

食堂内は意見が割れて、紛糾《ふんきゅう》し始めた。

「地下を伝って王都へ行こう！　国王を暗殺すれば済む話だ、我々にはその手段もある」

頭に血が上ったのだろう、誰かが叫ぶ。

ルストを暗殺する、という言葉にぎゅっと胸が苦しくなるけれど、それよりも聞き捨てならない情報に、リオは息を呑んだ。

（地下を伝って王都へ……？　この神殿、王都に通じてるの？）

――ふと、まだ使徒の選定が行われていたころから、再三魔女が王都に干渉していたことを思い出した。姿は現さず、どこにいるのかも分からない状態で、リオを連れ去ろうとしたこともある。それに、魔女が使役していた巨大蜘蛛《ぐも》は、地下から湧き出ていた。

（そうか、トゥエラドは地下通路を使って、フロシフラン国内のあちこちに現れていたのかもしれない）

『北の塔』から出奔した賢者、トラディオと魔女が接触した場所も、国内に点々と散っていた。馬や船を使って移動したわけではないのなら、地下を使った可能性がある。

食堂での喧噪《けんそう》はまだ続いており、人の揉《も》み合う音がリオが立っている出入り口付近にまで近づいてきていた。

リオは我に返り、そっとその場を離れた。どこに行くべきか、二叉《ふたまた》に分かれた廊下の先で迷い、足を止めたときだ。

「お前……そこでなにを?」

背後で、誰かの声がした。振り返った瞬間、黒い頭巾の下で教団員の男が「あっ」と言うように眼を瞠《みは》るのが見えた。

リオは全速力で、右側の廊下に飛び込んで走る。

「おい! あいつが逃げたぞ! あいつ……教主様の人形が!」

先ほどの男が叫ぶと、にわかに人の怒鳴り声や足音が増して、リオを追いかけてくる。

(まずい、捕まったらもう逃げられないかもしれない!)

怒鳴る声も追ってくる足音もどんどん近くなる。

リオは角を曲がり、それから絶望した。そこが行き止まりだったからだ。「待て!」という声を聞きながら、壁に体を貼り付ける。ぐっと瞼《まぶた》を閉じて、祈った。

(エラドの神様! 俺を助けて!)

本当にそう祈るだけで助かるとは思っていなかった。けれど、そう頭で念じた瞬間、リオの体は黒と紫の光に包まれ、そしてするりと、行き止まりだった壁の中に吸い込まれていた。

体重を預けていた壁が突如消えて、リオはびっくりしながらその場に転げた。

なんとか受け身をとったけれど、転んだ先の床は冷たい大理石でできていた。

「え……？」

わけが分からず、後ろを振り返る。

背後には、飾りタイルの貼られた美しい壁がそびえていた。ついさっきまでいた廊下も、追いかけてきていた人の怒声も、消えている。

ゆっくりと立ち上がって、周りを見る。そこは広く、天井の高い半球状の部屋だった。

円蓋からは月明かりのような銀の丸い光がぶらさがっており、室内は満月の夜のような、青く沈んだ明るさに満ちていた。

継ぎ目のない白い大理石の床が、どこまでも続いている。

そしてその部屋の真ん中には、黒い竜が一頭、頭を垂れ、死んだように眠っていた――。

二　エラド

（エラド……？）

黒い竜。いつか見たウルカと同じくらいの巨軀《きよく》。折りたたんだ翼に、強靱《きようじん》な前脚。けれどぐったりと落ちた頭に、閉じられた瞳。

この竜はエラドだ、とリオは確信した。

ゆっくりと、エラドに近づいてみる。自分の何倍もある巨大な竜を眼の前にしているのに、不思議と恐怖は感じなかった。それよりも、リオが部屋に入ってきたのに、ぴくりとも動かない竜がちゃんと生きているのか、だんだん心配になってくる。

（俺はエラドの力を使ってここに来たみたいだから、たぶん生きてるはずだけど……）

閉じ込められていた部屋から出られたのも、教団員に追われていた廊下から、突然この部屋に移動できたのも、エラドに願ったからだ。たぶん、エラドの神力のおかげだろう。

ほとんど眼の前まで近寄ると、エラドの首元には銀色の鱗《うろこ》が一枚、見えた。真っ黒な体の中で、そこだけが月のように光っている。そういえば夢の中で、二頭の竜が戯れているのを見たとき、エラドにはウルカの、ウルカにはエラドの鱗が一枚ずつあったのを思い出した。

「エラド……生きてるよね？」

リオは確かめるように、そっとその首元に触れた。エラドの皮膚はしっとりとしていて、冷たい。寄り添って立つと、その体は視界に収まりきらないほどに大きかった。

そのとき、竜が閉じていた瞼《まぶた》をわずかに震わせたので、リオは息を呑《の》んで見守った。やがて現れたすみれ色の瞳で、エラドがわずかに首を動かして、リオを見てくる。ガラスのように澄んだ瞳に自分が映っているのを確認してから、リオは意を決してエラドに話しかけた。

「俺はリオと言います。……たぶん、あなたと魂の近いものです」

エラドは声を発することもなく、ただリオを見ている。リオは心臓が、緊張でドキドキと逸《はや》るのを感じたけれど、今この瞬間思ったことを、そのまま口にした。

「俺はここに閉じ込められています。トゥエラドがルスト……ウルカの王をおびき寄せて、殺すために俺を使うつもりです。それは俺の願いじゃない。どうか、俺を逃がしてくれませんか？」

真実を告げたのは、一か八かの、賭《か》けだった。

もしかしたらエラドもトゥエラドと同じ考えで、ルストを殺し、ウルカまで殺したいと思っているとしたら、リオはけっしてこの地下から出られないだろう。けれどエラドの気持ちが、トゥエラドとは違っているのなら……。

きっと説得できるはずだと、リオはエラドの良心に賭けた。夢で見たエラドの心はいつも慈愛に満ちていたから、きっと今も、この竜の中には優しさがあるはずだと信じたかった。

ぎゅっと拳《こぶし》を握って、緊張しながらエラドの返事を待つ。

やがてエラドはわずかに身じろぎ、少し眼を細めて、鼻先をリオの胸元へと寄せてきた。大きな竜の頭に戸惑いながら、そっと、その鼻先を抱くように手を置いてみる。

エラドは、リオの胸元の匂いを嗅《か》ぐように息を吸った。エラドの鼻息で、衣服は風になびくように震え、服の下に隠し持ったガラスのナイフも揺れた。突然攻撃されたらどうしようと体に力が入ったとき、不意に頭の中に声が響いてきた。

——……『リオ』

優しく柔らかな声音。

いつか聞いたことのある、ウルカの低く威厳のある声とは違っていたが、似たような響きだった。鼓膜を直に震わせるような、不思議な音。リオは驚きに一度びくりと肩を揺らしてから、じっとエラドを見つめ返した。今の声はあなたなのかと、そう疑問をこめて。

『ああそうだ、僕だよ。エラドだ。……かわいそうに、きみはトゥエラドの狂気に巻き込まれてしまったんだね。きみが連れてこられたことは感じ取っていたけれど、僕は今あまりに弱っていて……助けにいけなかった。申し訳なかったね』

痛みを感じているようなエラドの声に、この竜は自分の味方だと、リオは分かった。

（よかった……）

深い安堵《あんど》に、眼が覚めてからずっと続いていた緊張が少しほぐれて、泣いてしまいそうになる。リオは奥歯を噛《か》みしめて、涙をこらえた。泣いている暇はない、早く逃げなければならない。

「俺は追われています、さっき、教団の人に見つかって……今も探されているはず。この部屋にも、教団の人は来ますか？」

先ほどリオが追われていた廊下とこの部屋が、どれほど離れているかは分からない。けれど同じ地下で繋《つな》がっているのなら、遅かれ早かれ探しに来られてしまうだろう。

『ここには教団員たちは入って来られない。でも、トゥエラドはやって来るかもしれないね。彼女は今王都の地下へ行っているから、教団員たちがきみのことを知らせなければ、しばらくは戻ってこないだろうけれど……』

「教団員が知らせたら、捕まえに戻ってくるってことですね」

リオは顔から血の気がひいていくのを感じた。

（どうしよう、そんなに長時間はもたない。きっとすぐ見つかってしまう）

逃げ切れるのか不安になり、絶望がちらりと頭をかすめたとき、エラドがわずかに体を起こした。

『大丈夫。僕に考えがある』

体を起こすとき、エラドの皮膚が小さく、軋《きし》むような音をたてた。けれど起き上がりきる前に、エラドの巨軀は空気に溶けるようにすうっと消えていき、黒と紫の光の粒が舞った。すると、リオの眼の前には竜のかわりに、トゥエラドそっくりな美少女が立っていた。

「……エ、エラドなの？」

一瞬魔女かと思い身構えたが、エラドが消えて現れたのだから、違うだろう。美少女は申し訳なさそうな、ばつが悪そうな顔をした。

「びっくりさせてごめんね。人姿をとると、今はトゥエラドと同じ姿になってしまうんだ。僕の力はほとんど彼女に奪われているから、共鳴してしまう」

言われた言葉にリオは驚き、思わずエラドの手を握っていた。

「魔女にほとんどの力を奪われているって、どうして……っ？」

一体どうやって、トゥエラドはエラドから力を奪ったというのか。そう思った瞬間、エラドの握った手から、熱い力のたぎりのようなものが、リオの中へ流れ込んでくる感覚があった。するとと突然、リオの頭の中に、まるで自分が見てきたかのように、不穏な像が映し出された。それはエラドの喉元に短剣を突き刺し、溢《あふ》れてきた竜の血を飲んでいるトゥエラドの姿だった。彼女は口の周りをまっ赤にして、エラドの血液を乱暴に貪《むさぼ》っている。

——主神よ、分かってくださるでしょう。こうすることで、私が主神を助けられると。

エラドは抗《あらが》わずに血を与えていた。ただ、うっすらと開いたすみれ色の瞳には、悲しみを湛《たた》えている。トゥエラドはそれには気づかぬように、エラドに微笑《ほほえ》みかける。

――これで私にも土人形が作れる。あなたの血から心臓を生成して、私が花嫁に役割を与えます。ウルカを殺すために。

トゥエラドのうっとりとした笑顔を最後に、突然頭に流れ込んできた像は消えた。

リオはいつの間にか、体が小刻みに震えていた。腹の底から、吐き気がこみ上げてくる。エラドを見ると、彼は心配そうな眼差《まなざ》しで、リオを見つめていた。

「……きみと僕は魂が近すぎるようだね。こうして触れあっていると、僕の記憶を共有してしまうみたいだ」

エラドは優しい仕草で、リオの手を自分の手から解いたけれど、リオはどうしてエラドが今、リオを気遣えるのか分からなかった。

「トゥエラドに血を飲まれて、力を奪われたんですか……？　なのになぜ、あんな女を好きにさせているんです！　あなたは……神様なのに！」

怒りが湧き上がり、思わず怒鳴りながら一度離されたエラドの手をもう一度摑《つか》んでいた。

「それとも……エラドもウルカを殺したいんですかっ？　だから、魔女に力を渡したと!?」

「まさか！」

リオの言葉に、エラドは青ざめて否定した。心底から怯《おび》えているように、エラドは震え、空いている片手で顔を覆った。可憐《かれん》なトゥエラドの姿でそうされると、あまりにも憐《あわ》れに見えて、リオは我に返って強く握っていたエラドの手を放した。

「まさか……僕がウルカを殺したいなんて思うはずがない。けれどトゥエラドもかわいそうな子なんだ。僕に付き合わされて、三百年もこの地下にいる。彼女が狂ってしまっても、止めようがなかった。悪いことをしているのは知っているけれど、彼女が地上でなにをしても、僕には手出しができない。……地上には干渉できない契約がある」

うなだれたエラドを、リオはどういう気持ちで受け止めればいいのか、分からなくなった。

エラドは明らかに被害を受けている側だ。なにも悪いことをしていないのに、地下に閉じ込められ、一方的な契約に縛られて地上に出られないでいる。トゥエラドは三百年変わらぬこの状況に業を煮やして、エラドの力を奪い、地上で動き始めたのだろう。

一頭と一人が地下に閉じ込められている時間として、三百年は気が遠くなるほどに長い。

(……トゥエラドが狂って、エラドの血を飲むのも仕方なかったのかも、しれない。それは分かる……)

けれどまだ正気を保っているように見えるエラドが、魔女の凶行を止めるべきだったのではないか、とも思う。かといってそのことで、エラドを責める気にはなれなかった。

(トゥエラドを止めろと言うのは……エラドに人々から忘れ去られたまま、この地下で死ぬまで過ごすことを受け入れろってことでもある)

魔女のしていることは間違っているはずだけれど、エラドが地下に閉じ込められているのもおかしい。

　なにが正しいことなのか、よく分からなくなってくる。

　トゥエラドはエラドを地上に戻すために、そしてウルカを殺すために戦争を引き起こし、大勢の人の命を奪った。フロシフランはそのせいで荒廃し、国土は二分され、人々の生活は困窮した。リオという土人形がルストの真名を奪ったせいで、ウルカの神の恵みも正しく行き渡らないまま、三年という月日が流れた。

　その三年がますますフロシフランを貧しくし、結果的にはセスが命を落としたのも、どこかではリオの行いが関係していたかもしれない。

　そしてこのすべての忌々《いまいま》しい状態の発端は、トゥエラドにある。

　トゥエラドがリオを作ったから。戦争を起こしたから。

　だとしても、フロシフランに降りかかった苦しみすべてよりも、エラドの苦しみのほうが軽いと断じることはできない。

　セスを失ったリオの痛みを引き合いに考えても、やっぱりそう思う。

（大勢の人の安穏のために、エラドだけ犠牲になれとはとても言えない……）

　そのうえ、エラドはもう三百年も、既にただ一頭だけこの国の犠牲になり続けてきたのだ。

「……魔女があなたを助けたい気持ちは、十分分かります」

　自分でも助けたいと思うだろうから、リオはそう告げた。

「でも、やり方は間違ってる。トゥエラドに奪われた力を、取り戻せないんですか？」

エラドは悲しげに、首を横に振った。

「……彼女が自分から返さない限り。トゥエラドはあまりに大きな力を体に取り込んでしまった。僕が無理に力を引き剝《は》がしたら、彼女はその反動で死んでしまうだろう」

リオはずっとトゥエラドを憎んでいるから、殺してでも取り戻せばいい、と思ってしまったけれど、エラドの立場でそう思えないのは理解できた。リオにとっての魔女は愛する人を殺そうとしている敵だが、エラドにとっては四百年ずっと一緒にいた、人間の友だちのような存在だろう。

夢に見た記憶の中で、まだ自由だったころのエラドは人姿になり、トゥエラドと一緒に街を散策したりして喜んでいた。あれが実際にあったことなら――きっと、実際にあったことだ――エラドはトゥエラドを憎めないだろうし、トゥエラドがエラドを想《おも》って凶行を謀っているのも、想像にたやすい。今はその関係がすっかり歪《ゆが》んでしまっているとしても、一頭の竜と一人の少女は、深い親愛で結ばれているのだと感じる。

「あなたの記憶を夢に見ました。……あなたがウルカと幸せに暮らしていたころから、フロシフランの流民を受け入れて、やがて彼らと契約を結び……この地下に落とされ、ハラヤに花嫁を殺されるところまでの記憶を」

リオが言うと、エラドはハッとしたようにリオを見つめた。それから、悲しげに顔を歪めた。

「すまない。きみが連れてこられてから心配で、きみのことばかり考えていた。だから、きみの眠りの中に、僕の魂が紛れ込んだのだと思う」

辛《つら》い記憶を見せてしまったことを、エラドは悔いているようだったが、リオはむしろよかったと思っている。だからいいんです、と付け加えた。

「……俺は、人姿のあなたにそっくりですよね？　ルストも、人姿のウルカにそっくりなんです。俺は、もしかしてあなたですか？　ルストは、ウルカ？　俺たちの魂は繋がっているんですか？」

ずっと疑問だったことが、口をついて出た。なぜ自分たちの容姿が神々と同じなのか、不思議だった。エラドの記憶が簡単に見えたりするのも、魂が近いからだとエラドが言っていたけれど、それは一体どういう意味なのか。

エラドは言葉を選ぶように、少し考えてから教えてくれた。

「厳密に言えば……きみは僕の血からできた心臓を使って生きている。ただ、きみを作ったのが僕ではなくトゥエラドだから、命に限りがある。……本来の花嫁は、伴侶であるウルカの王が死ぬときに、一緒に死ぬ運命なんだ。だけどハラヤに最後の一人を殺されてから、僕は花嫁を作るつもりはもうなかった。花嫁の力は『王の鞘《さや》』に取り込まれてしまったし……」

「……それはもともと、あなたの力ですよね？」

エラドは頷《うなず》き、けれどトゥエラドがきみを作ったから、と囁《ささや》いた。

「……花嫁たちは僕の半身だ。古い時代、そうなるように約束をした。だから、作ったのがトゥエラドでも、きみも僕の力を半分受け継いでいる。きみは力の使い方が分からないようだけど……だから僕ときみの魂は、厳密にはほとんど同じだ」

ほとんど同じ。そう言われても、反発は感じなかった。

左胸に手を当てると、心臓がとくとくと鳴っているのが分かる。この臓器は、エラドから与えられたもので、土人形はこれがなければ生きていけない。ユリヤの心臓は空っぽだった。だから深い傷を負ったとき、治癒をしようとしても無意味だった。思い出すと、胸が痛む。

けれど「ウルカの王は、あれは凝《しこ》りだ」とエラドが続けたので、リオは悲しみから我に返った。

「凝りって……どういうことです？」

「歴代の王は、肉の器にウルカの神力を宿す。でも、大抵の王は強大な神力を上手《うま》く使えず、体の中に溜《た》めてしまう。本来力は無尽蔵に湧いてくるから、循環させなければならないけれど、完全にはできない」

そうして溜まったものが次の代へ受け継がれ、それが数代にわたって重なると、なぜかウルカそっくりの子どもが産まれてくる、とリオは教えられた。

「おそらく溜まった神力によって心臓が作られるんだろう。ウルカに似た王は他の王よりも神力を多く宿せる。そのぶん、ウルカの魂とも近くなる。その心臓には膨大《ぼうだい》な神力が宿る。……

だからこそ、トゥエラドは今代の王を狙《ねら》ったんだと思う」

ルストの心臓を食べれば、ウルカの力をそれだけ多く奪えるから。ウルカという神を殺すことも、より容易《たやす》くなるから。

「……その理屈で言うと、俺もいずれは魔女に殺されて、この心臓を食べられるんですね」

そうすればエラドの力の半分がトゥエラドのものになる。エラドは辛そうな表情になると、リオの手をそっと握ってきた。

「……トゥエラドにきみを殺させたりしない。きみを逃がす手伝いをするよ」

エラドに手を引かれ、リオは不安なままついて行った。逃がしてくれるというエラドの言葉は本当だろう。けれど、このまま自分だけ逃げていいのかが分からなくなっていた。

（俺がいなくなったあと、エラドはどうなるの？　……でもここにいるわけにもいかない。一刻も早く、ルストに会わないと……）

ルストが魔女の思惑にはまる前に、自分が無事なことを伝えなければならない。ルストはリオのために自分の命を簡単に投げ出すような男だ。罠《わな》だと分かっていても、リオが囚《とら》われていると思ったら、地下へやって来る可能性は十分にあった。

（ルストが俺の立場なら、こんなときどうすればいいか分かるのかな。ルスト……俺は、どうしたらいいの）

ルストのことを思うと、切ない気持ちが胸にこみ上げてくる。ふとすると、すぐに思考がルストへ舞い戻る。リオは急いでその気持ちを切り替えた。

そのとき、エラドがタイル張りの壁にそっと手をかざした。すると壁に、すうっと扉が現われる。促されて扉をくぐると、先ほどさまよっていた地下神殿の廊下に出られた。

ざわざわと人の声がして、やがて廊下の先から教団員が走ってくる。リオは隠れようとあたりを見回したけれど、横に立つエラドが「大丈夫」とリオに耳打ちした。

「なんだ！　騒がしい！」

突然、エラドが声を張り上げた。先ほどまでの優しげな声音も、可憐な表情もなくなり、氷のように冷たい眼になっている。駆けつけた教団員は三名だった。エラドを見ると「教主様……王都の地下に行かれたのでは……」と、喘《あえ》いだ。

（あ、そうか。エラドはトゥエラドそっくりだから……勘違いされてるんだ）

リオはようやく、エラドの言った「大丈夫」の意味が分かった。

「人形が逃げたんです。だからみなで探していて……」

ぜいぜいと息を切らしながら一人の教団員が言いかけ、エラドの隣に立つリオを見て「あっ」とのけぞった。

エラドは酷薄そうに眼を細めて、「人形ならここにいる」とリオの手首を掴んだ。

「私が捕らえた。王都の地下へ連れてゆく」

「え？　ですが、ここに置いてウルカの王の餌《えさ》にするのでは……」

「王都につれていけば、やつが気づくのも早まろう。私の決めたことに文句があるのか？」

エラドが睨《にら》み付けると、三人の教団員は震え上がり、「まさか」「さすがご聡明《そうめい》であられる」と口々に言いながらその場にひれ伏した。

「他の者たちにもこの旨伝えておけ、地下でこれ以上の騒ぎを起こすな」

傲岸《ごうがん》に言い放つと、エラドはリオの手首を乱暴に引っ張って、廊下を歩き出した。教団員たちは慌てて立ち上がり、エラドの言葉を伝えるためにか、足早に去って行く。

角を曲がり、彼らと完全に離れると、エラドはリオの手首を離して、「痛かった？　強く引っ張ってすまなかったね」と優しい声と顔に戻った。

もしかしたらどこかでトゥエラドではないとバレるかも、とひやひやしていたリオは、完璧に教団員を騙《だま》したエラドに感心しつつ、緊張が解けて息をついた。

「魔女って普段あんな感じなんですね……神様に演技ができるとは思わなかった」

リオが言うと、エラドは出会ってから初めて、小さく笑みをこぼした。

「僕はウルカと違って人間が好きだから……トゥエラドは見た目は愛らしいのに、とても怖いから、教団員たちとはあまりいい関係ではない。……彼らも憐れだ。僕は彼らに、元の生活に戻ってほしいと思っているけど、彼らは僕を奉って新しい王家を作るのが夢のようだ」

「元の生活って……？」

教団員の元の生活が想像できずに呟《つぶや》くと、エラドは「普通の人たちだったんだよ」と言った。

「先住民とはいえ、血はもう大分混ざっていて、フロシフランの流民たちとそう変わらない。だからトゥエラドがそのかす前は、民間信仰で残っていた僕にこっそり、二番目の神様として祈りを捧《ささ》げるくらいの人たちだった。フロシフランの普通の民として、農業や商売をしていたよ」

エラドは淋《さみ》しそうな眼をしていた。彼らを解放してあげたいけれど、それができない自分の無力を嘆いているのかもしれない、とリオは感じた。

「さて、きみを王都の近くまで送ろう。この地下はフロシフラン国土の主要な都市なら、どこにでも出られるように作ってある。山や谷もないから、人間の足でもかなり早く移動できる。ただ、トゥエラドが王都へ行っているから、少し離れた場所がいいだろう」

気分を変えるようにエラドに言われて、リオはびっくりした。

「……フロシフラン国土の主要な都市なら、どこにでも？　この地下神殿、そんなに広いんですか？　エラドをここへ閉じ込めた大主教たちが、そこまで大がかりなものを作っていたんですか？」

純粋に疑問だった。というのも、神殿内部は古い造りのところもあるが、かなり凝った、美しい装飾も見られるから、それをフロシフラン国土一帯の地下に、となると、数百年がかりの大工事になるとしか思えないからだ。

エラドはリオの疑問を見透かしたように、小さく笑った。

「人間が作ったんじゃないよ。ここに閉じ込められた僕が、百年ほどかけて作ったんだ。地下には石も土もたくさんあるから、そう難しいことじゃなかった。トゥエラドに少しでも快適に過ごしてほしかったし……それと、もしかしたらウルカが僕を迎えにこないのは、場所に問題があるのかもしれないと思って……彼の神脈をたどって回廊を作ったんだ。ウルカが僕を迎えに来たい地点があるのかもしれないって……」

言っているうちに、エラドの顔からは笑みが消え、その眼には深い悲しみが宿る。そうまでしても、ウルカが迎えに来てくれなかったことに、エラドは絶望している。リオには一目で、そうと分かった。

——この健気な竜に、なにをしてやれるのだろう？

「ウルカは、あなたを迎えに来ないのではなくて、迎えに来れない、なにか理由があるんだと思いますが……」

「いいんだ、リオ。僕もそう思うときがあるけど、だとしてもウルカが僕を探していないのは事実だ。彼はずっと、神々の山嶺《さんれい》にいる。気配が分かるから、それはたしかなんだ」

きっと僕を忘れたんだよ、とエラドは呟いた。

（そんなわけがある？　ウルカはエラドにしか関心がなかったくらいなのに）

夢に見た記憶では、ウルカはいつもエラドだけを見つめていた。人間たちがどれほど気の毒な境遇でも、まるで心を寄せなかった。エラドが頼むから、力を貸していただけだ。

（でも……俺の願いは、二度も聞いてくれたよね？）

リオはふと、『北の塔《セヴェルニ・エシュ》』の塔主の言葉を思い出した。

――あれは……慈悲のない神だからな。

セネラドはウルカのことをそう評したあと、付け足した。

――そなたには、多少甘い神ではあろうな。ウルカが愛したものと、そなたは近い存在ゆえ。

今なら分かる。あれはリオの魂が、エラドに近いという意味だったのだと。

契約相手の王であるルストの願いさえ受け入れないウルカが、リオの願いは二度も聞いてくれた。一つは、ルストと真名を分け合うこと――これは、リオの願いそのものではなかったが――もう一つは、ルストの愛するものの蘇《よみがえ》りを願ったことだ。このため、心臓のないユリヤが眼を覚ました。

今思えばどちらも最善だったとは言えない願いだったけれど、無意味だったと嘆きたくはない。間違いはあった。けれど、ルストと命を分け合えたからこそ、ユリヤと出会えたからこそ、気づけたことがあるとリオは思っている。

過去のことを無意味だった、無価値だったと卑屈になるのは、もうやめるつもりだ。

それに、自分の願いをウルカが二度も叶《かな》えたのは、ひとえに自分がエラドの分身だからのはず。それならウルカは、今もエラドを愛している。

（だけど今エラドにそう言っても、きっと信じられない。事実ウルカは三百年もエラドを迎え

に来てないんだから。……絶対に、王家がウルカにそうさせてるんだろうけど）

エラドが不当な契約に縛られているように、ウルカもそうに違いない気がする。そうでなければ納得できない。それでも、証拠がない話をいくらしたところで、エラドの不信と絶望は晴れないだろう。

（……ウルカのところまで、エラドを連れて行けないのかな？　きっと会えば誤解が解ける。エラドをこの地下に残したまま俺だけ王都へ戻るのは危険だ。トゥエラドが、エラドの残りの力すら吸い尽くさない可能性はないんだから……）

『北の塔』の塔主は、ウルカとルストの契約が正常に結ばれた以上、トゥエラドがフロシフラン国土に入ることはできないと言っていたけれど、あの魔女は、抜け道を探し出してどうにかするだろう。実際、物理的に入れないという意味ではなく、ルストの力に敵《かな》わないから入らないという意味だったはずだ。魔法契約で行動が縛られているなら、先代の王のときに、王妃になったりなどできるわけがない。

（エラドの力を取り込んでいても、トゥエラドは地上に出られる。……彼女には花嫁を献上する役割があったから、地下に縛られているわけじゃない）

フロシフラン内を旅している間、魔女が現れず、ハーデのヴィニゼルでやっと姿を見せたのは、ハーデ国土にはウルカの神脈がなくなっており、ルストの力が抑えられていたから、その隙《すき》をついたのだろう。

もし今より力をつければ、フロシフランの地上で活動する可能性は十分にある。そう分かっているのに、エラドをトゥエラドの元へ残して行きたくない。

(なにより……エラドをウルカに会わせてあげたい)

そこまで考えて、リオはふとあることに思い至った。

(ついさっき、エラドはなんて言ったっけ?)

――ここに閉じ込められた僕が、百年ほどかけて作ったんだ。

おそらくそれは、閉じ込められてから最初の百年のはずだ。ハラヤに花嫁を殺されてからのエラドは、消沈し、気力を失っていたから。

(二百年前までのフロシフランって……)

あることを思いついたリオは、飛びつくようにエラドの二の腕を摑んだ。

「エラド!　もしかしてこの地下……ハーデの主要都市にも行けるようになってる?」

エラドは不思議そうに首を傾《かし》げた。

「それはもちろん。作ったときは、ウルカの神脈はハーデにも伸びていたから……でも、ハーデに出ると王都へ向かうのは大変になると思うけれど」

「いや、ハーデの、一番国境に近いところへ連れていって!　今はウルカの神脈のないところがいい!」

エラドはやや訝《いぶか》しげな顔をしたものの、強く言うリオに気圧《けお》されたらしい。「分かった」と頷いてくれた。

ハーデ方面の地下通路は、教団員の姿もなく静かだった。長い間使われていないのだろう、ランタンの明かりは途切れることなく続いていたが、天井を支える柱の隅には、ところどころ白い砂が溜まっていた。

「……これだけの場所を維持するなんて、エラドの神力はすごいんですね」

「一度作りあげたものだから今は大した力を使っていないよ」

巨大な地下の建物はどこまでも続いている。急いでいて、そんな気持ちの余裕はないはずなのに、それでも地下神殿のあまりの大きさに圧倒されてしまう。リオが褒《ほ》めると、エラドはふと微笑み、「リオも作れるよ」と言った。

「さすがに……冗談ですよね？」

リオは苦笑まじりにエラドを見たが、エラドは真面目な顔をしていた。

「どうして？　僕の神力を半分持ってるからできる。力の使い方を知らないだけだよ」

リオはその言葉に驚いた。

「エラドは、花嫁には癒《い》やしの力を与えたんじゃ……？　俺も、治癒の力なら使ったことがありますけど、魔法みたいなことはできません」

「もちろん、花嫁は癒やしの力を使える。でも源は僕の神力だから、きみの知るウルカの王にできるようなことなら、きみにもできるよ。やろうと思えばね」

それにこの神殿は、「あるもの」から「あるもの」を作っているだけだし、とエラドは付け加えた。リオはかつてエミルから聞いた、魔法の定義を思い浮かべた。

存在しているものを変化させて現出させる魔法は程度が低く、存在していないものを使う魔法のほうが難しいのだと。

（石や土を加工する魔法は、エラドには簡単だってことか……）

エラドがかつてはウルカと同じだけの力を持っていたと考えると、それはそうだろうと素直に思う。そもそも、生きている人間を一人、簡単に作り出せる神様なのだから。

（じゃあ俺も、使い方さえ分かれば、魔女と戦える？）

思わず自分の手をしげしげと見てしまったが、今はとりあえず地上に出るのが先だった。地上に出て、フロシフランの国内にさえ入れれば、もう少しゆっくりなにかを考える時間もあると信じたかった。今は頭から追い出して考えないようにしている、ルストへの思慕やユリヤへの悼《いた》みについても。

「ああ、やっと着いた。今のフロシフランの国境に一番近いところ。……いい思い出がないだろうから申し訳ないけれど、このすぐ上が、ヴィニゼルだ」

一刻《いっとき》ばかり歩いたころ、エラドはそう言って足を止めた。指さされた先を見ると、長い階段があった。ヴィニゼルは、リオがルストたちと訪れて、魔女にさらわれてしまったまさにその場所だ。魔女が根城にしていたところなので、そこに出るのは少し躊躇《ためら》われたが、国境に一番近いハーデ内の出口はここだとエラドに説明されれば、他の選択肢はなかった。

「エラドも、一緒に上ってもらえますか？」

「そうするつもりだとも。きみを最後まで送り届けなきゃ。この階段はまだ地下の領域だからね」

エラドはにっこりと笑って、頷いてくれる。リオはこの黒い竜は、本当に心がきれいなのだ、優しさの塊なのだと、しみじみと感じた。

自分は出ることができない地下から地上へ逃がすリオのために、なにひとつ惜しむところがない。ここからは一人で行けと言うこともできるし、そうだとしても、ここまで連れてきてくれただけで、十分すぎるほど親切だというのに。

（……エラドを、絶対に救わなきゃならない）

リオは心に決めた。ルストを助けること。そしてエラドをウルカに会わせること。これが、リオの命の課題だと心底から思った。

もう、寿命の短さも、自分の命が無価値なことも、どうでもいいと思えた。大切なのは、なんのために生まれたかではない。どう生きるかだ。

それを、セスとユリヤが尊い命そのものを燃やして、リオに教えてくれたのだと今なら分かる。

（俺はエラドを……ルストを救うために生まれてきた。そう決める。だから……今は魔女から逃げて、エラドを連れ出すことを最優先にする）

心を賭すものを、腹に決める。他のことは、今は考えない。

リオはエラドに手を差し出し、「行きましょう」と声をかけて階段を一歩、上った。

天井の高さから覚悟はしていたけれど、階段は気が遠くなるほどに長かった。何度か踊り場に出て折り返し、また上るのを繰り返して、それが何度目か分からなくなるころ、不意に眼の前に一枚の扉が現れた。

「出口だよ。あの向こうは地上だ」

長い階段を上りきって、すっかり息をきらしているリオと違い、儚《はかな》げな見た目で力の多くを失っているとは言っても、やはり神だからなのか、エラドは涼しい顔でそう教えてくれた。

扉の前に小さな踊り場があり、リオはエラドとそこに並んだ。扉は青銅色で、触るとひやりと冷たかった。魔法で作られているからか重さはないようで、少しだけ手に力を入れると、すぐに動く気配がある。

振り返ると、エラドはリオの背後で優しい顔をして立っていた。

「さよなら、リオ。少しでも会えてよかった」

心からそう思っているのだろう、温《ぬく》もりのある声で、見送られる。エラドは当然のように、ここでリオと別れるつもりなのだと分かる。

けれどリオは、ここで別れる気持ちは一切なかった。階段を上り始めたときと同じように、もう一度エラドに向かって手を差し出した。エラドは不思議そうに、リオの手を見る。

「エラド。一緒に地上に出ましょう。俺がエラドを、ウルカのところへ連れていく」

きっぱりと言い切った。エラドは眼を見開き、驚いたあと、すぐに動揺を顔に乗せた。

「……リオ、気持ちはありがたいけど、僕は地上には……」

「ここからなら出られます。大主教に結ばされた契約書には、ウルカの神力が使われてた。きっと、『王の眼』あたりが用意したんだ——今はそれはどうでもいい。あの当時、ハーデはフロシフラン国土で、ウルカの神力に満ちていました。でも今は違う。ここは異国です。だから出られるはずです」

リオの言葉に、エラドはハッとしたように息を呑んだ。

まるで今、そのことに気がついたというように。

(……もう地上に出ることを諦めてたから、考えもしなかったんだ)

リオにはエラドの気持ちが、手に取るように分かった。魂が近いと言われたせいもあるかもしれない。

夢の中で見た魔法の契約書は、銀と青の神力で光っていた。だから、ウルカの神力が関与するフロシフラン国土からは地上へ出られないだろう。けれどハーデは今、その条件に当てはまらない。出られる可能性は十二分にあった。リオはそのことに思い至ったとき、その可能性に賭けてみようと思ったのだ。けれど、最初からエラドに伝えても断られそうな気がしたので、扉の前に来るまで言わなかった。

エラドは案の定、迷っている様子だった。不安そうに瞳を揺らし、一歩後ろに後ずさってしまう。

「でも、出られないかもしれない……」

「それはこの扉をくぐれば分かる。やってみましょう、エラド」

ハラヤに花嫁を殺されるまでは、いつでも扉をくぐる気持ちがあったはずのエラドは、けれど今は怯えたように扉を見つめていた。

自分で作っただろう出口に、自分で恐れを抱いている。

リオはもどかしくなり、エラドの手を咄嗟《とっさ》に握った。少女の姿をした竜の手は温かく、血の通う生命だということが感じられる。

「エラドは、地上に出たいと思いませんか？」

「それは、出たいに決まってる」

「ウルカに会いたいでしょう？」

「……もちろん」

ほんのわずか、エラドに逡巡《しゅんじゅん》する気配があった。リオはエラドの不安の原因がなにか、分かる気がした。

「ウルカに忘れられているかもしれない。それを確認するのが、怖いんですよね？」

図星だったのか、エラドは傷ついたような表情で、空いている片手を胸に当てた。リオは自分も、息が苦しくなるように錯覚する。

愛する人に、愛されていないかもしれないという苦悩。

土人形と竜という、まったく違う生き物同士でも、その気持ちは同じだと思う。

今はそんなときではないから、考えないようにしているルストへの思慕と——会いたい気持ち。けれど過去、何度も自分の感情を殺そうとしてきたことが、辛い記憶となって心に蘇ってくる。

初めて出会ったころは、ルストはユリウスという魔術師だった。あのころは、ただ淡い好意と憧れを抱いていただけだ。選定の館では、ルストはユリヤと名乗り、リオに自分の頭で考えろときつく当たってきた。けれどその言葉はすべて真実に思えて、だんだんと好きになった。

自分の仕える王が、初めて抱かれた男だったと知り——王宮にいたころは、ただただルストからの愛を望んでいた。ルストが愛しているのは失った弟、第二王子のユリヤだろうと思っていたから、片想いが辛くてたまらなかった。

けれどのちに、ルストが自分の命を投げ出してまで、リオを生かそうとしてくれていたのだと知った。真名を返したあとに再会してからは、ルストはリオへの愛情を隠さなくなった。

けれどリオはそれを受け入れられるほど、自分の存在に寛容になれなかった。

どれだけ愛しても、自分ではルストを幸せにできない。ルストの不幸の原因は自分だ。愛されても、愛し返してはいけないと、自分を縛り付けていた。

そのころのリオなら、地上に出られたとしても、ルストに会いにいくのはやめようと考えただろう。自分が魔女に囚われておらず、地下にいないことを、ルストに会わないでも伝える方法を考えたはずだ。

けれど今は、ルストに会いたいという素直な気持ちに突き動かされている。もう、土人形だとか、寿命だとか、そんなことにこだわらずに、ただ愛したいから、ルストを愛して死にたい。

（セスが俺なら……ユリヤが俺なら、きっとそうする）

二人は自分のしたいようにして、生きた。

今ならそう分かる。

「……俺も、本当はルストに会うのは怖いんです。だって俺はどうしても、寿命が決まってるし、俺がルストを不幸にさせて、狂わせたのも、やっぱり変わらないから」

「リオ……」

エラドの眼に、同情が灯《とも》る。リオはそのエラドをまっすぐに見つめた。

「でも、会いたい。相手の気持ちより、なにも変えられない不安より、素直な欲求を優先することにしました。だってどうしたって死はやってくる。それなら……できないことを嘆くより、できることや、したいことをやるほうがずっといい。俺に今できることと、俺が今したいことは、エラドを地上に連れていくことです」

強く強く、意志を込めて伝える。

まだ惑っているエラドの手をぎゅっと握ったまま、リオはもう片方の手で、服の下に隠していたナイフを取り出し、自分の首の血管へ当てた。エラドがぎょっとしたように、「リオ!?」と声をあげた。

「エラドがどうしても地下に残るなら、俺はここで死ぬことにします。あなたを置いてはいけない。だけどこのまま俺まで地下に残っていたら、トゥエラドの思う壺《つぼ》です。それくらいならいっそ死んで、あなたにこの力をお返しする」

リオは本気でそう口にした。思いつきだったけれど、自分に選べる最善がそれだと思えた。少なくともエラドなら、自分の心臓をトゥエラドにまた渡すことはないはずだから、リオを利用してルストをおびき寄せる策だけは封じられる。

そしてエラドに力が戻れば、魔女の暴走を、多少なりとも抑えてくれるかもしれない。

「それでも、俺が一番に望んでいることは、俺とあなたでルストとウルカに会うことです」

リオの本気が伝わったのだろう、エラドは諦めを含むような息を、小さく漏《も》らした。

「……僕に、トゥエラドを裏切れと言うんだね」

「これは裏切りじゃない。彼女にとっても、救いになるかもしれません」

はっきりと言い切った。トゥエラドの所業をただ黙認することだけが、優しさではないとリオには思えた。エラドにもそれは分かっているはずで、彼は視線を落とし、しばらく瞳を揺らしたあと、「怖いんだ」と囁いた。

「地上に出ても、ウルカが僕を迎えに来てくれなかったら……もう、言い訳のしようがない。地下にいる間は、もしかしたらなにか理由があって、来られないだけかもと考えられるけど」

リオはエラドの不安が身に迫ってくるのを感じた。三百年ため込んだ悲しみと惑い。それでもウルカへの期待を捨て切れていないから、エラドはこれほど長い時間閉じ込められても、まだ心を壊しておらず、優しいままなのかもしれない。

「……地上に出てもウルカは迎えにこないでしょう」

ほんの数秒迷って、けれどきっとそれが真実だろうから、そう伝えた。途端に、エラドは顔を跳ね上げ、絶望したようにリオを見た。エラドの悲しい顔を見るのは辛かったけれど、リオは眼を逸《そ》らさないように必死だった。

「でもそれは、ウルカがあなたを忘れたからじゃない。もしかしたら、ウルカのほうこそ、エラドが来てくれないことを悲しみ、待っているかもしれないんです」

「……え？」

考えもつかなかったのか、エラドはリオの説得に、眼を丸くした。

リオは、この美しい神が、人間の子どもよりも純粋なのかもしれない、と気づく。なぜ一つの竜から二頭に分かれたとき、エラドには「疑い」の心を持たせなかったのかと、責めたくなるほどだった。

「あなたが大主教から契約を持ちかけられていたとき、ウルカは王宮にいたんですよね？　あちらはあちらで、違う契約を結ばされているかもしれない。当時の王宮には花嫁もいたはず。あなたの神力を使った契約書も、作れたのでは？　俺にもさっき、ルストができることは俺にもできると言っていましたよね？」

　エラドは口元を押さえた。そのすみれ色の瞳に悲しみがありありと浮かんでくる。もしかすると三百年も経《た》ってようやく、騙された可能性を考えたのかもしれない。

（……この竜は、こんなときでも憎しみを見せない）

　リオはじっとエラドを見つめていたが、エラドの瞳には、ついぞ悲しみ以外の感情が浮かんでこないようだった。普通なら怒りや憎しみを感じる場面だ。

　ウルカには知恵を。エラドには慈愛を。二頭に分かれたときに互いに受け持ったもの。いくら魂が近くても、ごく普通の人間と変わりない感覚で生きているリオとは違って、エラドの心の中には、悲しみや淋しさはあっても、憎しみや恨みが存在しないのかもしれなかった。

　もしもそんな「心」がエラドにあったのなら、三百年も、フロシフランという国が無事でいられるはずがなかったと思う。

「エラド」

リオはナイフを手放し、まだ握ったままの、エラドの手をそっと引いた。

エラドはまだ迷うような眼で、リオを見つめている。

「迎えに行ってあげましょう。ウルカを。きっとあなたのように、片割れを失って傷ついている。俺もルストのところへ行く。だから、あなたも行くんです」

エラドは戸惑いを消せないまま、けれど、小さく頷いた。

「……ウルカが、もし本当に僕を待っているのなら、行かないと……」

呟くエラドの手を、リオはさらに引いた。エラドは抵抗せずについてくる。扉に手をかけたとき、心臓が爆発しそうなほどドクン、と大きく鳴った。ここまで説得しておいて、自分の仮説がはずれ、結局エラドは地上に出られない――なんてことになったら、エラドをさらに傷つけてしまう。

緊張で、手のひらがじとりと汗ばむ。それでも、リオはエラド自ら地上に出ることを選んでほしかったから、先にきちんと話をしたのだ。

（ちゃんと、自分で決める。そうして歩く。それなら、どれだけ運命に流されても、受け入れられるから）

神様だって、きっと同じだと思う。扉にかけた手に、力をこめた。

押されて開いた扉の向こうから、目映《まばゆ》い光が差し込んで、リオの視界を真っ白に染めた。

光に包まれると、五感が急速に消えていく。

なにもかも分からなくなる前に、エラドの手を握る指にだけ、力をこめた。

真っ白な光に五感が溶けていたのはわずか数秒のことだった。

気がつけば夕闇の迫る空が見えた。崩壊した城の瓦礫《がれき》の中、リオは立っていた。ハッとして、振り返る。

リオのすぐ横に、トゥエラドそっくりの、可憐な少女が立ち尽くしていた。

（エラド……出られたんだ……！）

安堵とともに、喜びが胸いっぱいに広がる。けれど振り返った先では、エラドが呆然《ぼうぜん》とした表情で空を見ており、その美しい瞳から、ぽろりと涙を一粒、こぼしていた。

「出られた……こんなにも、簡単に……」

エラドは囁くように言った。

どんな気持ちでそう呟いたのか、エラドの中にあるものが悲しみか、苦しみか、悔しさか、到底分からなかった。けれど、三百年分の痛みを内包したなにかであることだけは伝わってくる。リオの心に広がっていた喜びは、切なさに変わっていく。

リオはエラドの手を引き寄せると、せめて少しでも慰めたくて、ぴったりと体を寄り添わせた。

一人の土人形と、一頭の竜の頭上には夕闇が迫り、冬の星々が、瞬き始めていた。

三　ルスト

――愚かなウルカの王よ！　ついにお前は花嫁に殺される！

哄笑《こうしょう》とともに地下へ消えた魔女は、リオをも連れ去ってしまった。

ヴィニゼルの城の一角、ついさっきまで魔女と戦っていたその部屋に、ルストは膝をついていた。腹には短剣が差し込まれたままで、ぼたぼたと床に血が落ちていく。

「くそ……っ」

深手だったが、腹の痛みなど気にならないくらいの怒りで、全身が震えていた。

（リオを奪われた……！　それも眼の前で！）

ハーデの国土ではウルカの神力は抑えられ、魔女の力が増幅する。だとしても、遅れをとるつもりはなかった。魔女がリオに幻覚を見せて、ルストの腹を刺しさえしなければ――最後に見た、リオの顔が脳裏をよぎる。魔女だと思い込んで刺した相手がルストだと知って、真っ青になっていた。今ごろ、どれほどの恐怖と罪悪感に苛《さいな》まれているだろう？

（すまない、リオ……。お前を守れなかった）

悔恨で頭がどうにかなりそうだったが、悲嘆に暮れている時間はない。

ルストは舌打ちとともに、腹に刺さっている短剣を勢いよく引き抜いた。腹部に肉の裂ける痛みが走ったが、気にしなかった。羽織っていたマントを引きちぎり、応急処置としてきつく傷口に巻く。布は血を吸い込んで瞬く間に赤く染まっていく。

(冷静になれ、冷静に)

魔女はすぐには、リオを殺しはしないはずだ。

(俺が生きているうちは、リオを利用するだろう。リオには俺の神力を込めたナイフを持たせた。魔女はリオを餌に、俺をおびき寄せるに違いない)

傷の痛みにというより、リオを眼の前で奪われ、リオを傷つけられた怒りで、息があがっていた。荒い呼吸を整えようと、ルストは立ち上がり深呼吸した。額に冷たい汗が滲《にじ》んでいる。繰り返す深呼吸まで震えている。

それでもじっと神経を研ぎ澄まし、リオに持たせたナイフの気配を探った。足下の地下へと続いていた気配は、やがてぷつりと途切れていた。

(地下か……ウルカの神力が届かない場所だ。今すぐに追うのは不利だ)

万全の準備をしなければならない、リオを救うためにも。

ルストはなるべく冷静になろうと、必死に知恵を巡らせた。

自分が魔女なら、もっとも有利に戦える場所でルストにリオの存在をちらつかせ、自分にとって最も都合のいい土俵でとどめを刺そうとするはずだ。

魔女のほうも三年前の戦争である程度力が削《そ》がれている。ウルカの神力がいくら抑えられる場所でも、ルストと、リオを除く残りの『使徒』たち全員を相手にするのは容易ではない。

「……俺一人の力では助け出せない」

ルストはそう、判断した。

前髪をぐしゃりと片手で摑む。悔しさとともに、自分の考えが傲慢だったことに気づいて、後悔が押し寄せてきた。

（なぜすべて、自分の思い通りにできると考えていた？）

けれどルストは、長時間一つの後悔に囚われて落ち込むような性格ではなかった。一度深く息を吸い込み、吐き出したあとは、もう腹が決まっていた。

狭い円形の部屋に、唯一繫がる暗い廊下から、ばたばたと足音が聞こえてくる。近づいてくる気配はよく知る二人のものだ。

「陛下！　……っ、その傷は⁉」

先に飛び込んできたフェルナンが、ルストの腹を見てぎょっとしている。すぐさま追いついたアランも瞠目《どうもく》したが、さっと室内を見渡して、

「お嬢ちゃんは……？」

と訊《き》いてきたので、ルストが死ぬわけではないと分かったらしい。

実際常人なら死んでもおかしくないほどの出血だったが、ウルカの神力を宿すルストの腹は、少しずつ傷が治り始めていた。おそらく、フロシフラン国内に戻れば完全に閉じるだろう。

魔女にしても、自分が生きていることにすぐ気がつくはずだとルストは考える。

花嫁に殺される、と嗤《わら》ってはいたが、リオの細い腕でルストを殺したいのなら、腹部を一度刺すだけでは足りない。

「リオは連れ去られた。魔女に。気配を探った限り、地下にいる」

「連れ去られた……っ？」

フェルナンが、明らかに動揺を浮かべた。いつもは冷静の権化のような男なのに、リオに関してだけは情緒が乱れるようになった『王の眼』を、ルストはちらりと見やってから床に落ちていた古い本を拾い上げた。

「地下って……地下のどこだよ？」

青ざめた顔で、アランが訊いてくる。フェルナンは不意になにかを思い出したように室内を見回し、「陛下」と呼びかけてくる。

「殿下……ユリヤ殿下は？」

ルストはフェルナンの琥珀《こはく》色の眼と眼を合わせた。静かな、そして厳しい表情の自分が、フェルナンの眼の中に映っていた。アランが一瞬息を呑み、「まさか」と囁く。

ルストは詳しくは言わずに、ただ首を横に振っただけだったけれど、それでも聡《さと》い二人はユリヤがどうなったのかを察したようだった。

（憐れな第二王子……だが、あれは俺の弟でもなく、リオでもなかった）

理屈では説明がつかないが、ルストは初めてユリヤを見たときから、違和感を覚えていた。土人形として、まだ若かった自分の前に現れたユリヤとは、明らかにまとう雰囲気が違っていて、まるで空気のように存在感がなかった。

たぶん、あのユリヤには、心臓がなかったからだろう。

一人目の土人形のことは疑っていた。それでもなぜか無視できず、心のどこかが惹《ひ》かれるのを感じた。だからこそ死なれたとき、ルストは驚いたし、悲しみを感じた。

二人目のユリヤには、庇護欲《ひごよく》をかき立てられた。二度と死なせないと思っていたのに、結局は死なせてしまった。三人目のリオは――まとう雰囲気こそ一人目と二人目に近かったけれど、性格も物言いもまるで違っていた。

生き生きと笑い、怒り、泣く姿に胸を打たれ、ルストはいつの間にかリオを愛していた。全身がリオに傾き、持って行かれるような感覚だった。

他のことならなんでも感情的にならずに考えられるのに、リオが絡むと難しくなる。

けれど今のルストは冷静だった。リオを取り戻すというただ一つの目標のために、思考は冴《さ》え冴《ざ》えとしている。

「……そうか、ユリヤは……。なら、お嬢ちゃんは泣いたろうな」

アランがぽつりと呟く。アランにとっても、ユリヤよりリオなのだろう。かわいそうではあるが、リオだけを見ていたユリヤがそれで傷つくとは思えないのが救いだ。

フェルナンだけは、一緒にいた時間がこの三人の中で一番長いせいか、ユリヤの死に衝撃を受けているようで、眼を伏せて悼むような表情を見せている。

けれどルストには、ここでゆっくりと話をしているような余裕はなかった。拾った本をめくり、中身を確かめる。題名は『土人形の生成について』。けれど書かれていたのは、ハラヤの時代まで続く、王妃たちの記録——。

ルストは唇を噛んだ。

なぜ魔女が戦争を仕掛け、王を殺そうと動いたのか、大体のことが分かるような気がした。憶測に過ぎないが、二人にも本を差し出すと、受け取ったフェルナンが頁《ページ》を開いて眼を見張る。

「これは……」

「さっきの廊下にあった壁画が、史実ってことか⁉」

アランもルストと同じ推測を抱いたらしい。誰よりも賢いフェルナンが、それに気づかないわけがなく、眉根を寄せてなにか考え込んでいる。

「すぐに王都に帰る。ルースとゲオルク……他の使徒たちと合流して、策を練る。お前たちにも、ルースたちにも、機を見て俺の隠していたことを洗いざらい話すつもりだ」

そう告げると、足を屈伸させて飛び上がった。

円形の部屋には天井がなく、一度壁を蹴《け》って屋根部分にまで到達すると、そこから塔の上に出られた。迷路のようなヴィニゼル城の中を進んでいたのでは効率が悪い。ここからすぐに発《た》つつもりだった。

アランとフェルナンも、ルストと同じようにして追いかけてくる。

「王都に帰るって……おい、お嬢ちゃんはっ？」

アランが怒ったように言う。けれどフェルナンは、事態の先が読めているようで「アラン、リオはしばらく無事のはずだ」と口を挟んできた。

「魔女が連れ去ったのなら……陛下をおびき出すために使うだろう」

「そうだ。おそらく、次が最後の戦いになる。王都に戻り、備えるのが先だ」

ルストが肯定すると、アランがじろりとルストを睨み付けた。

「ルースたちに、洗いざらい話すって言ったな。……お嬢ちゃんに王位を譲ろうとしていたことも か？」

アランがなにを言いたいのか、ルストには訊かなくとも分かっていた。家臣の了承も得ず、相談もせずに、王位を勝手に他人に譲ろうとしていたと聞けば、ルースとゲオルクには不信感を持たれてしまうかもしれない。

たとえそうだとしても、最早《もはや》他の選択肢はないとルストには分かっていた。

リオを取り戻すには、『使徒』全員の力が必要だった。

そして協力を取り付けるためには、ルストが一度リオに真名を与えて死んだことも、生き返ったけれどリオにもう一度すべてを明け渡すつもりだったことも——いずれは伝えなければならない。

「機を見て、だ。おそらくそう遠くはないうちに、必要になるだろう」

ウルカの神力を分け与えられた『使徒』たちにとって、不利な戦いになるだろう場所に率いていくのに、欺き続けることはできないと、ルストは率直な気持ちをアランとフェルナンに伝えた。

「……魔女も態勢を整え、全力で挑んでくるだろう。俺たちは罠に飛び込んでいくことになる。癒やしの力を持つリオは捕らえられている。死ぬかもしれない場所に連れていくのに、真実を告げないまま命令はできない」

フェルナンは黙って目線を落とした。フェルナン自身、以前は『北の塔《セヴェルニ・エシュ》』から派遣された身であることを思えば、今のルストの発言には思うところがあるのかもしれなかった。

「俺が竜の姿になる。飛翔《ひしょう》すれば王都はすぐだ、乗れ」

アランはルストの決意が固いことを感じ取ったらしく、ため息をつき、肩を竦《すく》めただけで、ルストが竜の姿になりやすいよう離れてくれた。フェルナンも同じように離れていったが、そうする前に一言、ルストに囁いた。

「陛下。陛下が話すのなら、俺もすべてを話します。リオを助けるために、できることはなんでもするつもりです」

ルストはフェルナンを見つめた。そして小さく頷いた。

前を向き、じっと自分の内側に集中する。体が膨張していく感覚。自我は人間のそれよりも、なにかもっと大きな、高次元のものに変化するように感じる。

腹の痛みが消えていき、ルストはヴィニゼルの空の下、一頭の巨大な白竜になっていた。

アランとフェルナンが首のあたりに乗ってくる感触がある。背中に生えた翼を大きく動かすと、竜の巨体は一瞬で上空へと運ばれていた。

――リオ、待っていろ。

ルストは頭の中で、ただ一人の愛《いと》しい人へと祈るように呼びかけた。

俺が必ず、お前を助けてやる。

どんな暗闇からも、お前の手を引いて、光のある場所へ。

お前が生まれてきてよかったと、生きていることが嬉《うれ》しいと思えるように。

必ず、救い出してやる。

四　旅路へ

「ごめん。ありがとう」

いつしか涙を引っ込めたエラドは、そう言ってリオの体からそっと離れた。心配しながらエラドの顔を見ると、その瞳に悲観の色はもうなくなっていて、リオは少しホッとした。

まだ出会って数刻なのに、リオはこの竜に親しみと愛情を抱き始めていた。

(魂が近いから……？　夢で、エラドの記憶をなぞったせいもあるかもしれないな)

なんにせよ、地上にエラドを連れてこられたことは嬉しい。とはいえ、その嬉しさに浸っている余裕もない状況だった。

エラドはあたりの空気を吸い込み、ゆっくりと吐き出している。

「懐かしい地上の匂いだ。……でも、ウルカの気配が少し遠いね」

「エラド、今から街道に出ましょう。もうすぐ夜になりそうですが……トゥエラドに気づかれる前に、ヴィニゼルから離れたい」

三百年ぶりに地上へ出たばかりのエラドを急《せ》かすのは気が引けた。本当はじっくりと、地上の空気を堪能《たんのう》させてあげたい。けれど、リオが魔女に捕まったまさにその場所であるヴィニゼルに長居するのは危険に思えた。

　空は夕焼けに染まっているし、この場所から街道まで出るには徒歩だとかなり時間がかかる。本来なら、今から動くのは非効率的だが、それでもここに留《とど》まっていたくなかった。

「魔女はきっと、ここに俺たちが出たことにすぐ気づくはずです」

「……そうだね。教団の者でも、魔力が高い者には感づかれるかもしれないし、急いで移動したほうがいいね」

　エラドはリオの言葉に賛同すると、なにか考えるように少しの間空を見つめた。

「……このあたり、人気が少ないね？　街道までも結構距離がある？」

「分かるんですか？」

　それも神力によるものだろうか。びっくりして問うと、エラドは「なんとなくね」と言いながらあたりを見回した。

「どうせもうすぐ夜になる。だから……少し南側の、森の上から国境を越えるのはどうだろう」

「森の上から国境を越える？」

　エラドの言うことが分からず、首をかしげたときだった。

　エラドの体が淡く光り、少女の姿が消える。かわりに、リオの視界に影が差した。瓦礫と化した城の中央に、巨大な黒竜の姿が現れていた。

夕闇の濃い部分に、竜の姿は半分同化している。黒曜石のように底光りする美麗な巨軀は、その場にうずくまった。

『僕の背に乗って、リオ。一か八か、このまま国境を越えて王都まで行けるかやってみよう。飛んでいければ一瞬だ』

地上に出るときは躊躇っていたウルカが、大胆にもそんなことを言ったので、リオは眼を丸くした。けれど考えるまでもなく、それができるのなら一番いい方法だと思えた。

魔女の追跡もかわせるだろうし、竜姿のエラドなら、一晩でウルカのところまで行けるだろう。完全に日が落ちれば、黒い体は闇に紛れて見えなくなるので、人目について騒ぎになることもない。

「……国境、越えられそうですか?」

ただ一つ、心配があるとすればそれだった。

国境から先はウルカの神脈がある土地だ。魔法契約のせいで、エラドがその国土に入れないことは十分に考えられる。見えない壁のようなもので、越境するときに弾《はじ》かれるかもしれない……。それがリオには不安だった。そうなったとき、問題を解決できるかどうかも不安だけれど、なによりそのことでエラドの優しい心が傷ついたらどうしよう、と思ってしまう。

『分からない。でも、これが最善だろう。きみが僕を地上に連れてきてくれたんだ……僕は、きみをウルカの王の元まで連れていく義務がある』

リオはエラドにそんな義務を課した覚えはないけれど、優しい竜はそう思っているのだろう。

（エラドは覚悟してくれてるんだ……俺にだって、この竜をウルカのところへ連れていく義務がある）

エラドとウルカを引き合わせるには、ルストに会うのが手っ取り早い。エラドがリオに対して義務感を持ってくれているのなら、その善意を最大限利用させてもらおうと考えることにした。

「じゃあ、やってみましょう。背中に乗らせてもらいますね」

リオが言うと、エラドは背を低く下げ、前脚をリオのほうへ伸ばして、上りやすいようにしてくれた。リオは思い切って、エラドの脚によじのぼった。思ったよりも簡単に、エラドの首の付け根あたりまで移動できた。

「ここに乗っててもいいですか？」

座りやすい場所に腰を落ち着けてから訊くと、エラドの頷く気配がある。

『腹ばいになって摑まっていて』

そう声が響いたかと思った途端に、大きな翼が持ち上がり、羽ばたいた。

ぐわん、と背に風圧を受ける。自然と体が前のめりに傾《かし》ぎ、リオはエラドの首に腹ばいになってしがみついていた。そしてあっと思った瞬間、リオは空高い場所にいた。

重たい風圧にさらされたのはわずかな間だけだった。魔法の壁に守られているかのように、エラドの背の上は静かで、大きな翼がいくら羽ばたいても、その摩擦音すらしなかった。まるで彗星《すいせい》のように、エラドは悠々と、神々しく、黄昏《たそがれ》の空を飛翔していた。

空中からは雪の積もった森林と、山際に消えゆく太陽が見えた。空気は冷たく、澄み渡っている。やがて完全に日が落ちて、あたりが夜空に変わると、西の方角に、ひときわ明るく、白い光がきらめいた。

それは幾度となく、リオが祈りを捧げてきた光の粒だった。

「……神々の山嶺が見える」

思わず、呟いていた。エラドはなにも言わなかったけれど、同じものを見たのかもしれない。リオの体の下で、その黒い肌が小さく震えた気がした。

ヴィニゼルの廃城はすぐさま視界から消え去り、セヴェルへ続く街道も通り過ぎた。月明かりに照らされて、森林地帯が眼下に広がり、もっと向こうには大河が見える。

この速度なら、きっと王都までひとっ飛びだろう。西日の名残が消え去り、あたりが真っ暗な夜の闇に包まれたとき、エラドが『国境を越えた』と囁いた。

（越えられた……よかった、これでエラドを、ウルカに会わせられる——）

越境のときに、弾かれてしまうようなことは起こらず、一つ不安だったことが消えて、リオは胸を撫《な》で下ろした。

けれどそのとき、異変が起こった。

飛んでいたエラドの体ががくんと揺れて、傾いたのだ。

「えっ⁉」

事態を摑むより先に、リオは空へ放り出された。黒い巨軀は消えており、リオがしがみついていたのは、気を失った、トゥエラドそっくりの美少女だった。エラドが、人姿に変わってしまったのだ――。

（えっ？　どうして！）

理由は分からなかった。眼を閉じたエラドの体からは、まるで空気が抜けていくように黒と紫の光がきらきらと散って、やがて消える。途端に、まだなんとか空中で高度を保っていたリオとエラドは、森に向かって急下降し始めた。

（落ちる！）

リオはエラドの細い体を抱きしめた。ぎゅっと眼をつむり、願った。

（お願い！　エラドと俺を守って……！）

全身から、どっと魔力が溢れたのを感じる。リオの体は紫の光の粒子に包まれ、それはエラドの体にもまといついた。降下の速度は次第に落ち着き、やがてリオとエラドはゆっくりと、横たえられるようにして、見知らぬ森の中へ降りていた。

「……エラド。エラド？」

とにかく、エラドの無事を確かめなければならない。リオは森に降りてすぐ、エラドの体を確認した。呼んでもエラドは目覚めなかったけれど、左胸に耳を当ててると鼓動が聞こえた。

（生きてる……）

国境を越えたことで、エラドの体に異変が起きたのはまず間違いない。けれど死んではいないようで、ひとまず安堵した。

リオたちがいる森には雪が降り積もっており、エラドも、雪の中に身を横たえている状態だ。幸い魔女の格好を投影しているせいか、分厚いローブをまとっていたが、このまま寝かせておくわけにはいかない。竜の体が人間とは違うとは言っても、冷え込ませるのはよくないだろう。

リオはエラドの体を背負いあげると、先ほど上空から見た景色を思い浮かべた。

（街道は少し北側にあったはず……とにかく、一度街道に出ればなんとかなる）

リオは旅装のままなので、雪の中を歩くに十分な靴と装備だ。月明かりが雪に反射して、あたりは不思議なほど明るく、見晴らしのよさそうな丘がすぐに見つかった。

頂上まで登ると、遠く、明るい光が一粒見える。神々の山嶺に点《とも》る、ウルカの光だ。

「あっちが西。なら北はこっちか……」

ウルカの光のおかげで、正確な方角が分かる。

途中、エラドを休ませられそうな場所が見つかることを祈りながら、最悪の場合は街道まで歩こうと決めて、リオは北に向かうことにした。

ひたすらに、ただ黙々と雪深い森を歩いていく。

あたりはシンと静かで、ずっと遠くで狼《おおかみ》の声がしていた。夜の森は本来、危険で恐ろしく、人の立ち入る領域ではない。獣に遭わないことを祈りながら、必死に脚を動かした。冬の空気の中、息は凍り、鼻の頭と頬が凍《い》てついてじんじんと痛くなってきた。

けれど、エラドを背負う腕が疲労でぶるぶると震えだすころ、幸いにもこの近辺に住まう誰かが使っているらしい、狩猟小屋が見つかった。

あばら屋だけれど、寒さをしのげる。今夜のうちに街道まで出る必要がなくなり、リオはありがたく使わせてもらうことにした。

狩猟小屋の中は最近も使われた様子があり、粗末な毛布が数枚置いてあった。人が頻繁に出入りしている気配があることから、きっと街なり村なりが近いのだと察せられる。ということは、街道に向かった方角も合っているということだろう。

（明日には、その場所に行けるはず……）

リオはエラドを床に寝かせると、毛布でその体をくるんだ。

小屋の真ん中に、土を掘り、石を敷き詰めて作った簡単な焚《た》き場があった。幸運なことに、薪《まき》も置いてある。庶民にとって薪は大切なものだ。セヴェルで暮らしていたころ、樹木は高価で冬越しにはいつも苦労していた思い出がある。リオは「すみません、いつかお返しします」と囁いてから、薪を借りて櫓《やぐら》を作った。けれど、火打ち石や打ち金の類《たぐい》いがなく、なにか火をつけられるものはないかと、狭い小屋の中をうろつくことになった。

「……リオ？」

古ぼけた壺を覗《のぞ》いているときに、ふと声がしてリオは振り向いた。エラドが眼を覚ましており、上半身を起こして、不思議そうに小屋の中を見ていた。

「エラド、体は大丈夫ですか？」

リオは急いでエラドの横へ駆け寄り、跪《ひざまず》いた。エラドは国境を越えたあたりで気を失ったことを思い出したらしく、申し訳なさそうな顔で頷いた。

「すまない。どうやらウルカの国土の上では、僕の力は制限されてしまうようだね」

エラドは両手を見て、ため息をついた。その手には一瞬だけ、黒と紫の光が散ったが、すぐに消えてしまう。

「本能的に、体を小さくしなければと思ったんだろう。それでこの姿に変わってしまったんだと思う。どうやら、人姿を維持するだけで精一杯のようだ」

「痛いところはないですか？」

「平気だよ」

その答えにホッとする。

「力が使えないだけなら、心配しないで。俺がエラドをウルカのところへ連れていきます。辺境から王都へは前も旅したことがあるし、街道に出ればなんとかなると思います」

本当は、路銀も少ない上に、徒歩で王都までと考えると途方もなく大変なことだと分かっていたけれど、リオはエラドを元気づけたくて、わざと明るい声を出した。

「それに俺は力が使えるみたいです。さっき、落ちそうになったときも魔法が発動したので……。エラドの力が源でも、たぶん『王の鞘』だからかな？」

ふと考えてみれば、ルストはフロシフランの国内なら、自分の『使徒』の位置を感知できたはずだ。学術都市ツェレナまでリオを追いかけてこれたのは、その力のおかげだった。ということは、フロシフラン国土に入ったリオのことを、既に感知している可能性が高い。

（……もしかしたら、ルストが来てくれるかもしれない！）

そう思うと胸が弾み、一瞬で体が温まる気がした。

（あれ？　でも、地下はエラドの領域だから、感知ができないってことだよな？）

けれどすぐに、違和感に気づく。

「……魔女はどうやって、俺のところまでルストをおびき寄せるつもりだったんだろう」

疑問に思ってぽつりと呟くと、エラドがリオの意を汲《く》んだように「あのナイフ……」と言った。

「リオが持っていたあのガラスのナイフ。あそこからウルカの気配がした。だからトゥエラドは、王がそのナイフを追ってきみを探し出すと踏んだんだ。それで、きみからあのナイフを取り上げなかったんだと思うよ」

言われて、リオは驚き、服の下からガラスのナイフを取り出した。鈍く緑色に光るナイフは、リオが魔女に連れ去られる瞬間、ルストから手渡されたものでもある。

(そうか、ルストは俺を助けに来るつもりで、あのときこれを渡してくれたのか……)

自身はリオに腹を刺されて、血まみれになっていたというのに――。

そう思うと、胸がじんと熱くなり、ルストへの気持ちが膨《ふく》れ上がりそうになった。会いたい。会って早く無事を確かめたい。

けれど今は、その感情に沈んでいる場合ではない。

「トゥエラドは、フロシフランの地上ではあまり力が使えませんよね。とにかく明日から、王都に向かいましょう。もしルストが俺を感知しているのなら、王都に行く前に合流できるかもしれません」

魔女に捕まらずにルストと合流しさえすれば、エラドをウルカのところへ連れて行けるし、ルストに頼めば、三百年前エラドが騙されるようにして結ばされた魔法契約を破棄してもらえるだろう。ルストが、エラドを縛り付けている契約をよしとするとは思えなかった。リオのことになると暗愚になるけれど、それ以外の部分でルストは優れた王であり、基本的には公平だからだ。

「エラドはなにも心配しないで寝ててください。今日はどうせ移動できないし、今火を焚くから……」

でも火打ち石がないんですよね、とリオがぼやくと、エラドはリオが組んだ薪を見つめた。小枝や枯れ葉もちゃんと櫓の下に入れてある。

「ここに火をつければ、小屋が暖かくなるんですけど……」

体が冷え切ったリオは、鼻声になっていた。小さく鼻をすすると、エラドがリオの手の甲へ、たおやかな手のひらを重ねてきた。不思議に思い、エラドを見る。

「リオの手から火が出せる。魔力操作を手伝ってあげるから、やってごらん」

言われて、眼を瞠《みは》った。

「俺が？　火を出せるんですか？」

そんな魔法が使えるのか？　と疑問に思ったけれど、エラドは迷いなく頷く。

「火は空気中に燃えるものがたくさんあるから、わりと簡単な魔法のはずだよ。指先に火を点すことを、頭の中で想像してみて。僕は力がほとんど使えないけど、きみの魔力の流れを良くすることくらいはできると思う」

言われて、リオはじっと自分の手を見つめた。エラドに言われたように、集中して、指に火が点るところを思い浮かべる。エラドがリオの手をぐっと握りしめると、途端に体の中から、なにかの力がごそっと指先へ移動する感覚があった。

手から火球が飛び出したのはそのときだった。飛んだ火球は薪に当たり、あっという間に燃え上がった。

「ほらね、できたでしょう？」

エラドは手を離しながら、にっこりと微笑んでいる。リオは自分が火を作り出したとは信じられずに、何度かエラドと燃えている薪を見比べてしまった。

「きみをウルカの王のところへ送るまでの間、せめて力の使い方を教えるね。人を癒やす以外にも、きみにはできることがたくさんある」

エラドは壁のほうへ少しにじり寄ると、リオに隣へ横になるよう促した。美少女の姿をしているエラドと並んで寝ていいものか迷ったが、エラドに性的なものはまったく感じないので、リオは横に座らせてもらった。

さすがに火の番があるので、寝転がるのはやめておく。

小屋の中は瞬く間に暖かくなり、かじかんでいた肌もじんわりと溶けていくように感じた。

「エラドは寝ていていいですよ。力が使えないなら、体には疲労が溜まるはずです」

「もう少し一緒に火を見てるよ」

エラドはそう言い、リオに毛布を分けながら、腰を落ち着けた。

しばらくの間、二人は無言でぱちぱちと爆《は》ぜる薪を見つめていた。

「……不思議だね、人間は火を使う。竜は使わない」

「こうやって焚き火を見るのは初めてですか？」

いくら長く生きていても、神様なのだから火は必要ないだろう。だから見たことがないかもしれないと思って訊くと、エラドは「いや、何度かあたったことがある」と返してきた。

「……僕は人間が好きだから、山の麓の村や街に降りて、人々の営みをよく眺めていたんだ。フロシフランの民と契約してからは、いつもトゥエラドがそばにいたからね。彼女と一緒に、いろんな家のかまどを覗いたこともある。城下の人たちは気さくで、僕らを歓迎してくれていたよ」

しんみりと語るエラドの横顔は焚き火に照らされて、橙色《だいだい》になっている。リオは夢に見た記憶の中、仲のいい兄妹のように、街を歩いていたエラドとトゥエラドの姿を思い出した。

「ウルカはいつも、いい顔をしなかったよ。あまりに人間に近づきすぎてはいけないと……今思えば、ウルカが正しかったのかもしれない」

「……人間を憎んでいますか」

答えを知りながら、それでもリオは訊ねてみた。けれど思ったとおり、エラドは力なく、首を横に振った。

人間を憎んでいない、というエラドの答えに、リオは安心していいのか、憤っていいのか分からず、複雑な気持ちになる。

「そういう気持ちは知らないんだ。……ただ、僕が彼らにとって不要なものだったのかと思うと、それが悲しいだけ。かといって、教団の人たちが望んでいるように、祀《まつ》りたててほしいわけでもない」

エラドは長い睫毛《まつげ》を伏せて、ひととき、昔のことを思い出している様子だった。リオはじっと、彼の次の言葉を待った。自分が口だしできるようなことは、なにもない気がする。

「それにたとえ憎んだところで……僕を地下に閉じ込めた人たちはもう、死んでしまっている」

それがまるで淋しいことのように、エラドは囁いた。

(だとしても、三百年は長すぎる)

リオはルストに相談をして、エラドという神が貶《おとし》められた発端を探すつもりだった。王家に非があるのなら、きちんと贖罪《しょくざい》すべきだとも思っている。問題は、トゥエラドがそれで納得するかどうかが分からない点だ。

そしてルストが、今なにを考えているかもリオには分からない。別れる間際までは、ルストはリオが死ぬことを許せないままだった。再会したいけれど、もう一度、リオの命の行方について言い争うのはいやだと思う。

自分がルストに対して、なにをしてあげられるのか。

考えても、リオにはまだ、答えは分からなかった。分かっているのはただ、胸が焦がれるほどに、ルストに会いたいということだけ。

（ヴィニゼルまでの旅の間中、ずっと素直になれなかった……。今はそばに行って、気持ちを伝えたい。抱き合って、なんの心配もなく愛し合えたら……）

火の粉がぱちぱちと小屋の中を舞う。薪を燃やす炎は、中心部が金色に輝いていた。

「……もし、願えばなんでも一つだけ望みが叶うとしたら、エラドはどうしたいですか？」

何気なく、リオは訊いていた。

もしも望みが叶うのなら。

リオは、せめて普通の人間程度、寿命がもらえたらと思う。それは自分のためではなくて、ルストのために。ルストがこれ以上絶望せず、王としての使命をまっとうし、自分の人生を幸せだったと思ってもらえるためにだった。

（でもそれも、俺の身勝手な考えなのかもしれない……）

エラドは焚き火を見つめたまま、リオの問いかけにそっと答えた。

「望みが叶うとしたら……もう一度……ウルカと一頭の竜に戻りたい」

その答えは予想しておらず、リオは衝撃を受けて顔をあげた。

エラドとウルカが、分かれる前の状態に戻る――そうなると、ウルカとエラドの恩恵を受けて成り立っているフロシフランという国は、どうなるのだろう？

眼の前に、人間の欲深さのせいで傷ついた竜がいるというのに、リオは一瞬、それは困る、と思ってしまった。エラドはリオを向くと、その気持ちを察しているかのように苦笑した。

「……大丈夫。どうせ戻れないよ。僕の力は弱まりすぎた。僕たちは互いに均等でなければ一緒になれない。だから……これだけ力の奪われた僕とでは、ウルカと一つにはなれないんだ」

淡々と、けれど失意を滲《にじ》ませて、エラドは呟いた。

「エラド……」

「交代で寝よう。大丈夫、薪のくべ方は知ってるから。先に寝るけど、きっかり一刻後には起きるね」

エラドはリオを気遣うように言い、毛布にくるまると、床に寝そべった。眼を閉じてしまった竜に、もうこれ以上なにを言うこともできず、リオは固まっていた。

（……俺って、自分勝手だ）

本当に眠っているのか、眠ったふりをしているのか分からないエラドの顔を見つめて、リオはそう感じた。

エラドはこの国に力を搾取《さくしゅ》され、傷つけられた。それなのに人間を憎んでいない。人間のつけた疵《きず》のせいで、エラドはウルカと一頭の竜に戻れないのに、リオはそれを聞いてほんの少し安心してしまったのだ。

少なくともこれまで神から受けてきた恩恵を、まだもらえるのだと。

リオは『王の七使徒』で、国民を守る義務がある。土人形で、寿命が短かろうと関係はない。選ばれ、『鞘』となったからには、国をよくすると決めてきた。一度ルストに真名を返したことで死を覚悟したり、ユリヤに心臓をあげようとしたりで、『鞘』としての職務からは離れた状態だけれど、今でも自分の中に『使徒』としての使命感は残っている。

だから、この国の被《こうむ》るあらゆる不利益を見過ごすわけにはいかない。だとしても、エラドからまだ奪おうと思うのは、あまりにも傲慢すぎる。

（俺は『使徒』として、どうすればいい……？　ウルカとエラドをもう一度出会わせるだけで、この国はあるべき姿に戻れるんだろうか？）

リオはルストや、アランやフェルナン、ルースやゲオルクのことを思い浮かべた。彼らなら、どんなふうに考え、答えを出すだろう。

ふと、『北の塔』の塔主、セネラド・ラダエは自分がエラドを見つけ、地上に連れ出して、王都を目指すところまで見通していただろうか、と疑問に思う。

（あのとき……『北の塔』で俺とユリヤの未来について、時の樹が結論を出したとき、塔主様にはなにもかも見えていたのかな）

ヴィニゼルの廃城で、ユリヤが死ぬことも？

胸に重たいものが下りてくる。リオはため息をつき、祈りの姿勢をとった。

（ウルカの神様……あなたの愛するエラドがここにいます。どうか守って。それから……ユリヤ、ちゃんと弔ってもあげられなかった。ごめんね……）

ユリヤの愛らしい、眩《まぶ》しいほどの笑顔が瞼《まぶた》の裏にちらついた。じわりと涙がこみ上げてきたが、リオはそれを乱暴に拭《ぬぐ》うと、焚き場の中に、薪を一本くべ足した。

翌朝早く、リオとエラドは街道へ向かうために小屋を出た。

焚き場の火の始末はしっかりとし、使ってしまった薪のかわりに、リオは自分が持っていた少ない路銀から銅貨を五枚、置いておく。干し肉を持っていたので、少しかじった。エラドは食事をとらなくても平気だと言う。

外へ出ると、朝ぼらけの淡い光に雪が反射して、きらきらと目映く、眼が焼けそうに感じた。

「ひとまず、街道に出たいと思います。たぶん、北に向かっていけば出られるはずなんですが……」

勘だけで進んでいるため、あまり自信がない。自分の頼りなさを申し訳なく思いながら言うと、エラドがリオと手をつないできた。リオはどうしたのかと、エラドを見つめて眼をしばたたいた。

「僕は力が使えないからできないけど……リオの魔力なら探知が使えるはずだから、やってみようか？」

「探知？」

「周囲一帯になにがあるのか見ることができる。きっと街道の位置も分かると思う」

　エラドはフロシフラン国内に入るまでは、自然とそれができたらしい。リオは言われるままに眼を閉じてみた。

「自分の内側に一度力を溜めて、そこから円状に薄く力を放出していく感じを想像してみて」

　難しかったが、できる限り集中してエラドの言うとおりのことをやってみた。

　つないだエラドの手から、なにかがじわりと伝わってくる。と、昨夜火球を出したときと同じく、体の中でなにかがざわっと蠢《うごめ》いて、リオの腹に熱がこもった。そしてその熱は、ぱっと外側に向かって四散していく。

（あ……！）

　リオは息を呑んだ。眼を閉じているのに、周囲の木々や、背後の狩猟小屋、枝にとまる小鳥の存在、雪の中を跳ねる白兎《しろうさぎ》や、それを隠れて狙っている狐まで見えた。やがてその像は飛ぶように過ぎ去り、長い街道と、往来する人々や荷馬車、さほど離れていないところにある、街の様子が脳裏に浮かぶ。

　リオは眼を開けて、勢いよくエラドを振り返った。眼を開けるとさっきまで見えていた像は消えてしまったけれど、体の中に感覚として、見たものの情報が残っていた。自分がこんな力を使えたなんて、とても信じられなかったし、それでも使えたことに胸が熱くなってくる。

「今の……俺がっ？」

　エラドはにっこり微笑んで、頷いた。

「コツさえ摑めば、そのうち僕の助けがなくても使えるようになるよ」

「本当に？　これができたら、いろんなことで役に立てる。王都に戻って、『使徒』の仕事に就き直しても——」

そこまで言ってから、リオはさっきまで胸の内で熱く膨らんでいた喜びが、急にしおれていくのを感じた。果たして、自分が『使徒』として働くことなどこの先あるのだろうか？　王や民を癒やすだけではなく、他の力も使えるのなら、政《まつりごと》の面でも役立てると思ったけれど、そもそもリオの寿命はそう長くはない。

（……いや、そういうふうに考えるのはよそうって、決めたばかりだ）

リオは不意に湧き上がってきた失望に蓋《ふた》をして、エラドの手を引いた。

眼の前のことを一つずつ。やれることをやる。

リオは地下に囚われたとき、そう決めたことを思い出し、自分に戒めた。

「こっちです、エラド。今日中に街まで行けそうです」

エラドは一瞬気落ちしたリオの表情に気づいていたようで、心配そうな眼差しだった。けれど、リオはそれに気づかないふりをして歩き始めた。


半日かけて森を出て、街道にたどり着いたころ、日は真南に差し掛かっていた。広い街道には人も馬車も多く、石造りの道は歩くのに難渋したものの、行き来の賑《にぎ》やかさに励まされる。

やがて到着した街は、リオにも見覚えのある場所だった。

「……ロイベ。前にも、セヴェルからの旅で来た都市です」

リオは検問の列に並んでいるときに、こっそりと、エラドに耳打ちした。

街の検閲は厳しくなく、列の進みは早かった。いざ衛兵の前に出たとき、リオは怪しまれないかと緊張していたが、名前を告げるだけであっさりと通された。荷物も少なく、年若いリオたちは、ハーデから逃げてきた可哀《かわい》そうな孤児だと思われたようだ。

「仕事探しに街へ来たんだろ？　夜の商売に就くなら買ってやるから店を教えろよ」

衛兵は下品な笑みを浮かべて、リオとエラドを舐《な》めるように見ただけだった。その視線は不快だったけれど、すんなり街に入れたことは幸運だ。

ロイベはそこそこ大きな街で、商業区の向こうに丘があり、丘の上には領主館が建っていた。リオは前にこの街を訪れたとき、左宰相ベトジフの幌馬車に乗せられてきた。そしてあの領主館に泊まったことを思い出した。あのときは、魔術師としてユリウスと名乗っていたルストも一緒だった。

領主の男は肥《ふと》った中年で、リオを平民だと小馬鹿にしていたことを思い出す。一方で、街道の行き来が減り、街が貧しくなっていることを憂えて、宰相に王への口利きを願い出ていた。

しかし今、街には多くの商隊が押し寄せ、宿屋は旅人で溢れている。どうやら、領主の望みは叶えられたようだ。

（きっとウルカの祝福のおかげだろうな……）

ツェレナからヴィニゼルまでの道程で立ち寄ったどの街も、ウルカの祝福を受けて賑わっていたから、ロイベもそうなのだろう。

まだ明るいとはいえ、冬の日暮れはすぐにやってくる。ひとまず、今夜はロイベで宿を取るしかなさそうだと、リオはエラドを連れて、商業区を歩いた。リオの手持ちの路銀は、五日分の宿代を賄《まかな》える程度だった。ヴィニゼルで魔女に捉《とら》えられるまで、旅の支払いはフェルナンとアランが担当していたので、リオは小遣い程度しか金を持たされていなかったのだ。

（どこかでお金を稼ぎながら王都へ向かう必要があるな……）

リオは先を思い悩んで、小さく息をついた。エラドに無理はさせられない。いくら食事が必要なくて、本体が竜だと言っても、眼に映るエラドの姿は可憐な美少女で、リオは庇護欲を感じた。姿はトゥエラドそっくりなのに、不思議とまるで違う存在に見える。

「エラド、すみません。あまり高い宿には泊まれません」

安宿を探しながら謝っても、エラドはちっとも気にしていないと笑っていた。

「リオは旅慣れているんだね。僕は移動のときはいつも飛んでいたから、徒歩での移動がこんなに疲れるとは知らなかったよ」

「……慣れていると胸を張れるほどではありませんが……エラド、足を痛めましたか？」

　エラドの口から疲れる、という言葉が出て、リオははたと歩みを止めた。ローブで隠れているエラドの足下を見やる。エラドは革の長靴を履いている。旅に悪い靴ではないけれど、雪の中を歩くには堪《こた》えただろう。それに街道は、固い石の道だ。底の薄そうなエラドの靴に、リオは血の気が引いていくのを感じた。

「気づかずにすみません、俺の靴を貸すんだった……」

　早く街道に出なければと焦っていて、気遣えなかったことを、リオは悔やんだ。エラドは慌てた様子で、「そんなに痛めてないよ」とリオを慰めた。

「力が使えないとは言っても、体の中に神力は巡ってる。靴もすぐ乾いたし、この見た目ほど弱くはないから」

「でも俺よりは……。とりあえず、あそこの店に座りましょう」

　これ以上休みなく歩くのはやめようと、リオは眼についた食堂へエラドを連れていった。食堂は旅の客でいっぱいで、出入り口周辺の外席しか空いていなかった。

　それでも立っているよりはマシだと思い、リオは粗末な椅子にエラドを座らせると、靴を脱がせて足を見せてもらった。エラドの小さな足は赤く腫《は》れて浮腫《むく》み、靴擦れができていた。

「たぶんこれは、手伝ってもらわなくてもできるので……」

　リオは患部に手を当てると、心の中で、治してください、と祈ってみた。途端、紫の光がリオの手から溢れ、エラドの足にできていた靴擦れと浮腫が治まっていった。

「わ、すごい。花嫁の治癒《ちゆ》ってこういう感じだったんだね」

エラドは自分が分け与えた能力が、どういうものか初めて知ったらしい。感動したように、瞳をきらめかせている。

「可愛らしい子たちだねえ、兄妹かい？　よく似てる」

エラドが靴を履き直していると、店の中から気のよさそうな女主人が出てきて、声をかけてきた。リオは一瞬エラドと顔を見合わせた。たしかに、同じ銀髪にすみれ色の瞳。顔立ちも似ているので、兄妹と思われるのは当然だった。

（ユリヤとも、双子だって言われてたな……）

ほんの七日前まで、一緒に旅をしていたユリヤのことも、ルストやアラン、フェルナンのことも、もう一年は会っていないような淋しい気持ちになりながら、リオは女主人に微笑んで見せた。

「そうなんです。ただ路銀が心細くて……この街に安くて安全な宿はありますか？　妹は体が強くないので、心配で」

「ああ、それならあとでいいところを紹介してあげよう。食事は？　二人分でいいかい？」

女主人は親切なたちらしい。リオは感謝しながら、「一人分で。二人で分けますから」と頼んだ。エラドは食事をとらないからなのだが、女主人はリオたちが本当に金に困っていると思ったようだ。ありありと憐れむ眼をして、「金がなくて見目がいいと、危ないよ」と忠告してくれる。

「どこまでの旅だい？　本当なら、場所によっては護衛を雇ったほうがいいだろうけど、あんたらの場合それも難しそうだね」

「王都です。なるべく早く行きたいんですが……」

「それならここからテアモラに出て、水路を使うのが一番だ。でも、テアモラまでの道は賊が出るからねえ……大商隊の仲間にでもしてもらえりゃいいだろうけど」

無理せず、街道を使って大回りしたほうがいいよ、と女主人は言いながら、店の中へ戻っていった。食事を運んできたときには、「すこうし多めにしといたからね」と言って、熱いシチューを出してくれる。たしかに、一人分にしては多めの量が入っていて、リオは嬉しくなった。

「良い人が多いね」

「街に祝福が下りているからだと思います」

思わず言ってから、ハッと口を噤《つぐ》んだ。エラドは気にしないかもしれないけれど、人々の豊かさはウルカとエラドから、この国が力を受け取っているおかげだという事実は、単なる美談ではないということを、リオはもう知ってしまっている。

（このままじゃいけないいんだろうな……）

湯気をたてるシチューを見ながら、リオは心の中で、そう思った。

女主人が匙《さじ》を二本つけてくれていたので、エラドにも味見を促してみた。エラドは体が必要としないだけで、食べることはできるようだ。シチューを一口含んだエラドは「美味《おい》しい！」と満足げに声をあげていた。その無邪気な姿に、少しだけ罪悪感が緩む。

「王都への一番早い行き方は水路です。道中、賊が出るって言ってたけど……ジシュカの一団かな」

リオは以前、ロイベからテアモラに向かう山道で、賊に襲われたことを思い出しながら呟いた。

あのとき、ユリウスの魔法でかなり被害を出していた賊だが、まだ残党が残って活動しているということだろう。ロイベには商隊が増えているから、被害はむしろ大きくなっているかもしれない。

「エラド、賊が出てきて襲われても、あなたが俺の魔法を助けてくれたら、戦えるかな？」

訊いてみると、エラドは「戦える」と即答してきた。

「リオの魔力量はかなり多いから、渡り合えると思う。単純に体の周りに結界を張って、相手が近寄れないようにすることもできるし」

それを聞いて、俄然《がぜん》勇気が湧いてきた。ただ問題は、無事テアモラに着いたあとだ。

（テアモラまでは出られても、船賃を支払えないだろうな……）

歩きよりも馬よりも船での移動はずっと速いが、そのぶん割高な移動手段だ。

（時間がかかるけど、街道沿いでなにか仕事をしながら日銭を稼ぐか、テアモラまで出て、船賃を稼ぐか……）

どちらが早いだろう？　ルストもリオの存在を感知して、きっと向かってきてくれているだろうけれど、なにせ連絡方法がないので分からない。リオとしては魔女に捕まらないよう、なるべく急いで移動したかった。

「前にもこの街に来たって言ってたね。そのときはどう移動したの？」

「賊に襲われて……一緒に移動していた貴族とははぐれたんです。でも、ルストが一緒だったので、山の中を突っ切って、最終的にはストリヴロという都市に出ました」

一年も経っていない旅路のことが、ありありと瞼裏に蘇ってきた。

ユリウスとの静かな時間。初めて見た巨大な都市、ストリヴロの豊かさと、奔放そうな領主、アラン。あのころはなにも知らなかったなと、リオは思う。

（なにも知らなかった。……ただ、セスと寺院のために王都へ向かってた。自分が土人形だってことも、『使徒』になるってことがどういうことなのかさえ、分かっていなかったっけ）

そのリオが今、同じ道程を、人々が忘れた神エラドと一緒に辿《たど》っているなどと誰が思うだろうか。

ほんの五巡月ばかりの短い時間の中で、あまりにも多くのことが変わってしまった。

「きっと……俺と魔女はあなたに力を返すべきです。不当な契約は破棄されるべきだし……そうして、あなたはもう一度ウルカと一頭の竜になり、フロシフランは神々から受けてきた恩恵に感謝して、頼るのをやめるべきなんだと……そう思います」

気がつくと、リオはそんなことを話していた。向かいの席で、エラドがびっくりしたように眼を瞠ったけれど、言葉にして外に取り出した途端に、それこそが一番正しく、あるべき姿なのだという気がした。

「この国は神々に頼りすぎた。……おかげで豊かな国になったかもしれないけれど、人間がエラドにしたことは許されることじゃない」

「……リオ。でも、それを許したのは、僕だから」

エラドはそう言うが、そのエラドの慈愛に甘えていてはいけないことを、リオは感じていた。

そのとき、店に面した通りのほうから、ざわざわとなにか言い争う声が聞こえてきた。

話が違うだの、このままじゃテアモラには行けないだの、そんな言葉が飛び込んできて、リオは思わず顔をあげた。

「賊が出るんだぞ、賊が。これまでいくつの商隊が襲われたか」

唾を飛ばす勢いでそう言っているのは、肥った商人風の中年男だった。質のいい服を着ていて、後ろには専属の護衛を二人つけているし、そばに停めてある荷馬車も大きく、三台もあること、取り付けられたプレートが金色なところを見ても、大商隊に間違いないだろう。

男が怒っている相手は、筋骨隆々とした剣士で、初老に入りかけてはいるが、全身からいかにも手練《てだ》れの雰囲気を漂わせている。腰に佩《は》いた剣には使い込まれた様子があり、動きやすそうな服装と、彼の背後にも数人、似たような雰囲気の剣士たちがいるので、傭兵《ようへい》だろうか、とリオは当たりをつけた。

「そうは言われてもなぁ、ここんとこロイベにゃ商隊がわんさか来て、護衛の依頼は掃いて捨てるほどあるんだ。そんな中、こっちは二十人も集めたんだぞ。ジシュカの賊どもは卑怯《ひきよう》だが、俺は何度もやりあってる。あっちも引き際は弁《わきま》えてるさ」

剣士の言葉で、やはり傭兵だと確信した。セヴェルで野良犬と言われながら暮らしていたころ、傭兵稼業は特に儲《もう》かる仕事の一つだった。とはいえなんの力もないリオは、ロバを引くくらいの仕事しかなく、剣術さえ身につければ、彼らのように護衛依頼を受けられるのにと羨《うらや》ましく思っていたものだ。

（テアモラまでの道中護衛を頼んだけど、条件を満たしてない……とかで揉《も》めてるのかな？）

大商隊が賊のいる山道を通る予定なら、できるだけ同じ時間帯にくっついて出発したい。エラドと二人きりのところを狙われるよりは、逃げ切れる可能性が高まる。そう思って耳を澄ましていると、さらに商人が剣士へ食ってかかった。

「人数はいい、わしが言ってるのはな、魔術師《コゼニク》がおらんことだ。最低でも一人は魔術師を見繕ってくれと言ったろう。剣が使えるだけの馬鹿どもだけで、賊を倒せるものか」

商人は臆病な性格らしく、口喧《くちやかま》しく言いながらも震えている。馬鹿、と罵《ののし》られた剣士はむっと眉間に皺《しわ》を寄せたが、辛抱強く黙っている。

リオはそのとき、まさに巡り合わせた幸運だ、と気づいた。エラドの手をとり、急いで立ち上がっていた。

「あの！　魔術師をお捜しなら、俺が……俺たちがお役に立てます！」

商人と剣士のもとへ駆けながら、声を張り上げた。振り返った二人は、リオとエラドを見て、胡散臭《うさんくさ》そうに顔を歪める。

けれどリオは、降って湧いたこの話に飛びつくことしか考えておらず、頬は上気し、胸はわくわくと弾んでいた。

（これで、船賃を稼ぎながらテアモラに行ける！）

リオはそう、確信していた。

五　テアモラへの山道

　あくる朝早く、リオは自分を雇ってくれた商人との待ち合わせ場所に向かっていた。

「エラドは頭巾をかぶって。なるべく顔を出さないでください」

　昨日の食堂の女主人から紹介された、安いけれど安全な宿を発《た》つときに、リオはエラドの美しい顔を覆うように頭巾をかぶせた。こんな美少女を賊が見れば、拐《かどわ》かすに決まっているからだ。

　リオは首尾良く、商人の隊列に魔術師として雇ってもらうことに成功し、今日は一行に合流してテアモラを目指すことになっていた。

　最初は魔術師だと名乗り出ても疑われていたが、エラドに手伝ってもらい、眼の前で魔法を披露した途端、商人は喜んでリオとエラドを迎え入れてくれた。

　よっぽど魔術師を雇いたかったらしく、前払いの手付金は宿代十日分だ。これだけでも、船賃の半分にはなりそうだった。

　指定された広場に着くと、三台の荷馬車と、馬が十数頭、商人とその護衛や御者たちの他に、二十人ほどの傭兵《ようへい》たちが集まっていた。王都にいる騎士たちと比べれば洗練されていないが、みな、屈強で戦い慣れた雰囲気がある。

「魔術師には特別に馬を貸してやろう。そっちのお嬢ちゃんはどうするかね。荷馬車の荷台に乗ってもいいぞ」

商人が上機嫌で、立派な馬を一頭、リオの前に連れてきてくれた。

「二人で馬に乗ります。俺たちは、二人で一つの魔法を使うので」

「ほお、さては双子か？　双子ならそういうこともあるだろうな」

リオの言葉を聞いても、商人はさほど疑うことなく納得してくれた。でっぷりと肥《ふと》った体を揺らして、先頭の馬車へ向かっていく。すると、昨日の剣士が苦み走った顔で近づいてきた。

「おい、本当に馬に乗れるのか？」

「はい。習ってました」

「ははあ……なるほど、さてはハーデの没落貴族の坊ちゃんたちってわけだな」

まったく違うけれど、勘違いしてくれるのならそのほうがいいと思い、リオは否定しないでおいた。

ハーデからの難民は日に日に増えている。馬術を習っていて魔法が使える若い二人組なんて、没落貴族の子女が逃亡してきたようにしか見えないのも納得がいく。

（ハーデの没落貴族か……実際そういう人たちはいるだろうし、今、ハーデの元貴族はどうし

てるんだろう）

少なくともヴィニゼル城を構えた周辺は街も村もなくなっていたから、あの土地の領主は死んでいる可能性が高い。いつかフロシフランの国土として併合するとしても、まずはハーデの調査からしなければならないだろう……と考えて、リオは今、自分がつい『使徒』として隣国のことを考えていることに気づいた。

（今はそんなこと考えるより、賊の心配をしなきゃ）

慌てて、物思いに耽《ふけ》るのをやめる。

剣士の後ろでは、顔や体に歴戦の傷を残した傭兵たちが、「あんな子どもが魔術師なんて本当か？」と訝《いぶか》しんでいる。しかし剣士が一睨《ひとにら》みすると、彼らはさっと口を噤《つぐ》んだ。

（……この人、結構統率力があるみたいだな）

眼の前の、四十路《よそじ》だろう剣士を見て、リオはそう算段した。

「俺はゼルシュだ。お前らは？」

「リオ……と、えー、エラドです」

エラドの名前を言うときに悩んだが、言ったところでこれが竜の神だとは思われはしないだろうと、そのまま伝えた。ゼルシュと名乗った剣士は、特に驚くわけでもなく頷《うなず》いている。

「ジシュカの賊どもはちょっと前に、一人の魔術師に手ひどくやられてな。しばらくの間おとなしかった。商人どもが護衛に魔術師を雇いたがるのはそのせいもある」

「ロイベじゃ、緑の魔術師とか言われてるよ。地中から樹木を出して、賊どもを一掃したらしい」
「一人の魔術師に……?」

聞いていて、間違いなくユリウス――ルストのことだとリオは気がついた。以前の山道で賊に襲われたときは、混乱していてあまり戦況を飲み込めなかったけれど、ルストが樹木を動かして敵を弾《はじ》き飛ばしていたのは覚えている。

「ま、お前みたいな子どもにそこまで背負わせるつもりはない。危なくなったら隠れてろ」

ゼルシュはそう言って、隊列を組むためか、傭兵たちのほうへ行ってしまった。どうやら優しい性格らしいなと知って、リオはその背中にそっと礼をした。とはいえ、リオは隠れているつもりはなかった。エラドを無事ウルカのもとへ送り届けるためにも、ここは無傷で通過したい場所だ。手柄をたてれば、商人から褒賞《ほうしょう》も弾んでもらえるだろうから、船賃を稼ぐためにも頑張ろうと思っている。

「エラド、馬に乗れる?」

「うーん、たぶん。いい子だね、乗せてくれる?」

エラドが馬に話しかけると、馬はとても従順にその場に跪《ひざまず》いた。エラドはにっこりと微笑《ほほえ》み「ありがとう」と言いながら、馬の鞍《くら》にまたがった。馬はゆっくりと立ち上がる。リオは鐙《あぶみ》に足をかけて、エラドのすぐ後ろに乗り込みながら、「馬と話せるの?」と驚きつつ訊《き》いた。

驚いたのはリオだけではなく、他にいた面々も同じようで、頭巾を目深にかぶったエラドを見て動揺していた。「魔術師だから、動物と意思疎通ができるのか？」という密《ひそ》やかな声が聞こえてくる。

「話せるというか……動物は人間ほど複雑じゃないからね」

神様だからだろう、とリオは納得することにした。エラドの心はリオにもなんとなく伝わってくるのだから、魂が近いから、ということを抜きにしても、動物にも伝わるものがあるのかもしれない。

なにはともあれ、一行は隊列を決めて、出発することになった。リオとエラドは、真ん中の馬車の横に着かされた。前が狙《ねら》われても後ろが狙われても対応できるように、とのことだ。

ロイベの南門を出て、しばらくは舗装された道を行き、それから山道へと入る。

（前回は幌馬車の中で、ルストにもらった本を読んでたんだっけ……）

リオは以前ここを通ったときのことを、いやでも思い出してしまう。

あのときルストにもらった本は、無知だったリオにとっては、闇を照らす光のように思えた。言われるがまま王都に向かうだけの日々は息苦しく、置いていったセスと寺院のことが気がかりで、淋《さみ》しかった。

あのときの本は今、どこにあるだろう？　もし誰も王都にあるリオの部屋を片付けていないなら、『王の鞘《さや》』の居室に残っているはず。もう一度手に取りたいと、小さな未練が湧く。本だけではなく、ルストのことも慕わしく思い出す。エミルや、他の『使徒』たちにも会いたかった。

周囲が雑木林になり、道には石ころがごろごろと転がるようになってきた。足場が悪くても、傭兵たちは慣れた様子で歩を進めているが、荷馬車の御者たちは苦戦している。御者台に乗った商人も、「えい、この道、なんとかならんのか」と文句を垂れているのが聞こえてきた。

「エラド、探知できるかな」

山道が深まったところで、リオは小声でエラドに訊いた。エラドは無言で頷くと、手綱を握るリオの腕に手をかけてくる。リオは昨日もやったように、一瞬眼を閉じて、一度体の奥に力を集め、それからあたりに放出するように想像した。昨日よりも素早く、リオの体の中で魔力が動き、それは薄い布が水面に広がるようにあたりに散っていく。

瞬間、ここから少し先の藪《やぶ》の中に構える、賊の姿が見えた。荷馬車に狙いを定めて、不意打ちで出る機会を待っている様子だ。

（……数は十五人ほどだけど、火器を持ってる）

数が少なくとも、火器は使われると厄介だ。前回も、賊は奇襲のときに砲弾を撃ってきた。

眼を開けたリオはしばらく考えたあと、「エラド」と呼びかけた。

「全体の指揮はゼルシュに任せたほうがいいと思う。今俺が見たものを、彼にも見せることってできる？」

　ゼルシュは傭兵団の統率に長《た》けているように見えた。経験も豊富そうだ。リオが指示を出すよりも、全体の動きは彼に任せたほうがいいと判断した。エラドは頷き、「ゼルシュにリオが触れれば見せられる」と教えてくれた。リオは単独、列を離れて、先頭で馬に乗っているゼルシュの横へとつけた。

　傭兵隊の隊長は、馬を寄せてきたリオを見て、やや慌てたような表情をした。

「おい、ここから先で賊が出てくる。後ろに下がってろ」

「分かってます。探知魔法を使いました。情報を共有します」

　詳しく説明している暇はない。リオは勝手にゼルシュの腕に触れた。エラドがリオの腕を握る手に、わずかに力を込めてくる。リオの頭の中から、なにかがズズ、と移動していく気配がある。鈍い頭痛を感じたが、耐えていると、ゼルシュが眼を見開いてリオを見つめてきた。

「これが探知？　……数は十五人……ジシュカの賊か？」

　どうやら、リオの見たものが正しく伝わったらしい。ホッと息をつき、「全体の指揮は頼みます。俺は単独で援護します」とだけ囁《ささや》いて、馬の速度を落とす。ゼルシュは口の端をあげて、「任せろ」と答えた。

　リオが元いた二台目の荷馬車の位置まで戻ると、先に攻撃を仕掛けたのは、賊ではなく前方を守っていた傭兵たちになった。

賊たちは火器を使う間もなく急襲されて、慌てふためいて藪から出てくる。

彼らは武器を抜き放ち、前方で隊列を組んでいた傭兵たちと斬り合いになった。馬上のゼルシュは槍《やり》を振り回し、次から次へと賊の腹を刺していく。悲鳴があがり、土埃《つちぼこり》がもうもうと立ちこめる中に、血の臭いがする。

「くそ！　荷台を襲え！」

乱闘の中、石のついた縄を振りかぶってくる山賊に向かって、リオは以前ユリウスがやっていたような——樹木の枝を、地中から突き出す魔法を使った。

咄嗟《とっさ》の判断では、一度見たことのあるものしか想像できなかった。けれどエラドの補助が上《う》手《ま》いのか、地中から飛び出た枝は賊をなぎ倒し、遠くへ弾き飛ばして、リオたち一行は瞬く間にジシュカの賊を制圧して山道を駆け抜けることができた。

気がつけば、商隊は無事、テアモラへ続く街路へと出ていた。

雑木林が切り拓《ひら》かれ、あたりは一気に見晴らしのいい野へと変わる。通り抜けたのだ、と胸を撫《な》で下ろしたとき、ゼルシュの命令で、商隊は一度立ち止まることになった。

（ちゃんと魔法が使えてよかった……）

道の広い場所に隊を止め、それぞれに怪我《けが》がないか、こぼれ落ちた荷がないかなどを確認する時間がとられることになり、リオが一番最初に思ったことはそれだった。

魔術師として自分を売り込んだのに、本番になってなにもできなかったら困ると思っていたのだ。失敗していたら、エラドとまとめて奴隷商に売られるかもしれない。今さらのように、自分の大胆さにどくどくと心臓が早鳴った。

（俺、なんだか図太くなってきたかも……）

とはいえそれは、エラドをウルカに会わせるという大目的があるからだ。

「エラド、助けてくれてありがとう。自分でもちゃんと魔法が使えるか分からなかったから、役に立ててよかった」

リオが言うと、エラドはにっこりとしたが、すぐに眼差《まなざ》しを曇らせた。

「何人か、ひどい怪我を負わせてしまったね。治るといいけれど……」

リオが弾き飛ばした賊のことを言っているのだろう。エラドの悲しげな表情を見ていると、リオは複雑な心境になった。

（エラドにとっては、賊だって愛すべきフロシフランの民……だものな）

リオはエラドの心に想《おも》いを寄せてみた。すべての人間に、等しい愛情を抱く神。自分を陥れた人間にさえ、憎しみを抱けない神。

エラドが賊を退けるために補助してくれたのは、きっとリオが望んだからだ。エラドだけならば、どれだけ傷つけられても、彼らに反撃をしないかもしれない。

エラドはリオをルストの元へ連れていくことに責任を感じてくれている。だからこそ、惜しみなく魔法の補助もしてくれるのだろうが、かといって賊が憎いわけではない。

（みんながエラドみたいに生きられたら、争いもないのかも。でも、現実はそうじゃない。……俺は迫ってくる敵には反撃したいし、仲間は守りたい）

リオの中には明確に敵と味方の選別があっても、エラドにとってはみな同じなのだと思うと、エラドが三百年前閉じ込められたのは、政治的判断としては間違っていなかったのだろうとも思えて、リオは少し苦しかった。

ふと、傭兵の一人がしゃがみこみ、数人に取り囲まれているのが見えて、リオはハッとした。どうやら深手を負った人がいるらしい。二の腕から大量に出血している傭兵を、他の傭兵が介抱している。

なにか考えるより早く、体が動いていた。『鞘』である意識が、知らず知らずのうちにリオを動かしていたのかもしれない。

「怪我、診させてください！」

強引に兵たちの間をかき分け、怪我をして血の気を失っている傭兵の前に跪いた。ゼルシュが、「おい、お嬢ちゃん」となにか言いかけたが、無視をして患部に手を当てる。もう祈らずとも、なぜかやり方が分かっていて、リオの手からは紫の光がこぼれだす。すると血は止まり、傷は塞《ふさ》がり、男の顔はみるみる顔色を取り戻していった。

あたりから、どよめきがこぼれる。

「治癒《ちゆ》の魔法……!?」

「こんなところに使えるやつがいたのか？　使徒様のお一人が、王都中の怪我人を治しちまったってのは聞いたことがあるが……」

傭兵たちのざわめきに、リオはぎくりとした。魔術師も珍しいが、治癒の魔法を使う者など幻のような存在だった。『鞘』以外に、使い手はいないとすら言われている。

思わず治してしまったが、やりすぎたかと立ち上がったとき、ゼルシュが怪訝《けげん》そうに顔をしかめて「お前……まさか」と呟《つぶや》いた。

（まずい、『使徒』だってバレたら、どうなるんだろう？）

そう思って焦り、言い訳を考えようとした矢先だった。一陣の強い風が、商隊の上を吹き抜けていった。突風が荷馬車の車輪をがたがたと揺らし、馬たちが不安そうにいななく。と同時に、山道側にいたものから順々に、傭兵や御者たち、商人に至るまで、商隊に属していたすべての人々がばたばたと道の上に倒れていった。ゼルシュもまた、リオになにか言いかけた姿のまま、ばたりと地に伏してしまう。

「なに!?」

リオは訳が分からず、眼を瞠《みは》った。全速力でエラドのところまで行き、その腕をとる。エラドは倒れていなくてホッとしたものの、明らかに異様なことが起きている。

「……眠りの魔法だ」

エラドが倒れた人間たちを見て、ぽつりと呟いた。

「眠りの魔法っ？　みんな眠っちゃったのっ？」

リオは緊張で、額にぶわりと冷たい汗が噴き出すのを感じた。エラドが言ったように、傭兵も商人もただ眠っているだけのようで、そよ風すらない街道に、寝息が聞こえている。

（誰がこんなことを⁉　賊の残党が魔法を使ったのか……っ？）

混乱し、逃げるべきか、それとも全員を叩《たた》き起こすべきか逡巡《しゅんじゅん》していたときだった。

山道のほうから、黒い長衣を着た男たちが五人、ぞろぞろとこちらへ歩いてくるのが見えた。かぶった頭巾の隙間《すきま》から見える顔に、見覚えがあった。

（……教団員？　地下にいた、教団員だよな？）

それは、地下神殿でリオを追い回していた教団員たちだった。先頭の一人が、エラドが魔女のふりをして追い払った男だったので、覚えていた。彼らは青ざめ、怒りに満ちた眼で、エラドとリオの前に立ち塞がった。

「教主様……これは一体どういうことなのです」

先頭の男が言う。その声は震え、彼の全身はわなないている。意外だったのは、彼がエラドを教主――魔女だと思っていることだった。エラドもそれを察したのか、柔和な表情を消して、冷たい顔を作り、リオの前に一歩出た。

「どういうこととは？　貴様らこそ、眠りの魔法までかけて、なんのつもりだ。地下を守っていろと言っただろう」

　エラドがトゥエラドを真似《まね》て、尊大な態度で男たちを非難する。教団員たちは、それぞれに悲壮な様子で、一歩、また一歩とエラドとリオのほうへ近づいてきた。

「その者たちは邪魔なので眠らせたまで。全員殺してもよかったのですよ。一体教主様は、なぜこんな輩《やから》どもに混じって、賊の相手までされたのですか？」

　たしかに、エラドが魔女に見えているのなら――意味の分からない行為だ、とリオでも思う。

けれどエラドは強気に、「貴様らには関係ない」と言ってのけた。

「王都の地下へ行くと言っていたのに、嘘《うそ》ではありませんか。ヴィニゼルの出口が使われた気配があったので、まさかと思いみなで探したのです。教主様は我らを裏切って、その人形をウルカの王のご機嫌とりに使うつもりでしょう！」

　先頭の男は突如、慟哭《どうこく》ともとれるような声で叫んだ。

　びりびりと、空気まで振動していそうなほどの怒気に当てられて、リオは息を呑《の》み、立ちす

くんでしまう。

　先頭の教団員の頭巾が、はらりと後ろに落ちる。

　髪の薄くなった頭と、落ちくぼんだ眼、不健康そうな肌に、怒りと絶望に染まった顔が見え

た。彼はぶるぶると震えながら、呪詛《じゅそ》のような言葉を吐き出す。

「三年前の戦争では、あなたの口車に乗せられて、同胞が何百人も死んだ……。つい先日も、王都で急襲をかけた仲間たちが、みな悉《ことごと》く殺された。教主様はそれをお忘れか！」

「戦争はフロシフランの愚民どももも大勢死んだ。先日の王都急襲でも、こちらの手勢よりもあちらの騎士どもを多く使ってやったぞ。貴様こそ忘れたのか？」

リオは固唾《かたず》を呑んだ。冷たく眼を細めて、淡々と言い返すエラドに驚いた。直接見たわけでもないのに、トゥエラドが王都急襲の際に、騎士たちの耳に小さな蜘蛛《くも》を入れて、大蜘蛛に変えたことを知っているのにも驚いた。

教団員の男も、エラドを魔女だと信じ切っている。

「私が言っているのは教主様が我らの心を忘れているからです！　ずっと、我らが真の神と新しい時代のために教主様が先導してくださっていると、そう思っていたのに！　人形を連れ出してフロシフランに入るなど、教主様は最早《もはや》、ウルカの王を殺すつもりがないのではないですかっ⁉」

男の激しい怒り方に、リオはなにをどうすればいいのか分からなかった。エラドはリオのことを庇《かば》うような位置に立ったまま、男に厳しく言い放った。

「私を信じられぬのなら、助けはいらぬ。それぞれ地上に帰るがいい。今なら帰る場所もあろう。初めから貴様らをあてにしてはいない」

（エラド……）

きつい物言いだが、トゥエラドの模倣をしながらも、エラドが男たちを教団から解放したがっていることが伝わってくる。

「教団の人間はもはや減りすぎた。貴様らごとき、働いたところで無意味だ」

けれどその言葉は逆効果だったのか、男は「一体誰のせいで……！」と喘《あえ》ぐように叫ぶと、地団駄を踏んだ。

「一体誰のせいでこれほどに同胞が死んだと……！　人形をこちらに渡せ！　ウルカの王を殺す役目は、我ら教団が負う！」

男は正気を失っているのかもしれない。足早にこちらへ向かってくる。背後の仲間たちも、同調するように「人形を渡せ！」「裏切り者の教主め！」と怒鳴り声をあげている。

エラドが後じさり、リオも一緒に数歩下がる。

男がこちらへ手を伸ばしてくる。

その眼は血走り、息は荒い。

「よせ。殺すぞ」

エラドが脅しをかけても、男は止まらなかった。

「殺せるものなら殺してみろォ！」

絶叫とともに、突然男の体はむくむくと大きく膨《ふく》れ始めた。その背中から、黒い靄《もや》が立ち上る。

　エラドは瞬間、叫んだ。

「落ち着け！　怒りに囚《とら》われるな！」

　その声を、男はどう聞いたのか――。

「死ね！　魔女め！」

　教主と呼んで崇《あが》めていたはずの相手を、魔女と罵《ののし》ったとき、男の腹を食い破って、巨大な黒蜘蛛が出現した。

　男の体は蜘蛛に吸収されるように消える。

　仲間であるはずの教団員たちが、怯《おび》えて叫び、蜘蛛から逃げるようにして転げ去る。

　リオは眼の前で起きたことが信じられずに、愕然《がくぜん》としていた。

（蜘蛛に……なった……っ？）

　全身が、ぞわっと恐怖で粟立《あわだ》つ。以前、王宮で元騎士団長のヘッセンが巨大な黒蠍《くろさそり》になったとき――あのときも、黒い靄がヘッセンを包み、体が変わったのを思い出す。

「エラド……これ、トゥエラドの仕業なの……っ？」

「トゥエラドは教団員全員の耳の中に、大蜘蛛に変わる魔法を潜ませている。誰も信用していないから……怒りによる魔力暴走のせいで、変わってしまったんだ」

　大蜘蛛は布を引き裂くような奇怪な叫び声をあげると、まっしぐらにリオとエラドに向かってきた。リオは咄嗟に、エラドの前に出た。なにか魔法を、と思ったけれど、なにも考えつかない。

（エラドは、この人を殺したくないかも）

そう思う気持ちが、先に立ったからだ。

リオが魔法を使うとき、エラドの助けがなければならない。エラドに、教団員を殺させていいのか――？

わずか一秒にも満たない躊躇《ためら》いのせいで、リオは大蜘蛛の巨大な顎に顔を食い破られようとしていた。

八つの赤い眼が、ぎろりとこちらを見下ろしている。

死ぬ。

覚悟したそのとき、鋭い風が一閃《いっせん》、リオと大蜘蛛の間を切り裂いていった。

大蜘蛛が真っ二つに割れる。

裂かれた体は砂塵《さじん》となって消えた。そしてリオは腕をつかまれ、強い力で引き寄せられていた。

馴《な》染《じ》みのある、落ち着く香りが鼻先に漂う。

振り向かないでも分かった。

「……ルスト？」

こぼれた声が震えた。

信じられない気持ちで見上げた先には、思ったとおり、黒髪に青い瞳。精悍《せいかん》な顔をした美丈夫。ずっと会いたかった男——ルスト・フロシフランが立っていた。

六　思わぬ再会

腹に回った強い腕を知っている。背に感じる衣服越しの体温と、逞《たくま》しい胸の感触も、忘れたことはなかった。

「ルスト……」

青い眼と視線が絡み合う。呟いた途端に、今まで押さえ込んでいた感情がどっと胸に溢《あふ》れた。

「ルスト！」

リオはたまらず、ルストに抱きついていた。ルストは一瞬驚いたように眼を瞠ったが、すぐに抱きしめ返してくれた。ルストの厚い胸板が、ぐっと頰に押しつけられて、そこから懐かしい匂いが鼻腔《びこう》いっぱいに広がった。

（会えた……！）

ただそのことに、胸が震えるほどの喜びを感じる。

「リオ……！　無事だったんだな……」

そう言うルストの声も震えていた。ルストの大きな手は、リオの体にしがみつくようだ。

リオはルストの温《ぬく》もりに全身が包まれて、安堵《あんど》で体が溶けそうな気がした。目頭に、熱いものがこみ上げてくる。

会いたかった、会いたかった、会いたかったと、胸の奥で何度も声がこだました。

再会して初めて、こんなにも深く強く、ルストに会いたかったのだと実感する。もう二度と離れたくないし、離さないと、そう思うほどだった。

「熱い再会には妬《や》けるけど、本当に良かったよ、リオ」

「とはいえ、喜んでばかりもいられないようだ」

不意にルストとリオの両脇に、背の高い男が二人立つ。

我に返って顔をあげたリオは、それがアランとフェルナンだと知った。別れたときと同じ旅装姿の二人は固い表情で、アランは剣を抜き、フェルナンは魔法詠唱のための本を広げていた。ルストとリオを挟んで、明らかに守るような体勢だ。

「なにがなんだか分からないけど、後で説明してもらえるんだよね？」

「とりあえず、そこの女が敵ってことでいいのかよ」

さらに続いた声に、リオはハッと眼を見開いた。

街道沿いの樹の枝にルースが立っていて、弓に矢をつがえている。そしてゲオルクまで現れ、斧《おの》を振り回し、ルストの前に立ちはだかるようにして、持っていた巨大な盾を、ずしんと地面に突き刺した。

『使徒』の仲間たちに会えたことが嬉《うれ》しい——が、暢気《のんき》に喜べる状況ではなさそうだった。ルスト以外の四人全員が、魔女と同じ容姿をしたエラドに向かって武器を向けていたのだ。

「ま、待って！　違うから！」

リオは思わずルストの胸を突き飛ばし、全速力で『使徒』たちの布陣を走り抜け、エラドの前に出た。庇うために両手を広げる。びっくりしたように眼をしばたたいているルストと、怪訝そうに顔をしかめるアラン。フェルナンは、ぴくりと眉を動かしただけだが、ルースは弓を少し下ろし、ゲオルクは「え？　どういうことだよ？」と首をかしげている。

「リオ、なんで魔女を庇う？」

アランが苛立《いらだ》ったように言う。魔女、という言葉に、ルースが小さく瞬《まばた》きをした。ゲオルクも、「魔女だって？　あれが？」と反応している。二人はトゥエラドの容姿を知らないはずなので、そのせいだろう。

「違う。この人は魔女——トゥエラドじゃないんだ。姿はそっくりだけど……この人は、エラド。ウルカの片割れの、神様なんだ！」

リオの言葉に、全員が呆気《あっけ》にとられたような表情になった。

エラドはどうしていいのか分からないようで、リオの背後でおとなしくしている。ルストは眉根を寄せて、リオが庇っているエラドの姿を、じっと見ていた。

「お嬢ちゃん。いくらなんでも笑えないぞ。お前が騙《だま》されてないって証拠はどこにもない」

「本当なんだよ。俺はエラドに地下から逃がしてもらったんだ！」

「……だとしてもなぜ、そのように誤解される姿を？　前王妃とまるで同じ容姿だ」

アランが決めつけてくるのに対して、フェルナンは一応理由を訊いてくれた。ルストはどういうわけか、なにかを考え込んでいるように、なにも言わない。

「それは、話が長くなるけど、エラドは力のほとんどを魔女に奪われてしまってて……エラドと魔女の共鳴が強すぎるから、人の姿になると同じ見た目になってしまうんだ」

こんな説明で分かってもらえるのか不安で、しどろもどろに言う。アランとフェルナンが顔を見合わせて、リオの言葉を真実かどうか、考えるような眼をした。

「その女がエラドだって言うなら、竜の姿にもなれるはずだ。竜の姿を見せてくれるなら信じる」

アランが言うと、「え、竜なのか？」とゲオルクが口を挟んだ。ルースとゲオルクは、ヴィニゼルまでの旅に同行していなかったので、エラドの存在そのものをよく知らない様子だった。

アランとフェルナン、そしてルストとリオは、『北の塔《セヴェルニ・エシュ》』から逃げ出した賢者、トラディオの足跡を追う過程で、エラドという黒い竜の神がいたことを知ったけれど、現在の一般論ではそんな神は存在しないことになっているので、ゲオルクの反応も当然だろう。

「……今は見せられないんだ。ここはウルカの支配地域だから……エラドは力を自在に使えない。そういう制約があって……」

「じゃあなにをもって、そいつが魔女じゃないと信じろって？」

アランがイライラと言い放つ。そのとき、「信じる必要はない」とリオの背後から声がした。

エラドが言ったのかと思ったが、リオは、うなじのあたりにぞっと冷たいものを感じた。

ほとんど直感だった。気がつくとエラドを抱きしめて、横に飛んでいた。ついさっきまでリオとエラドの立っていた場所が轟音《ごうおん》とともに崩落した。大穴が開き、真っ暗な地下に向かって、街道を覆っていた石材や土塊がガラガラと音たてて落ちていく。

「魔女！」

そのとき、ずっと黙っていたルストが叫んだ。アランたちも武器を構え直す。

「残念ね。すぐに落ちてくれれば、血を見ずにすんだものを」

気がつけば、先ほど教団員たちが現れたのと同じ方角から、ローブをまとった細身の女が現れていた。

エラドと同じ見た目の少女。それは、トゥエラド・ラダエだ――。

彼女は頭巾を取り払うと、不敵な笑みを浮かべて、ルストとその『使徒』たちを見やった。

アランがトゥエラドとエラドを見比べ、「二人？　いや、一人はエラドか？」と困惑気味に呟いている。リオはエラドを抱きしめる腕に、ぐっと力を込めた。

「おいで、リオ。私の子。エラドと一緒にこちらへ帰ってきなさい」

トゥエラドはそう言ったが、もちろん帰るわけがない。リオは魔女を睨み付けて、次にまた地盤を崩落させられたら逃げられるように、足に力をこめた。地上はウルカの領域だが、地下はエラドの領域だ。そこに引きずり込まれると、いくら『使徒』がそろっていても、魔女の力は強大になってしまう。地下に落ちてしまえば、ルストたちはきっと助けにくるが、不利な状況になる。自分が足を引っ張ってはならない。

（それに、エラドも連れ帰らせはしない）

エラドはトゥエラドのことを、不安そうに見つめていた。

「魔女よ。ここはフロシフラン国土だ。そこで俺と対峙《たいじ》して勝てると？　わざわざ出てきたのは愚かだったな」

ルストがゲオルクを押しのけて一歩前に出る。

持っていた剣先を魔女にまっすぐに向ける。

ルストの言葉は正しかった。魔女の力はハーデの国土か、地下でなければ弱まる。ここでの戦いは劣勢な上、今は『使徒』が全員そろっている。リオとエラドが地下から消えたことに気づいて追いかけてきたにしても、ここで出てくるのはあまりにも無謀だった。

けれど、魔女はルストを無視して、リオが抱いているエラドに視線を向けた。

「エラド。こっちへ来て。それとも……私を裏切るの？」

リオの腕の中で、エラドがびくりと震えた。その顔は見る間に青ざめていき、美しいすみれ色の瞳が、辛《つら》そうに揺れた。リオは――魔女がなにを狙っているのか、咄嗟に理解した。

（……そうか、エラドさえ連れ帰れれば、なんとでもなるんだ！）

魔女にとって、土人形のリオは結局ただの道具に過ぎない。上手く使えれば拾いもので、使えなくても別の手を考えるだろう。リオが最初に真名を奪ったときに、本来ならウルカの王を殺せていたはずが、失敗に終わった。その時点で、リオの利用価値は魔女にとってそれほどの重さはなくなっている。今のリオが死んでも、魔女がその気にさえなれば、四人目のリオを作ることだってできる。

けれどエラドは違う。エラドは彼女の動機そのもので、力の源だ。エラドさえ自分の内側に置いておければ、魔女はいくらでも策謀を巡らせられる。

そしてエラドは——魔女を愛している。きっと、ウルカの次に。自分の力のほとんどを奪われてもなお、憎むどころか、トゥエラドに対して罪悪感を抱いているのだ。

「エラド」

魔女はもう一度静かに、エラドの名前を呼んだ。悲しげに眉根を寄せて、

「私を捨てるの……？　私を、一人にするの？」

そう囁いた。エラドは途端に泣き出しそうな顔になり、リオの腕を解《ほど》こうとした。リオはそうはさせまいと、エラドを抱く力を強める。

（エラドが戻ったら……駄目だ！）

ここまでやって来たことが、なにもかも水の泡になる。

「エラド、行っちゃ駄目！　ウルカを迎えに行ってあげるんだ！」

「でも……僕はトゥエラドを裏切れない」

エラドの瞳が、泣き出しそうに揺れている。魔女はうっそりと微笑み、「エラド」とまた、呼びかける。

「その人形はウルカの王に会えたじゃない。あなたの役目は終わったわ。さあ、私と地下に帰るのよ」

エラドはハッとしたように眼を瞠った。その顔には、今になって自分の義務が果たされたことに気がついたような色がある。

（駄目だ、エラドが……トゥエラドのところに戻っちゃう！）

リオはなんとか阻止しようと、弾かれたように顔をあげ、ルストに向かって叫んでいた。

「ルスト！　魔女を拘束して！　殺さなくていい、拘束だけして！」

トゥエラドがぎくりとしたように身じろぐ。けれどそれよりも、ルストの魔法の発動のほうが早かった。

街道の石材を割って、地中から太い蔓《つる》が一瞬で飛び出し、魔女の体に巻き付いて締め上げる。魔女は苦悶《くもん》の表情を浮かべ、「ウルカの狗《いぬ》めが！」と唸《うな》った。

魔女の手から風の刃が飛び出して、蔓を切り裂くが、蔓は無限に湧き出して魔女を拘束した。

「トゥエラド！」

エラドは悲愴《ひそう》な声をあげて、リオを見た。

「ルスト、拘束できたらもういい！　やめて！」

リオが言った途端、蔓の動きはぴたりと止まった。

「こんなことで私を仕留められるとでもっ？　馬鹿にされたものだな！」

魔女が怒鳴る。リオはエラドをそっと放した。エラドはトゥエラドのもとへ今にも駆け寄って行きたそうにしているが、リオはそうならないように彼の手を握った。

選択を間違えてはならない。慎重に、言葉と行動を選ばなければ、エラドがトゥエラドの元へ帰ってしまう。そう思いながら、リオはまず初めに、仲間の『使徒』たちを振り返って念を押した。

「みんな、これで分かったよね？　あっちが魔女で、この人はエラドだって」

アランとフェルナンは神妙な顔で頷き、ルースとゲオルクも分からないなりになにか察したような表情だった。リオはルストを見やる。

そしてそのとき、ルストの様子に違和感を覚えた。

ルストはリオの隣に立つエラドのほうを見ている。じっと眼をこらし、それから「すまない」と言った。

その顔はいつになく自信がなさげで、動揺すらして見えた。

（どうしたの？　ルストらしくない……）

基本的にリオのこと以外で取り乱すような人ではないから、リオはにわかに不安を覚える。

「……俺には、お前がエラドと呼んでいる者の姿が、ほとんど見えない」

どこか困ったような声でルストが続けたとき、リオは眼を瞠った。

胸を、誰かにどん、と強く打たれたような気がする。

――見えない？　見えないってなに？

言葉の意味を理解する前に、ルストが苦しそうに続ける。

「存在は感じるが……それだけだ。他の者には、ちゃんと見えているのか？」

その言葉は衝撃的だった。リオは思いがけないルストの言葉に立ちすくみ――魔女でさえ、蔓に拘束されたまま、なにを言っているのか分からないというような顔で、ルストを見た。

「見えないって……どういうことだ？　しっかり魔女そっくりの女がそこにいるぞ」

気まずい沈黙を破って、戸惑いながらもそう口にしたのはアランだ。

ルストは口元を手で覆い「いや、たしかに気配は感じる」と呟いた。

「妙な魔法がかかっているようにしか思えない。認識を阻害するような……高度な術を感じる」

ルストですら、その術の正体が分からないと言う。

「あえて見えなくさせられている。こんな状態は、普通じゃない。相当な魔術が使われている。それも、古い魔法のようだ。直感でしかないが、おそらく正しいだろう」

「どういうこと？　……ルストには、エラドが見えない魔法がかけられてるってこと？　それともエラドが、ルストに姿の見えない魔法をかけられてるの？」

「たぶん、俺にだ。エラドからは俺が見えているんだろう？」

ルストに訊かれたエラドは、驚いたままの顔で頷く。

「だが、俺には生まれてこの方、そんな術をかけられた覚えがない。考えられるのは、フロシフラン国王という立場に、ずっと昔からかけられ続けている魔術ではないかと思う」

冷静に状況を分析するルストの声を聞いているうちに、リオはふと、頭の中に閃《ひらめ》くものがあった。それはトゥエラドに捕らえられて、地下で眠っていた六日間の間に見た、エラドの記憶の始まりだった。

二頭の竜が寄り添い、じゃれ合うようにして空を飛翔《ひしょう》していた姿。

彼らは宝石のように鱗《うろこ》を輝かせていた。黒い竜の首には一枚、白い鱗が。白い竜の首にも一枚、黒い鱗があった。地下神殿で初めてエラドを見つけたときも、エラドの首元で、白い鱗は鈍く銀色に光っていたはず。……だけれど。

「……『使徒』になるための、洗礼の儀式のとき。みんなもウルカに会ったよね？　あのとき、ウルカの首に黒い鱗はなかった！」

叫んだリオを、アランやフェルナン、ルースやゲオルクが見て、不思議そうな顔になる。

「お前、ウルカに会ったのか？　俺は声を聞いただけだったぜ」

「僕もだよ」

ゲオルクが驚いたように言い、それにルースが続くと、アランとフェルナンも同じなのか、横眼を見合わせて頷いている。

（えっ、あのときウルカと会ったのは俺だけだったの？）

そのことにもびっくりしたが、そんなことよりも今は鱗だった。

「前に選定の館の上空をウルカが飛んでたよね。あのときも、黒い鱗はなかったでしょ？」

「……悪いが、あの竜は俺だ。俺の魂の形をとったら、あの姿になる。アランがアカトビになるように」

ルストが、リオの言葉に申し訳なさそうに白状した。だがどちらにしろ、あの姿にも黒い鱗はなかった。

「ただ……俺の姿はウルカの姿そのままだ。たしかに、首に黒い鱗はないが……それがどうかしたのか？」

やはりルストですら知らないのだ――リオは焦燥に駆られながら、必死に説明しようとした。

「もともとは、黒い鱗が一枚、ウルカの首にあったんだ。俺は、エラドの記憶を通してそれを見た！　あの鱗は、エラドとウルカを繋《つな》いでるもののはず……違う？　エラド」

リオの隣で、エラドは呆然《ぼうぜん》としていた。聞いた話に衝撃を受けたように、いっそぼんやりとすらしている。

「エラド……？」

リオは心配になって、エラドに声をかけた。エラドは虚空を見つめて、「ウルカに、黒い鱗がないの……？」と独りごちた。

「あれは共鳴鱗なのに……僕らを、繋いでる唯一の……」

その眼から、突然涙が、ぼたぼたとこぼれ落ちる。ルスト以外の『使徒』たちが、驚いたように身じろぎ、魔女は蔓に捕まれた体で、エラドの元へ駆けつけたそうにもがいた。

リオはエラドに向き合い、その細い肩にそっと手を置いて、泣き濡《ぬ》れたすみれ色の瞳を覗《のぞ》き込んだ。

エラドの澄んだ瞳に、リオの、痛みを我慢しているような顔が映り込んでいる。

「エラド。聞いて」

リオはエラドに自分の気持ちを知ってほしくて、一音一音、区切るように話した。

「やっぱりウルカは、エラドを迎えに来なかったんじゃない。来られなかったんだと思う。……誰かに、その共鳴鱗ってものを奪われたんだ。もしかするとなにか、不本意な契約も結ばされた。エラドには、ウルカの居場所が分かるって言ってたよね？」

ウルカは涙をこぼしながらも、こくりと頷いた。

「お互いの鱗で、共鳴しあうから？」

「……そう」

ウルカはそっと涙を拭《ふ》きながら、「あれは僕とウルカが、一頭の竜から、二頭に分かれるときに交換し合ったものなんだ」と明かした。

「お互いの鱗を通して、お互いの居場所も、心も、分かり合えた。でもそれを、ウルカがなくしていたなんて……」

「泣かないで、エラド。一つ希望が見えた。ウルカは今でも、エラドを愛してるってこと。迎えに来なかったのは、エラドを忘れたからじゃないって、これで分かった」

「いい加減なことを言うな！」

リオがエラドを励ましていると、まだ拘束されたままの魔女が怒鳴った。途端に、彼女の中で力が暴発したように、熱波が膨れ上がる。風圧が、リオたちのところまで吹き抜けていき、魔女を拘束していた蔓は弾け、ばらばらと崩れていった。

拘束を解いた魔女は怒りに顔を真っ赤に染めて、リオのほうへ一歩、近づいてきた。

「聞こえのいい言葉でエラドを欺くな。今さら、生ぬるい希望などいらない。フロシフラン王家とウルカが私たちを捨てたのはたしかなのだから」

リオはエラドを庇うようにして立つ。そのリオの前に、ルストが出た。けれど魔女はルストではなく、リオを睨み付けたままあとほんの数歩という距離で立ち止まった。

「この王と！」

叫びながら、魔女はルストを指さす。

「あの竜を！　殺さなければ！　エラドは幸福になれない！」

血を吐くような叫び。魔女は美しい顔を鬼のように歪《ゆが》めている。そこには、黒い竜に献身的に仕えながらも、時折親友のように笑い合っていた、少女の片鱗《へんりん》はない。小柄で少女めいた容姿でも、魔女は怒りに心を奪われ、絶望のために老成した、一人の強い女に見えた。その全身は、狂気じみた憎しみに染められている。

「……ウルカを殺すことは、エラドの幸福にならない。エラドは慈愛の神だ。誰の命を奪うことも望んでない」

リオは毅然《きぜん》と反論した。魔女はその態度が許せないのか、わなわなと肩を怒らせ、震わせる。

「貴様ごとき、まがい物の土人形が、我が主神の望みを口にするなどおこがましい！」

怒鳴った魔女の体から、氷の刃が飛ぶ。

リオに届く前に、それらはすべて炎に包まれる。ルストが魔女に向かって手をかざし、

「殺そうか？　リオ」

と囁いてきた。リオは「駄目」とルストを止めた。額に、じわりと汗が浮かんでくる。判断を誤ってはいけないという緊張で、胃がきりきりと痛んでいた。

「ちょっと、魔女と話をさせてほしい」

リオが言うと、ルストは明らかに怪訝そうな顔になった。こんなやつとなんの話があると言いたそうなルストを、リオはあえて無視した。

エラドの体をそっと押しながら、後ろに控えていたアランに目配せすると、意図を汲《く》み取ってくれたアランが、エラドを守るようにその肩を優しく摑《つか》む。

リオはエラドを離れて、ルストに並んだ。ルストは不安そうにリオを見たけれど、前に出ないよう制することはなかった。ただ、魔女に向かってかざした手を、下ろすこともない。

「魔女……トゥエラド。俺はエラドの記憶をほとんど見た。だから……エラドとあなたの絶望は分かっているつもりだ」

「なにを言い出す？　貴様ごとき作り物に、我らの苦渋が分かるわけがない」

魔女は鼻で嗤《わら》ったけれど、リオは本音で話していた。

相手は本気だ。リオも本気で話すしかない。魔女のことは憎いが、殺せない。そう、リオは結論を出していた。魔女を殺してしまえば、たとえウルカに引き合わせたところで、エラドが不幸になってしまうからだ。

「……あなたのことを母親だと思っていた時期があった。あなたの役に立ちたかった。今思えば、あの気持ちはあなたがエラドに向けている気持ちと同じだった」

魔女は忌々《いまいま》しげに、リオを睨んで舌打ちする。

「俺はあなたが嫌いだけど、エラドはあなたを愛してる。だから、俺はあなたを殺せない」

「強気なものだ。ウルカの王がいなければ、私を殺すことなどできぬくせに」

「……花嫁は、エラドの力半分をその身に宿す。あなたと、俺の力は互角。または、俺のほうが少し強い」

魔女は眼を剝《む》き、ぎろりとリオを睨《ね》めつけた。けれど、反論はしてこなかった。

エラドの力をすべて魔女が奪っていない以上、リオの潜在的な力は魔女よりもわずかに勝るということになる。もっとも、手練《てだ》れの魔女と違い、リオはエラドに手伝ってもらわなければまともに力が使えないから、自分のほうが強い、というのはハッタリに近い。

それでも、リオの力がどれほどのものか知っているからか、魔女は一度言葉を収めた。

リオは一歩、魔女に近づいた。ルストが「リオ」と呼び止めたが、構わずにもう一歩、進む。

緊張と恐怖で、心臓がどくどくと鼓動を打つ。

今、魔女に攻撃されたら、間違いなく自分は死ぬ。分かっていて、進む。

息が浅くなりそうなのを必死にこらえて――リオは、魔女の眼の前まで来た。息がかかりそうなほど近くで、魔女の顔を見る。

トゥエラドは動じた様子もなく、冷たい眼でリオを見ていた。

リオは小さく息を吸い込み、そして、魔女にだけ聞こえる声で囁いた。

「エラドの本当の望みは、すべての力を取り戻して……もう一度ウルカと一つの竜に戻ることだ。……俺は、それを叶《かな》えてあげたい」

魔女の眼に怒りと憎しみが走る。

リオのような下等な存在が、エラドの望みを叶えるなどと言ったことへの、怒りだろう。けれど次の瞬間、その眼は驚きをもってリオを見つめていた。

魔女は信じられないとでも言いたげに、眉根を寄せた。

「自分の言葉の意味が分かっているか？」

「たぶん」

低めた声で訊いてくる魔女に、リオは小さく頷いた。魔女は長い睫毛《まつげ》をしばたたき、眼をすがめた。

「その望みを叶えれば、フロシフラン国土は竜の加護を失うぞ」

冷たい汗が、額を伝って落ちてくる。胃がじくりと痛んだけれど、言うべき言葉は一つだった。

「……それが、一番正しいことだ。この国の、あるべき姿だ」

魔女はじっとリオを睨み、それから、薄く嗤った。

「貴様のほうが、私よりもこの国の害悪だ。自覚はあるのか？」

「……ラダエの三姉妹にとっても、今さら……嬉しくはないやり口だろうね」

リオも小さく笑った。魔女は無表情になると、数秒間、ただリオを見た。リオの中に、自分の求める答えを探すかのように。

そのとき、「トゥエラド」と、優しい声が、リオの後ろからした。

アランに守られるようにして立っているエラドが、まだ涙ぐんだまま、長い時間を自分と過ごしてきた少女に向かって訴える。

「きみが納得しないことは分かってる。……でも、僕は……もう一度ウルカに会いたい」

会いたい、と繰り返して言い、エラドは可憐《かれん》な顔をたおやかな両手に埋《うず》めた。

「……もしかしたら、ウルカも僕を待っているかもしれない。だったら、ウルカのほうが傷ついてる……。お願い、一度だけ行かせて」

傷つき、すり切れたせいで荒《すさ》み、それゆえに強靱《きょうじん》さだけが残されたようなトゥエラドのきつい瞳に、初めてその姿に似つかわしい、切なげな感情が乗るのをリオは見た。

エラド、と魔女は呟いた。

どこか諦めがついたような表情。こうなることを、前から分かっていたかのような顔を、トゥエラドがほんの一瞬だけ見せた。

やがてトゥエラドの体に残っていた、最後の緊張がすっと解かれていくのを、リオは感じた。

「……いいだろう。今すぐ殺さなくとも機会はある。ウルカの王も、ウルカのことも許す気はないが、一度エラドをウルカに会わせてやってもいい。エラドが望むならな」

それを聞いたルストは眼をすがめたが、一応受け入れているようだ。反論する様子はない。

魔女はリオを振り向くと、リオにだけ聞こえる声で言った。

「……貴様の案がどんなものか、見定めてやろう。所詮は出来損ないの土人形、生きてもそう長くはない。貴様が死んでから、ウルカの王を殺すこともできるからな」

トゥエラドの眼には、リオのすべてを見透かすようなぎらついた光があった。リオが先ほど言った、「エラドの望みを叶えるため」という目的を違《たが》えれば、すぐにでも殺さんばかりの凄《すご》みだ。ごくりと息を飲み込んでから、リオは頷いた。

「旅の終わりに、分かるはずだ。エラドの本当の幸福は、俺が言ったことだって」

虚勢のように言い足すと、魔女はうっすらと微笑んだ。

「……そうだとして、強欲なこの国の民と、竜の威光を笠《かさ》に着る王家を、どう説得する？　まあ、貴様はすぐに死ぬのだから、やつらくらい騙しても構わないだろうが」

魔女はそれだけ言うと、迷いのない足取りで、ルストの前にまで出た。今魔女に言われたことは、ただの当てこすりかもしれない。けれど、リオの心臓はどくんと大きく、いやな音をたてた。

（……俺がしようとしてることは、国も王家も、騙すようなこと）

冷たい罪悪感が、腹の底からのぼってくる。

「私とエラドを神々の山嶺《さんれい》まで連れてゆけ。お前の人形がそう望んだ」

傲岸《ごうがん》に言い放つ魔女に、ルストはリオに視線を向けてくる。リオは慌てて、魔女に並んだ。

「俺からも、お願い。ルスト」

頭を下げると、頭上でルストが、ため息をつくのが聞こえた。

「とりあえず、道ばたで寝ているやつらをどうにかしよう。おかしな真似をしないのなら、話を聞いてやる」


魔女とルストという、互いの仇敵《きゅうてき》同士が同じ空間にいるというのに、そこからリオたちは忙《せわ》しなく街道に倒れて眠ったままの傭兵や商人を介抱することになった。

教団員の一人を死なせてしまったことを思い出したのか、エラドは途中から気を落とした様子で、リオはそれをかわいそうに思ったが、かける言葉が見つからなかった。

(あのときルストが助けてくれなかったら、俺もエラドも死んでいたかもしれないし……)

すぐそばで相当に騒がしくしていたのに起きなかった傭兵たちは、荷馬車を路肩に寄せ、一人一人を草むらに運んでも、やっぱり眼を覚まさなかった。かなり強い魔法がかけられているようだ。

途中、アランが近くのテアモラまでアカトビに変わって飛んでくれ、やがてテアモラの連兵隊がやって来て商隊を保護してくれたので、リオたちはようやくその場を離れられることになった。

そのころには、日は大分西に傾いており、テアモラで宿をとるか、街道沿いの森で野宿するかが話し合われた。

「テアモラの領主とは面識がある。『使徒』がここに集まっていることが知られても面倒だ。明日、朝一番に発つとして今日は野宿のほうがいいだろう」

結論を出したのはルストだった。

たしかに国王と、その『使徒』が街中にいると分かれば大騒ぎになる。隠れることもできるが、どうせ休む時間も長時間ではないから野営のほうがいいと意見が一致する。リオも同意だった。

一行は街道から逸《そ》れて森へと入り、少し拓けた場所で火を焚《た》いた。『使徒』全員が手際よく、野宿の支度を調えていく。フェルナンが大きな布を持ってきており、それで簡易天幕が張られる。

アランは再びテアモラに飛び、出来合いの食事を調達してきてくれていた。

「どうせ王都に向かうのだろう。私は地下から行く。変な気を起こせばただではおかない」

リオがパンを配っていると、魔女は野宿にまで付き合う気はないらしく、そう言って立ち去った。魔女が夕闇に溶け込むように消えてしまうのを、エラドは心配そうに見送っていたが、後を追いかけることはしなかった。

淋しそうなエラドには申し訳ないけれど、リオは正直魔女が去ってくれてホッとした。一応説得を聞き入れてくれた形だが、魔女がルストを含めた『使徒』の面々と並んで、仲良く食事をとる図は想像ができなかったからだ。

（……まあ魔女は王宮で、王妃として振る舞っていた時期もあったし、そんなに変なことじゃないかもしれないけど）

一人目の土人形の記憶の中では、魔女は優雅でにこやかな淑女だった。ルストだけは最初からトゥエラドを危険視しており、容易に近づいてこなかったことを覚えている。

「それで？　なにがなんだか分かんねえんだが。あの女が魔女だってことは分かったけどよ、そっちの女がエラドの神様ってのがよく分からねえ。リオや陛下が王宮に不在だった間、俺らは『北の塔』が魔女の動向を探っていて、その調査のために国を横断してるって説明されてたけど、違ってたんだろ？　今度こそ、一から説明してくれるんだろうな」

それぞれが火を囲み、パンとスープという簡素な食事を始めてから、ゲオルクがリオにそう言った。「仲間はずれはもうなしだぜ」と付け加えられて、言い訳もできそうにない。

ルースもゲオルクと同じ気持ちなのだろう、じっとリオを見つめている。それからルストを一瞥《いちべつ》し、

「帰還した陛下からは、魔女との戦いに備えるとしかまだ聞いてないし……突然、リオの気配を摑んだと言われたから、僕らはここに来たんだ」

ルースたち使徒が、どういう経緯でここへやって来たのかを説明してくれる。

「俺たちも、途中までの事情は分かってるけど」

と、アランがリオに話しかける。

「お嬢ちゃんが魔女に囚われてからのことは知らない。なにがあってエラドを連れ出すことになったのか、話してくれるんだろ？」

リオはちらりとルストを見た。ルストは一瞬顔をしかめ、それから、

「一人目の土人形と魔女が現れてから……今のリオに、俺が王の真名を戻されるまでの話は、俺からしよう」

と、厳かに呟いた。

それを聞いたアランがぴくりと眉をあげ、フェルナンはハッとしたようにルストを見た。

「機がきたってことか」

アランが独り言のように、囁く。

一人目の土人形？　王の真名？　と、ゲオルクが顔いっぱいに疑問を浮かべて呟く。

やがてルストが、要点をかいつまんで話し出すと、ゲオルクの顔は強張《こわば》り、表情をなくしていった。

ルストは、ある日父が再婚し、その連れ子として魔女が一人目の土人形――第二王子となったユリヤを連れてきたことから話し始めた。

十月十日でその命が途絶えたこと。二人目の死にルストが耐えられなかったこと。だから戦争が始まり、ヴィニゼル城で三人目の土人形を見つけたときに、真名を教えてしまったこと。

もう自分は死んでもいいと思っていたこと。ところがリオが望んだために、二人で真名を分け合う状態となり、リオが記憶を失って、三年も生き延びていたこと……。

「選定の館に来てからのことは、お前たちも知っていると思う。俺は……もう一度リオに真名のすべてを与え直し、俺が死んでリオを生かすつもりだった」

ルストは包み隠さず、すべてを話していく。

淡々と話される内容だが、そこには眼の前でリオが死ぬことを許せなかったという、ルストの狂気と苦渋が滲《にじ》んでいて、黙って聞いていても、リオは罪悪感で胸が締め付けられた。ルストをこんなにも追い詰めたのは、自分のせいだと思ってしまう。

話を聞いていたルースは普段の朗らかさを失い、「王位を捨てようと思っていた、ということですか」と囁くような声でルストに訊ねた。

ルストを見るルースの瞳に、非難が映っている。温厚な彼にしては珍しいことだ。リオは自分が責められているような息苦しさを覚えて、そっとルストを窺《うかが》い見た。ルストは淡々とした表情で、「そうだ」と肯定した。

途端に、そのことを初めて知ったのだろうゲオルクとルースの間に、緊張とわずかな落胆が走るのをリオですら感じた。ルストはその感情を直に向けられているのだから、当然分かっているだろう。

「俺たちを『使徒』に選んどいて、自分だけ逃げるつもりだったのかよ」

「……俺は契約を完全に書き換えるつもりだった。王がリオになれば、お前たちはリオの『使徒』になる。そのつもりで選んだ。……事実、お前たちもリオに好意的だった」

「それはそうですが……」

複雑そうにルースが囁いて、言葉が見つからないのか、黙り込んだ。

リオはなにか言うべきか、悩んだ。

「もとは……俺がルストの真名を奪ったせいだから、ルストだけが悪いんじゃないんだ」

『使徒』として忠誠を誓っている王から、知らないところで捨てられようとしていたと聞いて、二人はうまく受け入れられないのだろう。アランとフェルナンは既に知っているから落ち着いているが、ルースとゲオルクの困惑した反応は当然だと思えた。

大仰にため息をついて、場の空気を変えてくれたのはアランだ。

「あのなあ、そりゃ俺も、こいつがこんな荒唐無稽なことを考えてるって気づいたときは驚いたし、心底腹が立ったよ。でも、よく考えてみろ。ルストが身勝手なのは元からだろ。為政者としての能力は別として、こいつはリオのことになると判断がおかしくなる。それを分かって仕えたほうがいい。どっちにしろ、もうリオに王位を譲ることはできなくなったんだからな」

身も蓋《ふた》もない言いようだが、ルースとゲオルクには腑《ふ》に落ちるところがあったらしい。二人とも「そう言われてみれば。陛下は王としては優れてるけど、リオに対してはね」「まあ俺も、陛下の人柄に仕えてるわけじゃねーしな」と、割合失礼なことを言い出した。ルストは気にもしないのか、涼しい顔で聞いており、リオは安堵するとともに、部下から人柄についてはまるで信頼されていないルストに呆《あき》れもした。一方で、為政者としては認められているのだから、それでいいのだろうか？　とも思う。

「隠し事があったのは陛下だけじゃない。俺も『北の塔』の要請で、リオを始末するために王宮に潜りこんでいた。結果的にはリオは陛下に真名を返上し……今は、残った寿命を消化している。そうだろう？」

フェルナンがアランの言葉を引き継ぎ、リオに確認してくる。

ゲオルクは次々と飛び出す不穏な言葉に愕然とし、ルースはこめかみを押さえて揉《も》んでいる。

「『北の塔』がリオを始末？　初耳だよ」

「初めて言ったからな」

フェルナンは自分の素性と、リオとルストの契約のねじれについてと、わずかな寿命だけが残ったリオのその後を決めるために、『北の塔』へ連れていき、そこでトラディオの足跡をたどる依頼を受けたことを話した。この一連の話の中で、フェルナンはあえて、リオが目覚めさせた第二王子、ユリヤのことは伝えなかった。もう死んでしまっている存在のことを話せば、混乱させると思ったのだろう。

リオも、それでいいと思ったけれど、同時にユリヤの存在がないものにされたようにも感じて、複雑で、淋しい心地がした。

「それでヴィニゼルに行くまでの道中で、俺たちは魔女がどうやって戦争を引き起こしたかを知った。『王の眼』の先見の力を利用して、前王陛下を裏切らせた。だが、俺たちも知らなかったが、そもそもこの国にはもう一柱《ひとはしら》の神がいたらしい。それがエラドだ」

フェルナンは、リオの隣に座るエラドにちらりと視線を向けた。ルースやゲオルク、アランの視線も、エラドに集まる。

エラドは表情を変えず、静かにその眼差しを受け止めていた。

「それで……リオが知ったことは？」

ルースの問いかけに、リオは話の残りを引き継いで、魔女にさらわれてから知った、エラドとウルカの話をした。

エラドが大主教――おそらく王家も絡んでいる――に結ばれた契約のせいで地下に閉じ込められていたことは、ルストすら知らない様子だった。三百年も騙され、力を搾取《さくしゅ》され続けてきたエラドの境遇を伝えると、一同はみな、困惑気味に押し黙った。

「……それじゃあ、フロシフランはエラドの犠牲のもとに成り立っていたってことか」

ぽつりと、ルースが呟く。

「だからとにかく、エラドを連れてウルカのもとへ行きたい。そうすれば、問題の元凶も見えてくると思う」

リオが言うと、それに関しては、反対の声はあがらなかった。「それがいいだろうな」と、ルストも言ったので言質はとれた形になる。

「それと……王都に戻ったら、エラドが結ばされた契約を破棄してほしい。もし、ウルカもなにか契約をしているなら、それも破棄させてほしいんだ」

「お前が望むならそうしよう」

リオが言うと、ルストは一も二もなく、頷いてくれた。けれど、すぐにフェルナンが「陛下」と非難の声をあげた。

「簡単に頷きすぎです。エラドをウルカの元へ連れて行くことには、異存はありません。ですが契約破棄については、慎重になるべきです。まずは契約書を見つけ、内容を検《あらた》めてから検討すべきことかと」

フェルナンの言うことはもっともだったが、それでもリオは、すぐに受け入れてもらえなかったことにがっかりした。

「フェルナン、エラドが結ばされた契約は理不尽だ。なのに検討するの？」

「なにも、悪いようにするつもりはない。どれだけの影響が国に出るか分からない以上、簡単に決めるわけにはいかないというだけだ」

リオはその答えに焦《じ》れて、エラドの反対隣に座っているルストを見上げた。

「ルスト、契約は不当なものだ。なのに継続させないよね？」

身を乗り出して、必死に訴える。

「俺は……」

ルストがなにか言おうとした途端、アランが「はいはい、ルストは黙ってろ」と口を挟んできた。

「どうせお前はリオの言うことを聞くに決まってる。俺はフェルナンと同意見だ。三百年も続いた契約だろ？　そう簡単に破棄して、あちこちに不具合が出たら困る」

「エラドにこれ以上、我慢してろってことっ？」

思わずアランを睨んでそう怒鳴ってしまう。アランは「そうは言っていない」とため息をついた。

「俺だって不条理な契約だと思うよ。だけど、俺たちの決定が国民全体に影響する以上、精査の必要があるだろ？」

「……悪いけど、僕もそう思う」

黙っていたルースが、アランに賛同を示す。リオは胸の中が痛みでいっぱいになるのを感じた。ここにいる全員にエラドの味方になってほしいのに、現実は思うようにいかない。

リオの横に座っているエラドが、「リオ、いいよ。彼らの言うことは当然だ」と優しく声をかけてくれるので、余計に惨《みじ》めになった。

（エラドをすぐに、あのひどい契約から解放してあげたいのに……）

そう思った途端、魔女を説得したあとに言われた言葉が、耳の中にこだました。

――そうだとして、強欲なこの国の民と、竜の威光を笠に着る王家を、どう説得する？

魔女は、リオが考えていることを成し遂げるには、国民や王家を騙すしかないと考えているようだった。かつてエラドが人間に騙されて不当な契約を結んだように、リオもまた、エラドを解放するためには、人間を欺いて隙を突くしかないと。

（そんなやり方はいやだ。エラドとウルカ……フロシフランの国民と王家、みんなが幸せになるにはどうしたらいいの……）

考えても答えなど出なくて、気持ちが沈んでいく。信頼している『使徒』の中からだけでも、これだけ反対の声があがるのに、他の人たちからどう分かってもらえるのかと想像すると、その難しさに途方に暮れた。

落ち込んで黙り込んだリオを尻目に、そのときふと、ルストが声をかけた。

「……まあ、王都に戻って契約書を見てから考えればいいことだろう。もしかしたら、文言の中をかいくぐれば、上手く条件を満たして、エラドとウルカ双方にとっていい結果が出せないとも限らない。もちろん、どんな事情があるにせよ、エラドを二度と地下に閉じ込めておくつもりはない」

――エラドを二度と地下に閉じ込めておくつもりはない。

ルストがそう断言してくれただけでも、救われた。王の言葉に、他の『使徒』たちも、「それはまあ、そうだな」と頷いている。

「明日は日の出前に出立する。議論は王都で続けよう。各自休んでおけ」

　何気ない声音だが、ルストには為政者としての圧が自然と備わっている。そう締めくくると、ルースもゲオルクも素直に従っていた。アランとフェルナンも立ち上がり、片付けを始める。

　エラドは所在なく座っていたが、リオがルストに「リオ」と声をかけられると、遠慮したのかそっと立って、

「僕はあちらで休ませてもらうね」

　とだけ言い残し、天幕のほうへと歩いていった。

　リオはルストを見上げた。ルストが「少し、二人で話そう」と言って、歩き始める。リオは立ち上がり、ついていく。ルストは森の、もう少し深いところへ向かっているようだった。

　暗くなった空には月が出ていて、森の中を照らしている。テアモラはフロシフランの中でもかなり南にある都市なので、あまり雪は積もっていないが、木々は葉を落とし、地面には枯れ葉の絨毯《じゅうたん》ができていた。

「とにかく……無事でよかった」

　二人きりになると、ルストはそう言って振り向いた。

　月明かりに照らされて見えるルストの表情は、どこか苦しげで、張り詰めていた。

　リオは二人きりになって一番に、まさかそんな感情的な言葉がルストから出てくるとは予想していなくて、驚いた。

と、同時に、自分はルストの気持ちをなにも分かっていなかったのだ、と感じる。

（……そうだよね。俺はルストの眼の前で、魔女にさらわれたんだから）

ルストはそっと、リオの首元へ手を伸ばしてきた。襟ぐりから入ってきたルストの指が、肌に直接触れたので、リオはどきりとした。耳元で、金属のこすれる音がする。ルストは優しい手つきで、リオが服の下にしまい込んでいたガラスのナイフを引きずり出すと、その抜き身を愛《いと》しげに撫でた。

「……ここから、ルストの気配がするって、エラドが言ってた」

「ああ。お前を絶対に助けに行こうと、渡したんだ。魔女が奪わないでくれて助かったな」

考えること、憂うことが多すぎて、再会の喜びを味わい尽くしていなかったことを、リオは思い出す。今のリオには、ルストを突き放すような気持ちがない。素直に、そっと体を寄せると、ルストは強くリオを抱きしめてくれた。

全身で、ルストの体温を感じる。どきどきと心臓が逸《はや》り、体が熱くなった。

「あのとき、ルストのお腹を刺してごめん。……まだ痛い？」

リオが魔女の幻術に惑わされて刺してしまったルストの腹部にそっと手を当てると、ルストはその手を、ぎゅっと握ってくれた。

「平気だ。俺は回復力に優れている。もう治ったから気に病むな」

たったこれだけのやりとりに、信じられないほどに安心して、胸の奥からとぽとぽと喜びの湧き水がこみ上げてくるように、嬉しかった。

「……契約書のことは心配するな。誰がどう言おうと、お前が望むなら最後には破棄してやるつもりだ」

耳元でそう言われて、リオは顔をあげた。その言葉そのものはありがたかったけれど、ルストの物言いは、王として契約書の内容が不正だと感じたから破棄する、のではなく、リオがそう望んでいるから破棄する、と言っているようで素直には喜べなかった。

「嬉しいけど、俺のことばかり優先しちゃ駄目だよ。……ルストは王なんだから、『使徒』の意見には耳を傾けないと」

「王はお前だ。俺は……本来お前に王位を譲るつもりだったのだから」

リオはルストの言い分に驚いて、体を離した。さっきまでの酩酊《めいてい》しているかのように幸福だった心地から、頭が冷え、一気に冷静になっていく。

リオはルストの青い瞳をじっと見つめて、言うべきことを探した。

「王はルストだ。ちゃんと責任を持ってほしい。投げやりにならないで」

「……為政者として必要なことはしている。その上でお前を甘やかすくらい、してもいいだろう?」

「政治が絡む場所に、愛憎を持ち込んじゃいけない。頭では分かってるでしょ?」

先の王――ルストの父は、魔女に誘惑され、おそらく魔法に惑わされて、『使徒』を失う結果を招いた。

　ルストの父はルストほどウルカの神力を宿せなかったと言うから、エラドの力のほぼ半分を持ったトゥエラドにいいようにされたのだと思う。

　どちらにしろ、政治に私情を挟み、愛や欲を優先すれば、下の者が離れていくというい例だろう。それを間近で見ていてなお、リオのために政治的判断をすると言うのなら、リオはそれに対して是を唱えることはできなかった。

「ルスト。フロシフラン国王はルストだ。俺のことを想ってくれるのは嬉しい。だけど、間違わないで。王ならば、情よりも実益を選ぶことが大切だって、ルストはいやというほど知ってるよね？　俺に教えてくれたじゃないか」

　リオは訴えるように、ルストに問いかけた。けれどルストは端整な顔を歪め、リオの言い分に拗《す》ねたようにそっぽを向いた。その子どものような我儘《わがまま》な仕草に、リオは呆れと、愛しさと、そして同時に悲しみを感じた。

（ルストは……まだ俺が先に死ぬことを受け入れられていないんだ）

　今はエラドがそばにいるから、リオはもし自分が死んだら、エラドに心臓を引き取ってもらうつもりだ。そうしてエラドの血の中に、自分の心臓を戻してもらう。そうしなければ、エラドの力はいつまでも返らず、ウルカと一頭の竜になることもできないのだ。

（俺の生まれてきた意味は……エラドを助けることにあったんじゃないか。そう思えるくらい、

それが自然なことだ）

数多《あまた》いた花嫁の中で唯一、自分だけが、エラドに力を返そうとしているだろう。

トゥエラドはエラドのためなら、奪い取った力をきっと最後には返すはず。契約が無事に破棄されて、ウルカとエラドの間に障害がなくなれば、二頭の竜は再び一頭の竜になれるだろう。ウルカに異存はないはずだ。ウルカはエラドの望むことは、すべて叶えてきたから。

そうすれば、フロシフランという王国が、二頭の竜と結んだすべての約束が消えるだろう。ラダエの三姉妹も、契約の鎖から解かれ、リオの予想では普通の女性のように天寿をまっとうして死ぬことになるはず。

二頭の竜の加護から生まれた『時の樹』は枯れるだろうから、『北の塔』はなくなり、神々の権能はこの地から消え去る。それは竜の力に守られてきたフロシフランという国にとっては、天地がひっくり返るような出来事だと思う。

だとしても、エラドに力を返すことが自分の使命だと、リオは感じている。そのために生きて死ぬことは、なにも怖いことではなかった。

けれどルストは別だ。ルストの使命は王としてこの国を守ることであり、リオの望みを果たすことではないはずだから。

（俺が死んだあとも、ルストには……王であってほしい）

そのために、自分の死をきちんと受け入れてほしいとリオは思う。

（だけど今のルストでは……）

リオの死に耐えられないかもしれないと、それが不安だった。

リオは手を伸ばし、ルストの頰を両手で包んだ。そっぽを向いていた王の顔を、自分のほうへ傾ける。

「お願いだ、ルスト」

真摯《しんし》に、ただひたむきに、リオは自分の心をルストに伝えようと声に力をこめた。

「お願い。俺が死んだあとは、俺の生きていた意味があったと、そう思えるように生きていってほしい」

懇願する言葉に、ルストは整った顔を、青ざめさせて震えた。「なぜそんな、残酷なことを……」と呟くルストの声を、リオは遮《さえぎ》った。

「ユリヤが死んだとき、ルストが言ったんだよ。ユリヤの命を、俺は無価値だと言うのかって」

リオは懸命に、分かってほしくて言葉を紡ぐ。ルストは眉根を寄せ、泣き出しそうな顔で、わずかに体を震わせる。

「……ヴィニゼルの城で、ユリヤは俺を庇って死んだ。俺は、たった二十五日しか生きていないユリヤの生に、意味なんてないって思った。でも、ルストは違うって言ったよね？」

自暴自棄になり、自分の体をかきむしり、心臓を取り出したいと泣きわめくリオを叱《しか》るように、ルストは叫んだ。

——ユリヤは生きる意味があったと言ったんだ！　幸せだったと！　春を知らなくても、冬の美しさを知った……だから……幸せだったと。そこに……お前も一緒にいた！　お前はユリヤの生を、無価値だと言うのかっ？

あの叫び声は、今でもリオの中に残っている。あの瞬間、リオは悟ったから。

命はただ、そこにあるだけで価値がある。

どんな寿命でも。どんな境遇でも。どんなふうに生きても、この世界に生きる価値はある。

生きる命には、常に価値がある。

たとえ明日、リオが死んでも。絶望の暗闇は、命の輝きをけっして奪えないと。

「……セスが死んだときも、ルストは言ってくれたよね？　セスが生きた意味はあったって。俺が……俺が、生きてこられたから」

選定の館で、セスの死に傷つき、部屋に閉じこもっていたころ——ユリウス・ヨナターンとして会いに来てくれたルストは、リオにそう断言してくれた。

セスがいたから、リオは生きてこられた。だからセスの命には意味があったと。

リオはあの言葉があったから、立ち直れた。『使徒』になり、この国のため、セスのような子どものために働くと、覚悟ができた。

「俺は今、もう自分の命を卑下してない。作られた命でも、無意味な命でも、生まれてきたことが間違いだったとしても……今、生きてることを否定したくない。どんな短い寿命でも、そのぶんを生ききって……胸を張って言いたい。俺は、幸せだった。俺の命が無意味でも、この世界に……生きる価値はあったって」

——それを、ルストは否定する？

リオは青ざめ、震えているルストの瞳を、まっすぐに見た。

ずるい聞き方だと分かっていた。けれど、リオの本心でもあった。吐露した言葉に、ルストは反論ができないのか、黙り込み、衝撃を受けたような表情でリオを見つめていた。

「……ルスト、否定しないでよ。俺が幸せだったことを、否定しないでほしいんだ。お願い。たとえ、十年後のフロシフランを見られなくても……十年後のルストと一緒にいられなくても」

分かってほしくて話すうちに、鼻の奥がつんと酸っぱくなった。悲しみ、淋しさ、やりきれなさ。辛い感情が一緒くたになってこみあげてきて、リオの眼から涙がこぼれてくる。

「今、一緒にいられることが幸せだって思える。だから……ルストにもそう思ってほしい」

ルストの目元が、赤く染まる。泣き出すのを必死にこらえているように、その唇がわななないた。

「お前を、諦めろと言うのか……？」

リオは躊躇ったのち、小さく、頷いた。

「……少なくとも、俺の寿命は受け入れてほしい。ルストだって、もう俺の土人形を作ろうとは思ってないでしょう？」

リオは確認のために、そう訊いた。ヴィニゼルでは、結局「土人形の作り方」など見つからなかった。それにルストだって、そんなことをしても意味がないことを知っているだろう。問題は、ルストの中にまだ割り切れていない部分があることだ。

ルストは苦しそうに顔を歪め、

「エラドの力があれば……あるいは……」

と呻《うめ》いた。リオはわずかに血の気がひくような気がして、ルストの逞しい腕を両手で掴んでいた。

「そんなことはできない。エラドにはもうその力がないんだから！」

思わず、叱りつけるように怒鳴っていた。まだリオを生かそうという考えを、捨て切れていないルストを見ているともどかしかった。リオがリオの死を受け入れていても、ルストが受け入れていない。気持ちがすり合わされず、すれ違っているのが悲しい。愛しているのに、分かり合えないようで悲しい。

ルストも同じ気持ちなのかもしれない。大きな手で己の顔を覆い、悔しそうに息をついている。

「……俺は、ルストを愛してる。きっと死ぬまで。……ルストが立派な王であることも含めて。

トには……」

……ルストも、分かってるはずだよ。あとはルストが、覚悟するだけの話だって。だからルス

静かに、自分の望みを話した。

「俺が死ぬことを……受け入れてほしい」

リオは自分が生きている間に、ルストに覚悟してもらいたかった。何度も自分を助けてくれたルストだからこそ、リオの命の意味を、価値を、寿命だけで量らないでほしい。

顔を覆っていた手をはずし、ルストはリオに視線を向ける。ルストの瞳は惑い、揺らめき、うっすらと水の膜を張っているように見える。

端整な顔は青白いままで、ルストはやがてリオの両手を腕からゆっくりとはずすと、「少し、頭を冷やしてくる」とだけ囁き、そっと離れていった。

「ルスト……」

背を向けられて呼びかけたけれど、ルストは振り向かず、音もたてずに樹木の陰に紛れ込んだ。夜の深い闇の中、まるで消えたかのようにルストは見えなくなった。

きっと、ルストを傷つけてしまった。そう思うと、リオは罪悪感で胸が痛んだ。

(だからって、ルストが望むように俺が王位を継げるわけでも、寿命を好きなように延ばすこともできないんだ……ああ言うしかなかった)

聞かなくても、魔女にさらわれてからの数日間、ルストがどれだけ自分を案じてくれていた

か分かる。

わざわざ王都に舞い戻り、『使徒』を全員連れてきたほどだ。リオが地上に出てから、わずか一日で合流してくれた。思っていたよりもずっと、リオの元へと急いでくれたのだろう。

ルストは自分を、愛してくれている。

深く、強く愛してくれている。

リオだって愛している。

それでもリオは、ルストを置いて死ぬしかない。

(俺が普通の人間だったら、ルストを苦しめないですんだ……。でも、そうだったら、出会うこともなかった)

土人形と王だから出会い、出会えたから愛し合えた。

この運命を、残酷だと思う。けれどどんなに恨んだところで、過去を変えることはできない。

冬の森は静かで、風に葉が揺らされる音が、さらさらと響き渡っていた。

月明かりに照らされた仄《ほの》明るい景色の中、一人取り残された心地で、リオは自分たちの出会いの理不尽さと、運命の不条理を思って、しばし立ち尽くしていた。

七『使徒』たちの想い

「ルストと喧嘩《けんか》したか？　またあいつが、お嬢ちゃんを離したくなくて駄々をこねたんだろ？」

不意に背中から声をかけられて、リオは振り向いた。いつの間に近づいたのか、アランが、葉を落とした樹にもたれて立っていた。

片側を編み込んだ洒落《しゃれ》た金髪が、月光の下では銀色に光って見える。魅力的な赤い瞳に、アランはどこか困ったような笑みを乗せていた。

もしかしたら、自分とルストを心配してくれているのかもしれない、とリオは感じた。

「……駄々をこねられたわけじゃないよ。ただ、俺の言葉でルストを傷つけてしまっただけで……」

ため息交じりに説明しながら、リオは野営地に戻ろうと、アランのそばまで歩いた。アランとは今、どう接したらいいのか分からなかった。久しぶりに再会できた嬉《うれ》しさもあるが、エラドの契約破棄に反対されたので、複雑な気持ちだった。

アランはリオのそんな感情に気づいているのか、リオがアランの横を通り過ぎる前に、先ほど話し合った内容を蒸し返してきた。

「なあ、たしかに契約書は見てみないと簡単には破棄できないと思ってるけど、俺だってエラドを犠牲にしとけばいいとは思ってない。ただ、ルストはお前の言うことはなんでも聞いてしまうからさ。俺たちが釘《くぎ》を刺すしかないだろ」

「……分かってる。アランは正しいと思う」

「本音を言うと、俺もそんな胸くそ悪い契約、すぐに破棄してやりたいと思ってるよ」

リオはその言葉を意外に感じた。アランがそう考えている、ということよりも、その考えを率直にリオに話してくれたことに、驚いたのだ。

思わず立ち止まり、顔をあげてアランを見ると、「なに？」とやや不機嫌そうな声音が返ってくる。アランは落ち着きなくリオから眼を逸《そ》らした。本音を話したことを、少し恥ずかしがっているかのような仕草だった。

「いや……前までのアランだったら、俺にここまで譲歩してくれなかったなって。ありがとう」

「俺をなんだと思ってるんだ」

「だって、出会ったころのアランったらさ……」

言っているうちにおかしくなってきて、リオはくすくすと笑ってしまった。

最初のころのアランは、リオに対してとにかく冷たくて、きつくて、今にも殺されそうに感じていた。その理由はあとから分かったし、ヴィニゼルまでの旅の道中では、アランはアランなりにリオを大事に思ってくれているのだと、感じはしたけれど。

今になって、当時のアランを思い出すと腹が立つよりも、なぜか笑えてくる。訳も分からず傷ついていた自分すら、アランがどうしてリオに辛《つら》くあたっていたのか、理由が分かってしまったら滑稽に感じるせいもあった。

「お嬢ちゃん……、笑えるようになったんだな」

そのときぽつりと、アランが言った。

リオは不思議に思って笑いをおさめ、アランを見た。アランは、どこか淋《さみ》しそうな、けれど穏やかな笑みを薄くたたえて、リオを見下ろしていた。

「俺がなにもしてやれなくても……お嬢ちゃんは自分で、ちゃんと笑えるようになったんだな。嬉しいけど、ちょっと残念だ。……これじゃ、もうなにもするなとか、おとなしく俺の街に来いとか……言いづらくなる」

「アラン……」

アランの言葉を受け止めかねて、リオは戸惑った。どういう意味だろうと見つめていると、アランは自嘲《じちょう》するように嗤《わら》った。

「前に……ストリヴロに来てほしいって言ったろ？」

リオは小さく頷《うなず》いた。ヴィニゼルへ向かっていた旅の道中で、アランは何度か、リオを自分が治める都市、ストリヴロに誘った。そこで余生を、ゆっくりと過ごしたらいいと提案してくれたのだ。当時のリオは、自分の命を有益に使わねばならないと思い込んでいて、その申し出を断ったけれど。

「俺がストリヴロに来てほしかったのは、お嬢ちゃんが、生きるのも苦しそうに見えたのと、ルストと一緒にいると二人とも駄目になると思ったからだ。なのに……今のお嬢ちゃんは生き生きしてる。ルストのことも、ちゃんと導いてくれるんじゃないかって思えて」

アランは肩を竦《すく》めて、「ストリヴロに来いって言う口実がなくなった」とおどけた。

（アラン、俺のこと……認めてくれたのかな？）

リオはふと、そう思った。

短期間だけれど、アランと過ごした時間は濃密なものだと思う。初めは怒りをぶつけられてばかりだったけれど、今なら分かる。アランが誰よりも、ルストとリオに対して、愛情をもってくれていると。だからこそ本気で怒り、本気で迫ってきてくれていたのだと。

（アランは……ルストを狂わせないように。狂わせる原因を俺にしないように、いつも必死でいてくれた）

ストリヴロに来いとリオに言ってくれたのは、わずかな寿命しかないリオを、せめて幸せに死なせてやりたいというアランの温情だったし、死んでいくリオの姿を、ルストに見せたくないという願いでもあったのを、理解している。

それは王であるルストへの、衷心《ちゅうしん》からの気持ちだったろう。同時に、リオを人間扱いしてくれていたことの証明でもあった。

でも今、アランはリオをストリヴロに呼ぶ気はないのだ。リオが自由に残りの命を使えばいいと、そう思ってくれているのかもしれない。

そしてその理由は、リオが幸せそうで、ルストのことも悲しませないと感じてくれたから……だとしたら、リオはアランがそう思えるほどには、成長できたということだ。

もしそうなら、純粋に嬉しかった。アランがリオに自由な選択を許してくれたのは、出会ってから、これが初めてのことだった。

「……アラン。俺がいなくなったあと、ルストを支えてくれるよね？」

そっと言うと、アランは一瞬切なげに顔を歪《ゆが》めたけれど、すぐに笑みを浮かべた。

「当然だろ。俺は『王の翼』。『使徒』の中でも最も優れた人間なんだからな」

胸を張り、わざと威張って言うアランに、リオは小さく声をたてて笑った。アランはリオの笑みを見ると満足そうに眼を細めた。

そして、そっと身を屈《かが》めてくる。気がつけばアランの長い指がリオのほうへ伸びてきて、リオの銀の前髪をさらい、優しく耳にかけてくれた。

「アラン？」

その仕草にこもったささやかな甘さに、リオは少し驚いて、アランを見上げた。

「……ウルカがエラドの望みをなんでも叶《かな》えてやりたいと思うのが本能なら……それは、ウルカの神力を使うルストや俺たち『使徒』の魂にも、潜在的にあるものだと思うか？」

ふと訊《き》かれたことの意味が分からずに、リオは眼をしばたたいた。

（……ウルカの神力を使う者が、ウルカの本能を引き継いでる可能性はあるか、という意味？）

なぜ急に、アランはそんなことを訊くのだろう？

リオは不思議に思い、首をかしげる。

「お前が、エラドの魂に近いから……」

独り言のように言うアランが、どんどんとリオに近づいてくる。いつしか、息がかかりそうなほど間近にアランの顔があった。整った、美しい顔。ルストの持つ凛々《りり》しさよりも、華やかさが際立つ美貌。夜の中で見ると、まるで蛍《ほたる》の光のように、きらめく髪。

アランは、「俺はこの先……」と、そっと囁《ささや》いた。

「お嬢ちゃんが望むように生きればいいと思ってる。お嬢ちゃんが、自分の幸せのために命を使ってくれたら、それが一番いいって。……そのために俺ができることなら、どんなことでもすると約束する」

アランはさらに身を屈めていき、やがて、柔らかな土の上に膝をついた。その所作にリオはびっくりしたが、「アラン、どうしたの」と声をかけるよりも早く、手をとられた。跪《ひざまず》いたアランが、リオの手の甲に唇を落とす――。

月光に照らされて、アランの長い睫毛《まつげ》がきらめく。その一瞬、アランの姿はまるで美しい絵画のように見えた。

「ア、アラン……!?」

手の甲に押しつけられた唇の感触は、温かく、ほんのりと湿っていた。

リオは、その口づけの意味が分からずに困惑した。けれど顔をあげたアランは、すっきりとした表情だった。どこか晴れがましくもある瞳で、ひたとリオの眼を見つめてくる。

「俺は『王の使徒』、だから主《あるじ》はルストだ。でも、俺の忠誠はリオ、お前に誓う」

――俺の忠誠はリオ、お前に誓う。

その一言に驚きすぎて、リオは息を止めた。

アランはリオの手を離し、自分の胸に、己の拳《こぶし》をあてた。

「お前の願いを汲《く》んで、俺はルストを支える。もちろん、不当だと思うことには口出しするけどな。それでもリオ、お前がお前の望みどおりにこの先を生き、お前が笑っていられるように、持っている力は惜しまないと誓う」

そう続けるアランの声は静かで、厳かだった。まるで大切な儀式をしているかのようだ。リオを見つめる赤い瞳は貴石のように輝き、リオは視線を囚《とら》われて、ただ息を詰め、見つめ返す

ことしかできない。

「……お前が死ぬまで、この忠誠は守られる。それが……俺がお前にしてやれることの、きっとすべてだ」

アランはすっと眼を伏せた。赤い瞳が、泣き出しそうな切なさを含んで揺れている。

リオは戸惑ったまま、ただ呆然《ぼうぜん》とアランを見下ろしていた。

アランが、リオに忠誠を捧《ささ》げた。

それがどんな意味を持つのか、すぐには飲み込めない。分かったことは、アランはリオの気持ちを最大限尊重してくれるという、その誓いを立ててくれたことだけだ。

「どうして……俺にそこまでしてくれるの？」

思わず訊いてしまう。アランは顔を上げると、苦く微笑《ほほえ》んだ。

「罪滅ぼし……かもしれないな。今までお嬢ちゃんを傷つけてきたから」

それと、と、アランは言葉を繋《つな》ぐ。

「そうしたいんだ。……ヴィニゼルでお前がさらわれて、今日会うまでの間、ずっと考えてた。俺は一体、本当はお前にどうなってほしいんだろうって。……そう考えたら、ただ、お嬢ちゃんには笑って生きてほしいってだけなんだ」

なんでだろうね、とアランは独り言のように呟《つぶや》く。

「でも、間違いなくそれが一番の願いだから……それなら、俺は俺のできる方法でお嬢ちゃんが笑えるように手伝いたい。そう思ったんだよ」

　忠誠を誓えば、信じてもらえるだろ？　と、アランは冗談交じりに笑い、立ち上がった。

　そのどこまでが本音で、どこまでがからかいなのかリオには分からなかったが、少なくともアランは、リオの短い寿命に寄り添おうとしてくれているのだ、と思った。

（俺の願いを汲んで、ルストを支えるって言ってくれた）

　きっと、アランは分かっている。リオの幸せは、ルストが幸せになることだと。

　だからリオのために、ルストを幸福に導く手伝いを、間近でする と誓ってくれたのかもしれなかった。

「まあそれはそれとして、落ち着いたらストリヴロに遊びに来てほしいって気持ちはまだあるからな。ルストの馬鹿が一緒でもいい。お嬢ちゃんに俺の街をもっと見せてやる」

　不意にリオの鼻先をつまんで、アランは屈託なく笑った。いきなり鼻をつままれたリオは、やっと戸惑いから抜け出して、「ちょっと」と言いながら、アランの手を払いのける。アランはおかしそうにリオを見ていた。

　その赤い瞳に、きらめくような切なさと、そして愛情がこめられていることに、リオは気づいてしまった。

　アランがリオを見る眼差《まなざ》しには、死に別れることへの悲しみと、たった今リオの存在を愛《いと》しんでいるという感情が、隠すことなく含まれている。そのことに、リオは胸を突かれたように驚いて、また、言葉をなくした。

「……俺の街が、好きだって言ってくれたろ。あれ、嬉しかったんだ」

小さくこぼされた言葉にも、リオは眼を瞠《みは》った。

（アラン……俺が言ったたった一言を、そんなふうに、思ってくれてたの……）

リオはアランの美しい横顔を、じっと見つめた。

リオはアランになにか言うべきだと思ったけれど、突然深い感情を差し向けられたせいで、言葉が見つからない。ただただ感謝と、申し訳なさが胸に募ってくる。

一方アランは、言うべきことをリオに伝えきったからなのか、どこか肩の荷を下ろしたような雰囲気でもある。

（俺に忠誠を誓うことが……アランの出した、最終的な答えだなんて）

リオという、アランにとっては恐ろしく邪魔であっただろう命と、アランは向き合って、怒りや憎しみ、憐れみや情を感じて、頭の中は常に混乱していたのではないかと思う。アランはきっと、リオとどう対峙《たいじ》すべきか、誰よりも悩んでいただろう。

ルストの幼なじみとして、王の臣下の一人として、アランはリオを易々《やすやす》と許してはならなかった。それでも、リオという命が生きることを、認めたいとも思ってくれていた。だからストリヴロにも、誘ってくれたのだ。

そうして今、最後に選んだのが、リオの死まで自らも付き合うという選択なのかもしれない。

（アランは、俺の死を受け入れようとしてる……）

ルストとは違う。リオが死を受け入れようとしているのを、アランは認めてくれている。

そのことを、どう考えたらいいのかリオには分からなかった。嬉しいのとも、悲しいのとも違う。わずかな淋しさと、感謝と、やっぱり自分は死んでしまうのだという現実を、突きつけられたような気持ち。その死の苦しみに、アランを巻き込んだような申し訳なさ。

「……アランの忠誠に見合うだけのなにを、俺は返せばいい？」

気がついたら、そう訊いていた。アランは一瞬きょとんとし、それから、ふっと口元を緩めると、リオの頭に軽く手を乗せた。

「ただ……最後まで生き抜いて、笑ってくれたらいい」

俺はそばで見てるから、とアランは囁いた。

驚いて見上げたリオの顔が、アランのきらめく赤い瞳に映っている。アランはもっと笑い、リオの頭をくしゃくしゃに撫《な》でた。

「さてと。俺はそろそろ、ルストのやつに声をかけてくるかな。どうせ落ち込んでるだろうから、しっかりしろって言ってやるよ」

軽口まじりにそう言って、アランはルストが消えた森の奥へ行こうとする。その背中を見送りながら、リオは「アラン」と声をかけていた。

「あの……」

なにか言おうとして、けれど言葉が見つからなかった。リオへ振り向いたアランは、静かに続きを待っている。

「……俺も、ストリヴロにはまた行きたい」

やっと言えた言葉は、伝えたかったこととは違う気がしたけれど、本音でもあった。

美しく豊かなあの街で、食事をしたり、眺望を楽しんだり、豪華な船にだって、また乗ってみたい。なにより幸せそうな、あの街の人々の笑顔を、また見てみたい。

アランはただ、にこりと笑ってくれた。それから手を振って、「さっさと寝ろよ」とだけ言うと、木々の合間に隠れてしまった。

さくさくと、枯れ葉を踏んで歩いて行くアランの足音がする。

やがて遠く離れたのだろうか、その足音も、すぐに聞こえなくなった。


――アランはきっと、ルストを見つけて励ましてくれるだろう。

(俺が死んだあとも、アランならルストを、支えきってくれるかもしれない……)

そう思えるのは心強かった。

胸の中には優しい気持ちと、どこか淋しい気持ちがないまぜになっていて、今自分がどんな顔をしているのかリオにも分からなかった。

アランの言葉や態度を嬉しく思う。同時に、やっと分かり合えた彼とも、いずれ別れる時がくることの寂寥《せきりょう》感が、胸をひたひたと満たしていた。

一人物思いに耽《ふけ》りながら野営地に戻ると、焚《た》き火に薪《まき》をくべ直していたルースが、帰ってきたリオに気がついて「あ……」と、思わずのように息をこぼした。

一瞬だけ、リオは気まずい気持ちになって立ち止まった。

よく考えてみれば、ルースとゲオルクとは一巡月以上顔を合わせておらず、再会の挨拶もまだしていなかった。このままでは失礼だろうと、ルースが今、様々な情報を聞いて――特に、リオが土人形だと知って――どんな気持ちなのかは分からなかったが、勇気を出して、「ルース」と声をかけた。

「その……久しぶり。今回は、助けに来てくれてありがとう」

「いや、お礼を言われるほどのことはしてないよ」

ルースは相変わらず穏やかな話し方で、優しく言ってくれた。わずかに灰色がかった青い瞳には、それでも隠しきれない戸惑いと、気まずさが浮かんでいる。

リオはルースにそんな顔をさせることを、申し訳なく感じた。

「……あの。いろいろと、騙《だま》すような形になってしまってごめんね」

そんなつもりはなかったが、結局のところ、あとからリオの事情を知らされればそう思うのではないか。そう感じて、一応謝罪する。

「いや、そんなことは……」

慌ててリオの謝罪を否定したルースは、途中口ごもり、ばつが悪そうに口元に手をあてた。

「……正直、まだ飲み込みきれてないよ。きみが……残り四月ちょっとで、その……」

死ぬなんて、という言葉を、ルースは言えないようだった。

ルースの顔は悲しみに曇っていて、リオの状況を憂えてくれていると伝わってくる。

（……俺が土人形でも、軽蔑しないでいてくれるの？）

そう思い、リオは少し安堵《あんど》した。

「その……ないんだよね。寿命を延ばす方法は。ごめん……リオのほうがとっくにこのことで、十分悩んできただろうに」

言いづらそうに、ルースが口にする言葉には、心からリオを心配してくれている気持ちが表れていた。ルースが思い悩んでくれているのに、人間ではないと突き放されなかったことだけでも、リオは嬉しく思ってしまった。

「……あのね、ルースの生まれ故郷に行ったよ。すごくいい街で、人も優しかった」

嬉しさが先行して、ついそんなことを口走ってしまった。ヴィニゼルに向かう途中で立ち寄った都市、ウドリメ。素朴な町並みと人々は、ルースの人柄そのもののように穏やかだった思い出がある。

「あ、ああそうなんだ？　田舎で驚いたろ？」

話題を変えたリオに、ルースは一瞬戸惑ったようだが、少しだけ明るい表情になった。田舎で、と言いながらも、故郷が好きなのだろう。ルースの顔には心からの笑みがのぼっている。

「交易の人もたくさん来てて、賑《にぎ》やかだったよ。ルースを感じられて嬉しかったし……それに俺、旅の間、たくさん馬に乗ったんだ。今日なんて、エラドと二人乗りしたんだ。ルースが乗馬を教えてくれたからだよ。俺、前より上達した気がするんだ」

「……そっか」

リオがにこにこと話す内容に、ルースは小さく頷いた。それからやがて、先ほどまでの暗い表情を断ち切るように、いつもの優しい笑みを浮かべて「じゃあ、王都に帰って、いろいろ片付いたら」と提案してくれる。

「遠駆けに行ってみる？　気に入ってる場所があるんだよ」

その誘いを受けたとき――リオの胸は弾《はず》んだ。素直に、嬉しかった。

「いいの？　行きたい！」

だから心から、そう言った。ルースも目尻を下げて、「王都から出ても一日で帰ってこられる距離だから」と教えてくれる。

「春になったら行こう。花もきれいなところなんだ」

リオはその単純な約束が嬉しくて、胸がいっぱいに満ち足りていくのを感じた。心がぽかぽかと温かくなってくる。春になったら。その先、リオはもう長く生きていられない。だとしても遠駆けに行き、美しい景色を楽しむことはできる。

そのことが、なぜだかひどく喜ばしく感じる。

なによりもルースがまるで、普通のことのようにリオと未来の約束を交わしてくれたことが、心からありがたかった。

アランとの会話で感じていた淋しさが、ほんの少しだけ紛れていく。いつかルースとも別れる。だとしてもその前に、思い出が作れる希望のほうが大切に思えた。そして自然とそんな気持ちにさせてくれたルースに感謝したし、そう思えた自分のことも、誇らしく感じた。

(きっとユリヤは……いつもこんな気持ちで少ない命を生きてたんじゃないかな)

そんなことを、頭の隅で感じる。

「おい、リオ」

そのとき、ややぶっきらぼうに名前を呼ばれて、リオは顔を上げた。見ると、大股に歩み寄ってきたゲオルクが、リオとルースの間に割って入ってくるところだ。

「ゲオルク、久しぶり。あの……」

「ああ、なにも言うな。べつに謝られることはされてねえからな」

ゲオルクは眉をしかめて首を振り、リオの言葉を遮《さえぎ》る。謝罪されることを予想していた口ぶりに、リオはゲオルクにこんな機微があったのかと、眼を見開いてしまう。

ゲオルクはすうっと息を吸い込み、それから意を決したかのように、「結論から言うぞ」と言った。

「リオ、お前がなんだろうとそんなことは知らん。俺には俺が知ってるお前がいる。それで十分だ。他のことはどうでもいい。そう決めた」

腕を組み、胸を張って、ゲオルクは宣言するように決めつけた。

「だからな、困ったことがあったら相談しろ！　できることなら協力してやる！」

豪快に、自分の胸をどん、と叩《たた》く。ゲオルクの明快な言葉に、リオは一瞬言葉を失ったものの、やがてふつふつと、嬉しさがこみあげてくるのを感じた。

自分のすべての事情を、ただ受け入れてもらえたのだと、そう分かったからだ。

「……ありがとう、ゲオルク」

「王都に帰って落ち着いたら、またお前をしごくぞ。生きてる間はなにがあるか分からねえんだ。短剣くらいは使いきれるようにならねえとな」

「うん……ゲオルク、本当にありがとう」

リオは、泣きそうになるのをこらえなければならなかった。

ゲオルクはリオに、まだ剣を教えてくれるつもりなのだ。あともう少しで死ぬとか、そんなことは関係なく。

ゲオルクもルースと同じ。リオを特別に扱わずに、ごく普通の、これから先も生きていくだろう一人として接してくれている。今生きているリオの時間を、ただ肯定してくれている。

それが本当に、嬉しかった。たとえ寿命が決まっていても、死ぬそのときまで、明日もまるで眼を覚ますかのように生きようと、心密《ひそ》かに決めた。

「……二人とも、ルストをお願いします。あんなだけど……王様としてのルストは、本当に素晴らしいから」

湿っぽい空気にはしたくなかったけれど、きっとルストが一番、リオの死に狼狽《うろた》えるだろうから、それを分かっておいてほしくて伝えた。

ルースとゲオルクはリオの気持ちを察してくれたのか、一度互いに眼を合わせると、「任せとけよ」「大丈夫だよ」とごく軽く、言ってくれた。

「これでも選ばれた『使徒』だからね。陛下がどういう人かは分かってる」

「お前はなにも心配すんな。それより明日は早いぞ。もう休め」

二人と話すと、かなり気が楽になった。

心配せずに生きていればいいと思えた。リオはゲオルクから天幕のほうへ押し出されたので、火の番を任せて、ありがたく休ませてもらうことにする。

木陰の下に作られた天幕まで来ると、フェルナンが、もう一つ天幕を張り直しているところだった。

「……天幕、二つ作ったの？」

思わず、そう問いかけてしまう。リオに気づいたフェルナンが、「エラドと俺たちが一緒に寝るわけにはいかないと思ってな」と、理由を話してくれた。

（あ……そうか。中身は雄の竜だけど、見た目は少女だもんね）

大柄な男たちの中に、エラドを放り込んで休ませるのはたしかに絵面上、背徳感がある。

「お前はエラドと同じ天幕で寝ろ」

それなのにそう言われて、リオは驚いた。

「えっ、俺も男だよ？」

「お前とエラドならべつに構わないだろう。エラドもお前がいたほうが安心するはずだ」

淡々と言うフェルナンに、それはそうだけど、と思いつつも、なんとなく納得できない気持ちが湧いた。たしかにエラドと寝てもリオは変な気など起こさないが、一応自分も男なのだ……と主張したいような、複雑な感情だ。けれど言い張るのも格好がつかない気がしてしまう。

「これを使うといい。雪が積もっていなくても、かなり冷え込むからな」

フェルナンは分厚い毛皮をリオに押しつけてくる。エラドにも使ってあげたいので、それはありがたく受け取った。

（フェルナンとも、なにか話すべきなのかな……）

アランとルース、ゲオルクとも、それぞれにこれからのことを話した。だからフェルナンとも、と考えたが、なんと切り出せばいいかが分からない。仕方なく、天幕に引っ込もうとしたそのとき、フェルナンが急に呟いた。

「……ヴィニゼルでのユリヤ殿下のことは、残念だったな」

リオは思わず、顔を跳ねあげた。

フェルナンは片眼鏡を動かして、静かに続ける。

「ルースとゲオルクに事情を話すときに、殿下のことを省いてすまなかった。……話しても混乱するだろうと思った。だが……お前は辛かっただろう」

ぐっと、喉が押し狭まるような感覚。鼻の奥が冷たくなる。

「ううん……ありがとう、ユリヤのこと、思い出してくれて」

ルストたちと再会してから——ユリヤのことを、悼《いた》んでくれたのはフェルナンだけだった。

思い出の中で、ユリヤは今も笑っている。けれどリオが死んだら、もう誰もユリヤの笑顔を思い出さないかもしれないと思っていた。たった二十五日でも、心臓のない体でも、ユリヤはちゃんと生きていた。

それをフェルナンが知ってくれているのなら、報われる気がした。

「忘れたくても忘れられない。……俺が狼《おおかみ》の姿になって見せても、俺に興味を持たなかった王子だぞ」

フェルナンは途中から、冗談のように言う。そんなふうに面白おかしく言うのは、リオへの慰めだと、確認しなくても分かった。一人でも、ユリヤの思い出を話してくれる相手がいることに、リオはただ感謝した。

柔らかく、優しい沈黙が数秒、フェルナンとの間に流れる。

ふと、小さな声でフェルナンが切り出した。

「あの夜……」

どの夜のことだろうと、リオは顔をあげる。フェルナンは理知的な琥珀《こはく》色の瞳を、やや淋しそうに伏せて言葉を続けた。

「セヴェルを発《た》つ前の夜だ。お前に、二人で逃げようかと言っただろう」

（あ……）

リオはその言葉に、たちまちフェルナンの言う夜のことを思い出していた。

リオを連れて隣国へ逃げると言っていたフェルナン。けれどリオにそんな気持ちなどないことも理解していて、自ら退いてくれた。そして、自分は無力だと、悲しげに嘆いていた。

あのときの会話でリオがなにより鮮明に覚えているのは、フェルナンがリオを死なせる機会があったのに、助けてしまったと悔やんでいたことだった。あのころのリオにとって生きることは、死ぬことよりも辛いものだと、フェルナンは分かってくれていたこと……。

今のフェルナンはどう思っているのだろう？　そっと窺《うかが》うと、フェルナンは小さく嗤った。まるで、自分を嘲《あざけ》るように。

「魔女にお前が連れ去られたあとも、もし助け出せたとして……俺になにができるのだろうと考えていた。だが、心配いらなかったようだな」

フェルナンがそう言い、リオに目線を合わせてくる。

「お前は俺がいなくても、なにもしなくても、立ち直って前を向いていた。エラドを連れて……自分のなすべきことを見つけて、そのために一人で立って歩いて、ここまできた。……お前は」

――お前は強い。

「俺よりも、ここにいる誰よりも。お前は、強い。リオ」

悲しみと、同時に誇らしげななにかを持って、フェルナンがリオを見ていた。その瞳に溢《あふ》れているのは、たしかな敬意だった。

「お前と出会ってから何度も、何度もお前に驚かされている。お前は決断するとき、常に自分にできる精一杯の力で、最善を選択してくる。……尊敬している。心から」

「……フェルナン」

フェルナンは胸に手をあてて、リオに頭を垂れた。リオはそんなフェルナンに、どう対峙すればいいのか分からなくなる。

尊敬しているのは、リオのほうだ。フェルナンはどんなときも知恵深く、誰よりも公平だった。だからこそリオの命を手ずから奪うという仕事も、やり遂げようとしていたのだと、リオは理解している。

それはただひたすらに、国のため。そして、正しさのための行動だったと思う。

「……あのとき、河から」

リオは口をついて出てきた言葉を、素直に伝えた。

ルストに真名を返し、高い王城の尖塔《せんとう》から身を投げたリオは、死ぬつもりで河に落ちた。河からリオの体を引き上げ、助けてくれたのがフェルナンだった。

フェルナンはその後苦悩するリオを見て、河から引き上げたことを悔いていた。あのときに死なせてやればよかったというフェルナンの言葉を聞いたとき、リオは救われた気がした。

リオだって、死んでいたほうが楽だと思っていたから。

けれど、今のリオは違う気持ちだった。ユリヤと出会い、セスの遺した言葉を知り、エラドを守ろうと決めたから。

「俺を助けてくれて、ありがとう、フェルナン。今は……生きててよかったと思える。でも、俺が生きていられるのは、フェルナンがいてくれたからだ」

——助けてくれて、ありがとう。

もう一度言うと、フェルナンは一瞬肩を揺らした。その瞳に、切なげな色が強く浮かぶ。泣くのをこらえているのだろうか？　フェルナンの切れ長の目尻が、赤く染まっていた。

『王の眼』は慌てたように、リオに背を向けた。

「……もう、休め。明日は早い」

ただ一言、そう言う声がかすれている。

フェルナンは、本当に泣いているのかもしれない。

だとしても、リオはそれを確かめようとは思わなかった。フェルナンがどれほど自分のことを思いやってくれているのか、常に冷静で公平なこの男が、いかに優しい心の持ち主か、もう知りすぎるほどに知っていた。無粋にも、それを暴くつもりはなかった。

ただ胸に切なさと、愛しさに似た気持ちが広がっていく。

「うん、おやすみ。……フェルナン」

セヴェルを発つ前の夜にもそうしたように、リオはそっと挨拶だけをして、フェルナンのそばを離れた。


毛皮を抱えて天幕に入ると、エラドは隅っこに座っていた。毛織りの毛布一枚巻いているだけのエラドを、リオは慌てて、抱えてきた毛皮で包む。

「……みんなと話ができたようでよかったね」

どこまでリオと周りのやりとりが聞こえていたのか、あるいは気づいていたのか、エラドは優しく、リオの頭を撫でてくれた。

「契約書のこと……、すぐに破棄という話にできなくて、すみませんでした」

三百年もエラドを苦しめてきた契約なのに、眼の前で、破棄に対して慎重な意見が展開されたことを、リオは心苦しく思っていた。けれど、エラドは気にしていないように笑った。

「ウルカに会わせてくれると言うんだから、それだけで十分だよ」

二人並んで寝そべり、同じ毛皮にくるまって向かい合うと、天幕の布越しにもこぼれてくる月光が、エラドの瞳をきらめかせているのが見える。

「……ルストは俺の話に、まだ納得できていませんでした」

エラドを見ていると、つい、そうこぼしてしまった。ルスト以外の四人とは、和解できたと思う。前向きな、明るい話ができたとも思う。戸惑いながらも、四人とも、リオの寿命を受け入れ、それぞれの方法で向き合おうとしてくれている気がする。

ルストだけが、いまだにリオが死ぬことを認められていない。

「俺が生きている間に……ルストは分かってくれるでしょうか」

エラドはリオをじっと見つめ、やがて静かに、諭すように、言葉を紡いだ。

「愛しい人の死を……リオなら、どう受け止める？」

あとこれだけの命と聞かされて、どんなふうに過ごすかと、そう問われてリオは固まった。

「ウルカの王に、優しくしてあげて。……自分の半身のような花嫁を、彼は奪われなきゃならない。きっと、僕がウルカに会えないのと同じくらい、辛いことだ」

エラドはリオの頭を、もう一度優しく撫でたあと、その美しい瞳を閉じた。静かな眠りに入ったエラドとは違い、リオは、すぐには寝付けなくなった。

……愛しい人の死を、俺ならどう受け止めるんだろう？

セスの死も、ユリヤの死も、受け止めてきた。けれどそれはそうするしかなかったからで、もし違う未来もあると示されたなら、そちらに飛びついたかもしれない。彼らは幸せだったと納得している今ですら、もっと長生きしてほしかったと思う気持ちがなくなったわけではない。

（……俺の寿命は残りあと……百二十八日だっけ？）

数えるのをやめていた残りの時間を、久しぶりに思い返す。

リオがどんなふうに生きれば、ルストは後悔しないだろう。初めて、そんなふうに思った。

（ヴィニゼルに向かう旅では……俺はずっと、自分の死を受け止めきれずに苦しんでて……エラドに出会ってからは、ただ必死に地下から抜け出してきたから……置いていく人たちのことを、考えられていなかったかもしれない）

エラドをウルカに会わせる。理不尽な契約を破棄し、いずれエラドにすべての力が戻るようにする――。それらのことが終わったら、残りはどう生きようか。

（俺が幸せだったたって……ルストにも、みんなにも、思ってもらえるように死ねたら……。でもそれで、本当にルストは、俺を失った悲しみを乗り越えられるんだろうか）

分からなかった。どうすればルストの苦しみを、周りの人たちの嘆きを、取り去ることができるのか。自分は残りわずかな生を、どう生きていけばいいのか。どんな生き方でも価値はあると知った今、それでもせめて、大切な人たちを傷つけずに死にたいと願うのは、もはや贅沢《ぜいたく》だろうか？

闇の中、リオはじっと天幕の布を見つめて、自分になにができるのかだけ、考えていた。

八　王都へ

「リオ、そろそろ出発するみたいだよ」

毛皮の中で丸まっていたリオが、エラドに声をかけられて眼を覚ましたとき、あたりはシンと静まりかえり、まだ日が昇る前の深い闇が森を覆っていた。

起き上がって天幕の外に出ると、他の『使徒』たちが野営の片付けをしているところだった。ルストもアランと一緒にいる。アランはルストの肩に腕を乗せて、なにか話しかけていた。

（ルスト、落ち着いたのかな……）

昨夜のルストは意気消沈して森の奥へ消えてしまったが、アランに連れ戻されて平常心を取り戻したのだろうか？

気になりながらも話しかけられず、リオはちらちらとルストを見ながらも、自分とエラドが使った天幕を畳む手伝いをした。途中で一度、こちらを向いたルストと眼が合う。ドキリと胸が跳ねたが、わざと無視された。ルストはすっとリオから眼を背けた。

（今、わざと無視された？）

もしかしたら昨夜の言い合いが、ルストの中で尾を引いているのだろうかと、リオは不安になった。

けれど天幕を畳んでいる最中に、ルストを問い詰めるわけにもいかない。リオは黙々と天幕を片付けた。フェルナンが布を集め、雑嚢《ざつのう》へと器用にしまう。火の始末も終わり、みながルストを中心に集まった。

「ここから王都に出るわけだが……俺が竜の姿になって、一気に移動する」

ルストがそう言ったので、リオは予想外で驚いてしまった。思わず、隣に立っていたルースを見ると、「行きもそうやって移動したんだよ」と説明が返ってきた。どうりで馬も連れていないはずだと納得する。

（たしかに……その移動方法なら全員いっぺんに、一瞬で王都へ行けるものな）

王の背中に乗るというのは精神的に抵抗があるものの、当のルストが提案するのだから、いいのだろう。それに出発が日の出前なのも納得した。明るいうちに竜の姿で移動すると、目立ちすぎてしまう。

「王都には昨夜アランが飛んで、早朝戻る旨を通達してある。だが出発の前に……」

ルストが続け、ふとエラドのほうを見た。とはいっても、ルストはエラドを認識できないようなので、エラドがいるあたりをぼんやりと見ている。

「リオ、エラドはお前の隣にいるか？」

ルストはリオに訊《たず》ねてきたが、視線は相変わらずエラドがいるあたりに固定されていた。

「いるけど……」

少しだけもやもやしながらも答えると、ルストがこちらへ近づいてきた。それから、エラドのいるあたりに手をかかげ、「失礼」と一言断った。

エラドの周りに、銀色の光がきらきらと舞ったかと思うと、エラドの髪の色が黒く変化した。顔立ちは変わっていないはずなのに、ほんの少し存在感が薄れて見える。並外れた美少女なのに、一瞬それを見落としてしまいそうになる。

「もしかして、俺にもかけてた、目立たなくする魔法をエラドにかけたの？」

「魔女そっくりなんだろう？　リオのほうは……性別も違うからもう隠さなくていいだろう。だがエラドは、王宮内では目立たないほうがいい」

リオの問いに、ルストが至極まっとうな返事を返してくる。

今のルストは冷静で、王らしく振る舞っているように見える。けれどリオとはまったく眼を合わさないところを見ると、昨夜リオと話し合ったことは、ルストの中でまだわだかまっているのだろう。リオはそんなルストの心境を思うと胸が痛んだ。ルストを傷つけているのなら辛い。

けれど今は、ルストの気持ちを確かめている状況ではないから、話しかけたいのを我慢した。エラドは律儀に、ルストに向かって「ありがとう、ウルカの王」とお礼を言っている。よく見えない存在から声が聞こえてくるのが居心地悪いのか、ルストは神妙な顔つきで頷いた。

「エラドはイネラド・ラダエ様にも似てるけど……それは大丈夫かな？」

リオは、穏やかな笑顔を常に浮かべていた右宰相のことを思い出した。彼女は髪が黒いので、ますますエラドと似てしまう。

「背格好も違うし、雰囲気も違うから、陛下の魔法がかかっていれば大丈夫だろう」

フェルナンがそう言ったので、リオは一応、納得した。

「王都に戻るぞ」

マントのように羽織っていた長衣を翻《ひるがえ》したルストは、一行からやや離れた場所に移動した。その途端、ルストの体が淡く発光しはじめる。銀色の光がルストを取り巻き、一瞬、強く輝いた。

眩《まぶ》しさに思わず眼を閉じたリオが、瞼《まぶた》の向こうが暗くなったのを感じて再び眼を開けると、そこにはもう、ウルカそっくりの巨大な竜がいた。

（……やっぱり、黒い鱗《うろこ》はない）

つい確認してしまったが、見る限り、ウルカとなったルストの首元に黒い鱗は存在していなかった。エラドはウルカそっくりの竜を見てどう思うだろうと感じたけれど、様子を見たところ特に驚いてもおらず、感情的になってもいなさそうだ。

「エラドは平気ですか？　ウルカそっくりの竜を見ても……」

小声で訊くと、エラドは当たり前のように「そっくりでも、違う存在だと分かるからなんともないよ」と答える。姿形に簡単に惑わされる人間とは違い、エラドは魂でウルカを見分けているのかもしれない。

ルストが体を低く下げて、『使徒』とエラドを乗せてくれる。夜が明ける前の深い闇の中に飛び立ったのは一瞬で、ヴィニゼルからフロシフランの国境を越えたとき、リオがエラドの背に乗せてもらったときと同じく、上昇してしまえば風圧はまったくなかった。

闇の中を飛ぶ白い竜は、まるで流星のようだった。

星の光に鈍く体を輝かせ、瞬く間に森を越え、街を越え、大河の流れに沿うようにして進んでいく。

あっという間に、王都の大聖堂と、王城が見える。そのころになってやっと、東の際に日が昇り始めており、早起きの平民たちが、窓から首を出して「神様だ！」と手を振り、喜んで祈りを捧げるのが見えた。

ルストは民の声に応えるように、王都を一度ぐるりと旋回すると、王城の中に作られた、だだっ広い広場へと降り立った。

そこには既に騎士たちが並んでおり、背筋を伸ばして敬礼の姿勢をとっていた。

「国王陛下と、『使徒』様のお帰りである！」

赤いマントを身にまとった騎士団長が、一際響く声で言う。瞬間、ルストの竜の姿は解け、リオたちは広場の真ん中に立っていた。

「ご帰還、騎士団並びに国民を代表して、お慶《よろこ》び申し上げます！」

騎士団長が言ったあと、騎士たちが「お慶び申し上げます！」と復唱した。リオは統率のとれた彼らの態度にやや圧倒されながらも、久しぶりに戻ってこられた王宮の中を、感慨深く眺めてしまう。

（また、ここに来ることがあるなんて、思わなかったな……）

「陛下。いらっしゃらない間の報告はこちらに」

騎士たちの間から、背の高い魔術師、ユリウス・ヨナターンが、紙束を持って進み出てくる。ルストは淡々とした態度で「ああ」と頷いているが、リオはもう、このユリウスがルストの作り出した幻影だと知っているので、ユリウスを見ても、懐かしさは感じなくなっていた。

「こちらの方は？」

騎士の一人が、リオの隣に立つエラドを見てルストに問う。

「ヨナターン家の者で、『鞘《さや》』であるリオ・ヨナターンの姉だ。リオの隣室を用意しろ。丁重に扱うように」

ルストは顔色一つ変えずに、嘘《うそ》をついた。リオは驚いたものの、そう命じてくれたおかげで、騎士は畏《かしこ》まって敬礼し、リオとエラドに「すぐお部屋をご用意いたします」と言って、足早に立ち去っていった。

「リオ、お前の部屋は元のところにある。案内はいるか？」

ルストはまたも、リオの顔を見ずに訊いてくる。さすがに道順は覚えているから、「大丈夫」と答えながらも、心情は複雑だ。

（……全然顔を見てくれない。ルストは、俺の言ったこと、まったく納得してないんだ）

――俺が死ぬことを……受け入れてほしい。

それがリオの、ルストへの望み。

そう簡単に割り切れるわけがないと知りながらも、ため息が出そうになる。けれど騎士や文官が大勢いる前で、そんな姿をさらすわけにはいかず、リオは努めて平静を装った。

「軽い朝食を用意させる。のちほど、『使徒』全員で話し合いを持つ。召喚があるまで休んでいろ」

いない間に仕事が溜《た》まっていたのか、ルストに話しかけるのを待っている騎士や文官たちが、広場に集まっている。リオ以外の『使徒』たちにも、様々な役職の者が報告があるようで、人が群がり始めていた。

みなの邪魔をしてはならないと思い、リオはとりあえずエラドを連れて、かつて使っていた『鞘』の部屋を目指すことにした。

（ルストと、時機を見てもう一度話さなきゃな……）

そうは思うものの、あれ以上なにを話せばいいのかとも思う。ルストはリオの望みを拒んだわけではなく、むしろ必死に、リオの死を受け入れようと心の整理をしているところなのかもしれない。それなら、邪魔をせずに、またルストのほうからリオの眼を見てくれるようになるまで、待ったほうがいいのだろうか。

そんなことを悶々《もんもん》と考えて歩いていると、

「王宮の中はずいぶん広くなったんだね。三百年前はもっと小さかったのに……」

王城内を見回しながら、エラドが感心したように言った。

たしかにエラドの記憶で見た王宮は、現在の華美な建物と違って、もっと素朴なものだったとリオは思い出した。大聖堂には、何度も建て増しした痕跡がある。

「いやな気持ちにはなりませんか？　この王宮は……エラドを陥れた人たちが、エラドの力を利用したうえで建てたものですから……」

もちろん、人間たちの技術や努力はあったはずだが、それでもエラドの目線から見たら、自分の力を奪った恩恵の上に建てられたようなものだろうと、リオは感じてしまう。

そんな場所にいるのは、苦痛じゃないのか？

悲しい気持ちにならないのか？

単純に、リオはエラドが傷つかないか心配だった。

けれど慈愛の神であるエラドは、どうであれ人を憎めないのか、リオの言葉にも困ったように笑うだけで、「そんなふうには感じないよ」と答えた。

「魔女……トゥエラドは地下から王都に向かうと言っていましたが、もうこの真下に来ているのでしょうか?」

「おそらくそうだと思う。僕は今力が使えないからはっきりとは分からないけれど……それより、王宮はウルカの気配がすごく強いから、嬉しい」

エラドは本当に嬉しそうに、にこにこと微笑んでいる。

「特にあのあたりから、強くウルカの気配を感じる」

そう言ってエラドが指さしたのは、一度魔女の襲撃にも遭った大聖堂だった。襲撃の際、天井が崩落したが、修理が始まっているのか、石工たちの足場が見える。

(洗礼の儀をした場所……そういえば、ウルカの石像と、不思議な玉があったっけ)

リオはふと、思い出した。洗礼の儀をする際に、ウルカの石像が抱え込んだ玉にリオとルストで手を当てて、古代語の詠唱をしたのだった。

(たしかに、あの玉にはウルカの神力がこめられていたのかも……神々の山嶺《さんれい》にいるはずのウルカと、俺は繋がれたから……)

やがて王宮の西棟が見え、リオはエラドを案内して二階へとあがった。廊下に面した見晴らしのいい窓からは、小高い丘の下に広がる王都の街並みが見えた。角を曲がると『使徒』の部屋が並んだ、広い廊下に出る。かつて暮らしていた部屋の近くまで来ると、懐かしさがこみ上げてきてぐっと喉が詰まった。

二度と、ここへ戻ってくることはないと思っていたのに——。

「リオ！」

そのとき、『鞘』の部屋から飛び出してきた人物に、リオは眼を瞠った。

小柄な体躯《たいく》に、付き人のお仕着せ。赤い髪に、大きな茶色の瞳——リオがこの王都で初めてできた親友、エミル・ジェルジだった。

「……エミル」

もう決して会えないと思い込んでいた期間が長かったせいか、リオは駆け寄ってくるエミルの姿を見た途端、呆然としてしまった。まるでエミルが、幻のようにすら感じる。

「リオ！」

けれど涙ぐんだエミルに、飛びつくように抱きしめられた瞬間、突然リオは生々しいほどにくっきりとエミルの存在を感じた。懐かしいエミルの体温が、リオを温かく包んでくる。

「エ……エミル」

名前を呼び返すことしかできなくて、親友を抱きしめ返す。そのとき、思いがけず涙が堰《せき》を切って溢れ出ていた。激しい感情が、突如濁流のようにリオの胸に突き上げてくる。自分の中にこんなにも大きな、言葉にすらできない気持ちが眠っていたことを、今この瞬間初めてリオは自覚した。

（俺……ずっと、こんなにエミルに、会いたかったんだ……）

ルストに真名を返し、死んだつもりでこの王宮を去ってから——今まで。

もう二度とエミルに会うことはないと思って、ずっとどこかに押し込めていた気持ちが突然、溢れ返ってくる。もう乗り越えたと思っていたはずの苦しみと悲しみ、やりきれなさや怒り、誰かにすがって泣きたいような感情が、怒濤《どとう》となってリオを襲ってくる。

「エミル……エミル！」

リオはエミルにすがりついて泣いていた。聞いてほしいこと、分かってほしいことが山のようにあった。けれどそのどれも、言葉にはならない。

「……リオの馬鹿……っ、心配してたんだよ。なんで手紙の一つもくれなかったの」

エミルも泣きながら、リオに怒りをぶつけてくる。リオも同じように鼻をぐずらせて、ごめん、ごめんね、と繰り返していた。

いつの間にか、エラドはその場からいなくなっていた。部屋の支度を終えた騎士が呼びに来て、気を利かせてくれたらしく、リオの隣室へ収まったらしい。けれどリオがそのことに気づいたのは、エミルと二人、懐かしい『鞘』の部屋で、長椅子に並んで座り、お互いに涙を落ち着けたあとだった。

「大丈夫だよ、騎士様が言うには、ゆっくり食事をされて、寛《くつろ》がれてるって」

　廊下から戻ってきたエミルが、そう報告してくれる。リオはホッとしつつも、ほんの少しエラドに申し訳なく思った。

　リオの部屋には、女使用人《ルプゼナ》が運んできてくれた朝食が並べられていた。エミルとの再会に頭がいっぱいで、エラドの存在を一瞬とはいえ忘れてしまったリオは、慌ててその所在を訊ねたところ、エミルがリオの隣室でちゃんともてなされていることを確認してきてくれたのだった。

「あの人はリオのお姉さん……？　って聞いたけど、セヴェルの、寺院の人じゃないよね？」

　エミルはリオにお茶を淹《い》れてくれながら、不思議そうに首をかしげた。

　エラドのことをどう説明したものか、リオも困った。あまり嘘をつきたくないが、本当のことを話すわけにもいかない。

「旅の途中で一緒になって……陛下がヨナターン家の保護下に入れてくれたみたい。だから、便宜上姉って仰《おつしや》ったというか」

　おそらく、ルストの考えではそうだろうと思って話すと、エミルは深追いせずに納得してくれた。

　久しぶりに王宮でとる朝食は豪華で、エミルの淹れてくれたお茶は、一巡月前と変わらず香り高く、ホッとする温かな味だった。

「それで、リオは元気だったの？　アラン様やフェルナン様が旅から戻られたのに、リオだけいなかったから本当に心配したんだよ」

エミルの中で、リオはフェルナンとともに先んじて『北の塔《セヴェルニ・エシュ》』へ向かい、魔女への対抗手段を探り、そのまま『北の塔』の依頼を受けて、国に必要な調査の旅をしていた、ということになっていると、つい先日まで同じ名目を聞かされていたルースから教わっていた。

同行者はアラン、フェルナン、ユリウスだったことになっている。実際にはルストだったわけだが、王宮では依代《よりしろ》が王の代わりを果たしていた。

エミルが聞いている事情を否定するわけにはいかないけれど、あまり言い訳もしたくなくて、リオはなにをどう話そうか迷った。

エミルには、いつか自分の寿命がもう残りわずかであることを伝えようと思っている。ただ、今はその機会ではない。エラドとウルカを引き合わせ、もろもろの問題が解決してから、伝えるべきだろう。

かといって、自分の命が長くない以上、下手に嘘を重ねたくなかった。

「……エミルに、手紙を書こうと何度も思ったんだけど、伝えられないことが多すぎて。エミルに嘘を言うのが辛くて、書けなかったんだ。ごめん」

だからあえて、リオは本当の気持ちだけを言った。エミルはリオの隣に座り、じっとリオの話に耳を傾けてくれていた。

「実を言うと、旅の最後にみんなとはぐれてしまって。でもなんとか連絡がついたから、迎えにきてもらえたんだ」

「それって、危なかったんじゃないの……っ？」

エミルは青ざめて、リオの手を握ってくる。リオはエミルを落ち着かせるように、空いているほうの手でエミルの手を優しく叩いた。

「ううん。守ってくれた人がいたから。それがその、俺の姉ってことで王宮に入ってきた人なんだけど……」

嘘ではない。だが、なにもかも本当というわけでもない言葉を、探りながら伝える。

「そうだったんだ。じゃああの人には、感謝しなきゃ」

エミルはホッと息をついて、胸を撫でている。なにもなかったと知って、安心したようだった。

リオの胸には、ちくりと痛みが走る。本当はなにもなかったわけではなく、数々の危険があった。それよりなにより、あの旅で経験した、悲しい記憶を消すことはできない。

リオはこのまま話を終わらせて、食事やお茶の味を褒《ほ》めて、エミルと気楽に接するか悩んだ。けれどどうしてもエミルに自分の気持ちを話したい衝動に駆られた。

赤毛にそばかすの、眼の前の美少年は、王都に来てからずっとリオの心の支えで、言えることはなんでも相談してきた相手だから。そう遠くはない未来に、自分の命が尽きるときに、エミルにはなるべく隠し事のない状態で逝《い》きたい。そう感じてしまったのだ。

「……エミル。聞いてほしいことがあって」

我慢できずにそう切り出すと、エミルは真剣な顔で「なに？」とリオに体を傾けてくる。その、聞こうとしてくれる姿勢が嬉しくて、リオは小さく微笑んだ。

「旅に同行した人がもう一人いてね。……仲良くなったんだ。でも、旅の終盤でその人は亡くなってしまった」

ユリヤのことだ。自分を庇《かば》って死んでしまった、リオの半身のような存在。お互いに、一つの命を分け合った人。

思い出すと、鼻の奥が冷たくなる。ユリヤを失った悲しみが、心の中に蘇《よみがえ》ってくる。

エミルは無言だったけれど、茶色の瞳を大きく見開いて、揺らした。

リオは静かに、話を続けた。

「俺はその人を失って、本当に辛かった。……その人の生き方がとても好きだったし、もっと……たくさんの美しいものを、その人に見てほしいと思ってたから」

数秒の沈黙が、リオとエミルを包む。エミルはそっと、リオの両手に手を重ねてきた。エミルの手のぬくもりが、ユリヤとの別れを思い出すリオの痛みを、わずかに慰めてくれた。

「素敵な人だったんだね？」

優しい問いかけに、リオは頷いた。

「いつも笑ってた。死ぬときも、幸せだったって言って。俺にはそう思えなかったから、最初はその人の幸福を否定したんだ。でも……そうじゃない。長く生きることだけが幸せなんじゃない。どんな命でも、どんな終わり方でも、生きた価値はある。そう思うようになって……」

一つ一つ、言葉を探して話すリオに、エミルは身じろぎもせずに聞いてくれている。

「エミルに、教えてもらいたいんだ」

気がつくとリオは、自分でも予期せぬ言葉を呟いていた。

「もしも、自分の大切な人が近いうちに死んでしまうと知っていたら……どうする？」

口にして初めて、リオが一番エミルに話したかったのは、この質問の部分だったと分かった。

（そうだ、俺は……誰かに教えてほしい。俺がこの先、どう生きれば……）

ルストを苦しめずに死ねるのか。

（あんなふうにずっと、眼を背けられるのも辛い……）

できることなら死ぬそのときまで、ルストと少しでも笑い合って過ごしたいとリオは感じてしまう。でもそれを、ルストに望むのは我が儘《わがまま》なのか。

答えを知りたい。己が死ぬことを受け入れてほしいと、何度も伝えるしかないのか。ただ幸せに死ねば、納得してもらえるのか。他にもっと、できることはないのか。

どうしたら、ルストを傷つけないですむのか。

エミルは一瞬、問いかけに驚いたように眼をしばたたき、それからじっと考えこんだ。やがてゆっくりと、口を開く。

「僕なら……できるだけその人と一緒にいる」

エミルの答えは、飾り気のないものだった。リオはハッとして、その言葉を聞く。

「できるだけ、その人と笑う。……なにをどうしたって、大切な人との死別が楽になることなんてないから」

言い終えたあとで、エミルは自分の考えを述べたことに照れたように、「なんて、想像でしかないけど」と笑った。

「……本当に大切な人を二人も亡くしたリオには、物足りない答えかもしれないね」

「そんなことない」

謙遜したエミルの言葉に、リオは被《かぶ》せるように否定した。

「そんなことない。エミルの言うこと、なんで、俺は思いつかなかったんだろう……」

──なにをどうしたって、大切な人との死別が楽になることなんてない。

その言葉が、リオの胸に深く深く、差し込まれていくのを、リオは感じた。

（……なんで俺はずっと、どうしたら悲しませずに死ねるかばかり、考えていたんだろう）

エミルが言い切ってくれたことは、残酷な真実だった。けれど他人からそう言われて初めて、リオは気がついた。本来、大切な人と死に別れることの痛みは、たとえどんな状況だったとしても、消えるものではない。

セスの死を、ユリヤの死を受け入れている。

それでも、心のどこかは深く傷ついたままで、いまだに思い出すたびに悲しい。セスもユリヤも自分に悲しんでほしいとは思っていないだろう。分かっていても、悔いは残る。そして悔やんでいる自分を、ときに弱いと責めてしまう。

きっと……と、リオは思う。

（俺は俺が死ぬとき、誰にも俺のことで傷ついてほしくないし……悲しんでほしくない。だけど、それは無理なんだ）

リオが愛し、リオを愛してくれた人々は、みんなリオの死を悼み、悲しみ、後悔するだろう。それを分かっていながら、リオは死を選ぶしかない。

命が終わるとき、リオは楽だ。大切な人たちと別れるのは辛くても、死んだあとには悲しむ心も失われているから。

残された人たち——遠くセヴェルで暮らす寺院の子どもたちや、導師。『使徒』の仲間たちや、エミル。そしてルストは……どれほどリオの死に苦しむだろうか。

その心を少しでも軽くしてあげたい。けれどそれは、リオにはもはやできないことなのだと、やっと気がつく。

（ルストの心から、悲しみや傷を取り去ることはできない。俺にできることは、ただ一緒にいて……できるだけ、幸せでいることだけ）

ユリヤはずっとリオのそばにいてくれた。そしてずっと幸せだと伝えてくれた。セスも、三年間セヴェルで暮らす間、リオに寄り添ってくれた。死んだあとにも、自分の命に価値はあったと教えてくれた。

そのことが、リオを助けてくれた。悔やんでも悔やみきれないほどに惜しんだ二人の命でも、せめて二人にとっては、幸せな人生だったということが……それが嘘であったとしても、リオを慰めてくれた。

（素直になろう）

そのとき、リオにできるたった一つのことが、分かった気がした。

（ただ素直に、正直に。俺は、ルストのそばにいよう。ルストがどう考えても、そばにいさせてもらおう。他のみんなのそばにも。難しいことは考えずに……ただ、幸せであろう）

ルストを愛してはいけないと戒めていた日々は、もう終わりだと感じた。残りの時間は、目一杯、愛のままに生きたい。

ほんの少し、「もっと生きたい」という気持ちが胸にこみあげ、ざわりと腹の底にほの暗い欲求が浮かんだ。けれどそれは、すぐに霧散していく。

生きたい。けれど、死を受け入れる心の準備はもうある。自分の生が、無価値だとは思わなくなったから。

それでも、大切な人たちを残していくことは悲しい。その悲しみはきっと乗り越える類《たぐい》のものではなく、受け入れることも、受け止めることも難しく、ただ感じているしかない。その事実と一緒に、残りの日々を過ごすしかない。そしてそうだとしても、きっと幸せでいられる。

（ユリヤが、セスが……俺にそれをずっと教えてくれてたんだから）

リオは一度大きく、深呼吸した。

自分の思いに区切りをつけて、眼の前の、優しい親友の顔を真《ま》っ直《す》ぐに見つめた。自然とリオは微笑んでいた。

「ありがとう、エミル。話してよかった。……ずっとエミルと、この話がしたかったんだ」

リオの言葉に、エミルはリオの秘密を感じたのかもしれない。ほんのわずかに、エミルは不安そうな顔をした。けれどそれでも、次の瞬間にはにっこりと笑って、「僕も。リオとずっと話したかったよ」と、言ってくれた。

（……俺、死ぬ準備を始めてるんだな）

ふと、自分のことをそう振り返った。

それが悲しいことなのか、正しいことなのかは、分からなかった。

ただ今日というこの日、エミルと話した時間すら、いつかエミルに愛しく思い出してもらえたらいい。そんなふうに願う。

王宮の部屋は暖かく、窓辺から朝の光がやわやわと差し込んでいた。湯気を立てるお茶の香りと、香ばしい食事の匂い。それぞれが、幸福のかけらのように思える。

リオはしばらく、部屋の中に満ち溢れたそれらを味わい、ゆっくりと、食事を再開した。

朝食のあとで、今後の話し合いがあると思っていたが、結局召喚がかかったのは昼食も終えた昼下がりだった。ルストたちが城を空けていたのは一日ほどだったようだが、それでも雑務が溜まっていて遅れたらしい。

リオは昼食をエラドの部屋で、エミルと三人でとった。この王宮内で、エラドを一人きりにしておくのがどうしても心配だったからだ。

エミルにお茶を淹れてもらい、窓から見える王宮の建物についてリオがエラドに説明していると、騎士の一人が伝令として来たので、王の執務室へと向かった。

王宮にいたころ、リオは魔法の通路を使ってルストの部屋を訪れていたが、今回はエラドもいるので遠回りして向かう。

ルストの部屋に入ると、リオ以外の『使徒』は既に全員集まっていた。

執務室には大きな円卓が用意され、そこに巻かれた紙が山のように置かれている。リオがこの部屋に毎朝通い、ルストから様々なことを学んでいたころと、円卓以外の調度品は変わっておらず、懐かしくなったけれど、感慨に耽っている場合ではなさそうだった。

（とにかく今日ここで、エラドの契約破棄について話し合うんだよね）

大事な話し合いだ。なんとしても契約破棄をしたいリオは、周りを説得せねばと密かに気を引き締めた。

円卓を囲んでいるのはルストをはじめ、アラン、フェルナン、ルース、ゲオルク。リオは一番出入り口に近いルースとゲオルクの隣へ、エラドと一緒に並んだ。

「集まったな」

ルストはそれぞれの顔を見回して確認した。予想はしていたが、リオとは眼を合わさない。その態度にはやはり少し傷ついたが、今は他に大事なことがある、と自分に言い聞かせて気にしないことにした。

（とにかく今の一番の目的は、エラドの契約書を見つけて確認して、破棄すること！　他のことは考えないでおこう）

自分の生死についてや、ルストにどう対峙すべきかなどの問題も、今は棚上げする。

「それじゃあ始めよう。ここにあるのは――……」

ルストが『使徒』たちにそう言いかけたそのときだった。突然、執務室の扉がばたん！　と大きな音をたてて開いた。

「まだ僕がいるよ！」

高い声が聞こえて、ぱたぱたとした軽い足音が近づいてくる。振り向いたリオは、驚いて固まってしまった。

なぜなら、部屋に入ってきたのが九歳くらいの、黒髪の少年だったからだ。ルストが「しまった」とでも言いたそうな様子で、顔をしかめている。リオ以外の『使徒』たちは彼を知っているのか、やや呆《あき》れたような、「しょうがないな」とでも言いたげな様子だ。ルースは子ども好きなのだろう、少年を見るとにこにこと頬を緩めた。

ルストは少年をじろりと睨んだが、彼は臆さず、円卓の前に立つリオとエラドの間にぐいぐいと体を割り込ませてきた。自分の胸より下ほどしか身長のない彼のために、リオは慌てて場所を空ける。

「リオ！　帰ってきたんだね！　よかった！」

少年は、リオを見上げて嬉しそうに笑った。青い瞳いっぱいに、素直な喜色を浮かべる少年に、リオは戸惑った。なぜなら、彼とはこれが初対面のはずだからだ。

はあ、とルストがため息をつくのが聞こえる。

「えーと……初めまして？」

少し体を屈めてそう言うと、

「気づかない？　僕だよ。レンドルフだよ！」

少年は円卓に手をついたまま、ぴょんと飛び跳ねた。リオに顔を近づけて、もっと自分を見てもらおうとしているのだろう、レンドルフと名乗ったその子どもは、連続して跳ねる。

「レ、レンドルフ……？」

それは『王の鍵』の名前だった。リオは思わずまじまじと、少年を見つめた。たしかに以前、一度だけ言葉を交わしたレンドルフと同じで、この少年もふわふわとした黒髪と、青い眼をしている。しゃべり方も、あのとき話した印象と同じだ。

（え……待って。じゃあ、もしかしてレンドルフって本当は子ども!?　だったのっ？）

思わず眼を見開いて、どういうことだ、とルストを見てしまった。

ルストはリオと目線を合わそうとはしなかったが、頬に突き刺さる視線を感じたようだ。深々とため息をつき、「お前な……」とレンドルフに苦情を告げた。

「あとで呼ぶから、それまでおとなしく待っていろと言っただろう」

「待てないよ！　僕ずっとユリウスのふりして疲れてる！　リオと会いたかったし！」

レンドルフは仕える王に叱《しか》られても、まるで反省せずに真っ向から抗議した。肝の据《す》わった子どもだと感心しながらも、その言葉で、リオは大体のことを理解した。

前々から、うっすらとそうではないか、と思っていたことが確信に変わった形だ。

「……ルストが、依代をたてて、写し身の術でユリウスとルストの姿を使い分けるときに……この子を使ってたんだね。でも、レンドルフって、大人じゃなかったってこと？」

「俺たちもつい昨日、知ったばかりだ」

リオがまだどこか信じられずに訊くと、フェルナンがそう、助け船を出してくれた。

ルストが説明するには、こうだった。

『王の鍵』は本来、王の真名を唯一知ることができる存在。

王が間違いを犯すときには、王の真名のもと、王とウルカとの契約を破棄させる役目がある。が、今代ではルストの真名をリオが知っているため、リオが『王の鍵』を形式上、兼務している状態だ。それは前に聞かされて、リオも知っていた。

「……とはいえその状況を周りに知られると面倒だと思ったから、隠していた」

ルストははっきりとは言わなかったが、周りに伏せたのはリオに王位を譲るつもりだったからだろう、とリオは感じた。リオが兼務していると明かさない以上、『王の鍵』として別の人間を取り立てなければならない。そこで、依代として適正な魔力の持ち主だったレンドルフを仮に『王の鍵』に据え、子どもの姿では支障が出るので、成人男性に見えるよう魔法をかけていたという。

「だがまあ、俺の事情はいずれすべて話す予定だったからな。もう今さら隠す必要はないだろうと、リオ以外の『使徒』には昨日、リオを迎えに行く前にレンドルフの姿をユリウスに変えるところを見せて知らせた。リオにも話したほうがいいだろうと、あとで呼ぶつもりだったんだが……」

「このお仕事つまんない！　もうやめたい！」

レンドルフが、説明しているルストの声を阻《はば》んで、唇を突き出した。

リオは思わず、苦笑してしまう。たしかに九歳かそこらの子どもには、ルストやユリウスのふりをして、政治的な仕事をするのは辛いだろう。

「遠隔で俺がすべて指示してやっただろう。お前が寝ていても、周りには起きて見えるように調整までしてやったんだぞ」

ルストがムッとしたようにレンドルフに言ったが、「それでももうやだー」と『王の鍵』は不服そうだった。

「ぜんぶバラしちゃったんだから、別の人を見つけてくれるでしょ？　僕、他のお仕事がいい」

ルストはすぐには答えず、疲れたような顔をしている。

「ユリウスがルストだってのは知ってたけど、中身がまさかここまでお子ちゃまだったとはな。さすがに想像してなかったよ」

アランが口を挟み、お子ちゃまと言われたレンドルフが「アラン、やなやつ！」と、なんの遠慮もなく悪態をつく。アランはあからさまに青筋をたて、

「はあ？　お前、下級貴族出の分際で……」

と怒りかけたが、ルストが「アラン、やめろ」と制止したので忌々《いまいま》しげに口を噤《つぐ》んだ。

「……見てのとおり、レンドルフはこの仕事がほとほと嫌になっている様子だから、いずれ別の依代を立てるつもりだ。とはいえ、俺の魔力と相性のいい者を見つけるのは難しい。しばらくは『王の鍵』のままだから、悪いがお前たちも支えてやってほしい」

ルストは頭痛がするように、こめかみを揉《も》んだ。

「挨拶終わったなら遊びに行っていい？　ねえ、リオも一緒に行こうよ」

レンドルフはなぜかリオを気に入っているようで、リオの手を握るとぐいぐいと引っ張ってくる。とはいえ子どもの全力は可愛《かわい》いもので、さすがのリオも動かされたりしない。そういえば前に話したときも、レンドルフに抱きしめられたのに、その体軀を子どものように感じたことをリオは思い出した。

（なんだかいろいろ、ルストに騙されていて言いたいこともあるけど……こんな可愛い子が『王の鍵』だったなんて、毒気が抜かれちゃうな）

我が儘を言う姿すら可愛くて、リオは思わず微笑んでしまう。だがもちろん、この話し合いから抜けることはできない。

「リオに顔を見せに来いと言っただけで、リオを連れていっていいとは言っていないぞ、レンドルフ」

ルストに言われ、明らかに気分を害して頰を膨《ふく》らませるレンドルフに、リオは腰を屈めて目線を合わせた。

「レンドルフ、俺は今から大事な仕事があるんだ。終わったら遊べるよ」

「本当？」

「うん。でもすごく大事で、ちょっと時間がかかるから、待っててくれる？　もし待っててくれたら、城下に連れていってあげる」

ルストの許可もとらずに勝手に約束してしまったが、それくらいは大丈夫なのか、特に咎《とが》めの声もあがらなかったので、リオは内心ホッとした。

「城下に連れていく」という言葉がよっぽど嬉しかったのか、レンドルフは飛び跳ねて喜んだ。

「約束だよ、絶対だからね」と念を押され、最後にぎゅっと抱きつかれる。寺院の子どもたちを思いだし、リオもつい、レンドルフを優しく抱き返していた。レンドルフはリオの胸に顔を埋《うず》めて、「やっぱり、神様の匂い」と微笑んでから、執務室を出て行った。

嵐のような子どもの襲来に、リオだけではなく他の面々も少し疲れた顔をしている。とはいえ、リオはようやく『王の鍵』とレンドルフの正体が解けたので、すっきりとしていた。

（俺が『鍵』だっていうことは……今考えることじゃないか）

あまり考えても、頭がはち切れてしまいそうだ。とにかく今日この場で一番優先するべきことは、エラドの契約を破棄することなのだから。リオは思考を切り替える。

「順番が前後したが、とにかくそういうわけだ。改めて本題に入る」

ルストが咳払《せきばら》いして、会議の再開を伝えた。

「この円卓に、宰相府にある魔法契約書のうち神力が使われていて、三百年前ごろに結ばれたものを集めた。この中から、エラドの署名した契約書を探す。まずは内容を確認していく必要がある」

円卓に集められた巻紙は、どれもうっすらと銀色に光っている。ウルカの神力が使われている証拠だろう。そのせいか、どの紙もまったく劣化しておらず、普通の羊皮紙よりも美しく見える。そのかわり、数は膨大《ぼうだい》なものだった。

「三百枚はあるだろこれ。つうか、宰相府以外にも隠されててあとから確認し忘れ、なんてことないよな？」

ゲオルクが、読む前からげっそりとした顔で言う。

「城に張り巡らされた『耳』と、探知魔法で探ったが、おそらくこれですべてだ。とはいえ、誰かが隠している場合は別だが。どちらにしろ、それもこれらを検《あらた》めてみないと分からない」

ルストの言葉を聞き終えると、まずはフェルナンが席に着き、手前の紙を開き始める。リオも慌てて同じようにした。アラン、ルース、ゲオルク、ルストもそれぞれ無言で契約書を読み始める。エラドも座り、紙の束を引き寄せた。

「エラド、無理しなくてもいいですよ。ウルカの神力が使われています。気分が悪くなったりするかもしれません」

リオは慌てて、声をかけた。エラドはそもそも、ウルカの支配するフロシフランの国土に入っただけで力を使えなくなっている。ウルカの神力に触れると、体調が悪くなるのではと心配になった。けれどエラドは「平気だよ。懐かしい力だ。触れられるのは嬉しい」と本当に嬉しそうに、うっとりと紙を撫でている。

（そういうものなの？　なら、いいか……）

リオは一応エラドの様子を気にしながら、眼の前の書類を読んでいった。

魔法契約書は基本的に、すべて古代語で書かれる。眼の前の書面もそうだ。リオはなんとか読める程度なので、そう早くは読めない。それでも契約書の内容の多くが、家臣と王の間で取り交わされたものであることは分かった。神である竜との契約は、数十枚読んでも出てこない。

「性格悪いなー、フロシフランの王たち。なにかあると、秘密を守れだの、忠誠を誓えだの、魔法契約交わしてさ」

古代語を読むのも得意らしいアランは、次々に契約書を片付けながら、冗談まじりに悪態づいた。ルストへの当てつけだろうが、本人は無表情で、平然と自分の仕事をしている。

（まあでも実際……そういう内容ばっかりだな）

リオも、選定の館を出たあと、館で見聞したすべてを秘密にするという魔法契約を、集められていた使徒候補の全員が結ばされたと聞いたことがある。魔法契約は、王家を支える強力な手段なのだろう。

「畜生、ほとんど読めねえ」

ゲオルクが、眉間にしわを寄せてぶつぶつと呟いている。古代語が苦手なのだろう。とはいえ、苦心しつつも読み進めているようだ。時々フェルナンが、ゲオルクに単語の意味を教えている。

この面々の中では、ルストとアラン、それにフェルナンが、圧倒的に古代語を読むのが早い。ルースはリオと同じくらいで、エラドも生来のおっとりとした気質のせいか、一文ずつ丁寧に読んでいるようで、そう早くはない。

黙々とした作業の中、やがてみなしゃべることもなくなり、ただ紙と紙が擦《こす》れあう音だけが執務室に響くようになった。

「あれ。……これ、ちょっとおかしくないかな?」

どのくらい時間が経《た》っただろうか。日が傾き、窓辺に差し込む光に橙《だいだい》色が混じったころ、ルースが呟いた。

その言葉に、それぞれが持っていた契約書から顔をあげる。ルースは、自分の手にしている契約書を掲げて見せた。

一見した感じでは、王家の秘密を守らせるための、よくある王と家臣の契約書だった。しかしよくよく眺めていると、他の契約書とは違って、紙の帯びた銀の光の中に、時折黒いものが混じる。

「帯びてる神力が違うような気がして……うっすらとしか感じ取れないけど。陛下にはどう見えますか?」

この中で、ウルカの神力を一番多く宿しているのはルストだ。ルースから契約書を渡されると、ルストは眼をすがめて、その紙を見つめた。それから、ルストは魔法を使った。

「……ウヴォルネニ」

ルストが、解放という意味の古代語を口にした途端、その手の中で、契約書に火がついて燃え上がるかのような光が走った。

リオは次の瞬間息を呑《の》んだ。隣にいたエラドが「あっ」と小さく叫ぶのを聞く。

ルストの手の中で、契約書は姿を変え、黒と紫の光をまとう紙と化していた。

「……これは、ウルカの神力じゃない。エラドの神力で作られた契約書だ。それを隠すために、術がかけられていたようだな」

ルストは契約書をみなに見えるよう、円卓の上に広げた。それから、リオの隣のほうを見る。

「エラド、そこにいるか？　あなたに、この契約書の覚えはあるか？」

リオは思わず、エラドに寄り添い、その手を握った。契約書を見たエラドの顔が、真っ青になっていたからだ。

慈愛の神の眼には、その一枚の紙がどう映っているのだろう。リオは緊張して、ごくりと息を呑んだ。そしてエラドが小さな唇を開き、その答えを言うのを、じっと待っていた。

九　契約と本音

広げられた契約書は、明らかに他の契約書とはまとう光が違っている。しばらくの間、青い顔で紙を見つめていたエラドが、すみれ色の瞳に、失望を浮かべて呟《つぶや》いた。

「……これは、花嫁の神力だと思う。この契約書を作ったのは……僕が作り、当時の王に献上した花嫁だ」

リオはハッとして、契約書を見た。エラドの力を使える花嫁なら、ウルカを抑え込む契約書を作れるのではないか。以前、地下で立てた仮説を思い出した。あのときは、エラドを説得するために無理やり考えた仮説だったが、まさか本当にそうだったとは。

円卓についた『使徒』の全員に、緊張が走っている。文字を読もうにも、真実を知るのが怖い気持ちがあり、すぐには文章が頭に入ってこなかった。

「フェルナン。読み上げてくれるか」

ルストが静かな声で指名し、フェルナンは立ち上がった。『王の眼』は一瞬、契約書に眼を走らせたあと、不快を示して眉根を寄せたが、そのまま淡々と文章を読んでいった。

リオはこれから知る真実に構えて、体が強張《こわば》るのを感じた。

「……――この契約は、ウルカの神とフロシフラン国王による契約である」

（……やっぱり。本当に、王家はウルカに契約させてたんだ……！）

はっきりとそのことが分かると、急に喉が干上がったように口の中が渇いていく。心臓が、どくどくと速く脈打つのを感じながら、フェルナンの声を聞き漏《も》らさないように、全神経を尖《とが》らせる。

「ウルカの神は、地下をエラドの神に明け渡し、地上と天空を支配するものとする。また、特例の場合を除き、ウルカの神は神々の山嶺《さんれい》に留《とど》まり、彼の地より王国を守護することを約束する……」

エラドが怯《おび》えたように拳《こぶし》を握り、震わせるのが分かった。リオは自分も同じくらい感情が乱れそうになっていたが、それでもエラドの肩を抱き、励ますようにその背をさすった。

「……特例について、下記のように指定する。エラドの神がウルカの神を召喚した場合。この契約を履行するため、二柱《ふたはしら》の神は、それぞれの持つ共鳴鱗《きょうめいりん》を交換しあう。エラドの神が共鳴鱗に己の神力を注ぎ直したあと、ウルカの神に鱗《うろこ》を返却するものとする。また、この契約が結ばれたのち、エラドの神は……特例の場合を除き、人間の要請に応えなくても良いものとする」

リオはその文言を聞いた瞬間、ようやく腑《ふ》に落ちた。なぜ人間を好いてもおらず、エラドの望むことしかしないウルカが、この契約を諾々と受け入れたのか。

それは「エラドの神は特例の場合を除き、人間の要請に応えなくても良いものとする」という一文のせいだと、悟った。

それはウルカの性質を考えてみれば、あまりにも魅惑的な一文だったと思える。

（ウルカはエラドに、これ以上人の望みをきいてほしくなかったはず……。それにしても、エラドはこのあと地下に落とされてしまってる。どうして？）

共鳴鱗というのは、エラドとウルカがお互いを認識するのに使っていた色違いの鱗のことだろう。エラドが大主教と交わした契約には、共鳴鱗のことなど書かれていなかったから、この一文はウルカから鱗を抜き取るためのものだ。

（でも、エラドは鱗を抜かれていない。つまり、鱗の交換はされてない。だからエラドがウルカの鱗に神力を注ぐことはなく、ウルカに鱗は返されなかった）

頭の中が、推理でいっぱいになる。フェルナンの読み上げは、まだ続いていた。

「エラドの神が人間の要請に応えるべき特例とは、エラドの神がウルカの神と離れ、単独に行動している場合のみである」

――つまり、エラドがウルカと離れている間は、エラドは人間の要請に応えねばならないという意味。

その内容を理解したとき、リオは、

「……ひどい」

そう呟いていた。眼の前が、突如こみ上げてきた怒りに、ぐらぐらと揺れる気がした。

(ひどい。同じころに、エラドにはウルカが迎えに来ない限り地下に居続ける契約を結ばせたのは……このためだったんだ)

エラドを地下に落とす契約を、なぜ大主教たちが急いで結ばせたのか、リオは理解した。

エラドの記憶で見た、人間たちの欲深い眼。戸惑うエラドとトゥエラドに、流民を受け入れるためという餌《えさ》をちらつかせて、花嫁にエラドの力の半分を分け与えよと迫り、地下に潜っているのも短い期間だとそそのかした。

――もちろん、永遠という約束ではありません。ほんの一時です。きっとすぐに、ウルカ様がエラド様をお迎えにあがるでしょう。

大主教の狡猾《こうかつ》な言葉を、リオは夢の中ではっきりと聞いたのを思い出す。

途端に、身震いが走った。

(ウルカのことは、神々の山嶺に縛りつけておきながら、エラドにはウルカが迎えにくるまでなんて条件をつけた。最初から、二頭の竜を分断するつもりだった。――こんな、騙《だま》し討ちみたいな契約を結ばせていたなんて……)

全身が、怒りで震えていた。なかば予想していたことだったけれど、それでも眼の前で事実だと知らされると、やりきれない気持ちになってくる。

「リオ……」

　青ざめていたエラドが、怒りに震えるリオに気づいて、心配そうに名前を呼んでくる。

「フェルナン、それで終わりか？」

　そのとき、ルストがそう問いかけた。

「いえ、まだ続きがあります。……――この契約は国王側から破棄できる。ただし、契約破棄はエラドの神、またはエラドの神の眷属《けんぞく》である花嫁が望んだ場合に限る。そのとき、国王は王家に連なるすべての神力をウルカの神にお返しし、これまでの契約のすべてを無効とする。……これで以上です」

「こんなの詐欺じゃないか！」

　思わず、リオは叫んでいた。

『使徒』たちはみな、難しい顔で黙り込んでいる。リオは悔しくて、唇を噛《か》みしめた。

「……国王側からの破棄は、まあないよな。そんなことしたら、フロシフランの王家も国も、ウルカの加護を失うってことだから」

　アランが、重々しく口を開く。ルースがため息をついた。

「一応、王家側にも損失はあると見せるために破棄の条件をつけたけど、実質ありえないってことだよね。エラドが望むと言っても……エラドは同時刻には、地下に落とされていたわけでしょう？」

エラドの瞳が、悲しそうにまたたいた。

「……ウルカは、知らなかったから」

不意にぽつりと、エラドが呟いた。ルスト以外の全員の視線が、エラドに集まる。ルストはエラドが見えないからか、その声だけに集中しているように腕を組んで黙っている。

「まさか同じ刻限に、僕が地下に下りる契約を結んでいたこと。……僕は、あの日、大主教たちに呼び出されて寺院に行くとは知らせなかった。ウルカはただ、僕が時々そうしていたように、トゥエラドと一緒に人の街を遊び歩きに行くものだと思っていた。僕は、ウルカが僕に、もう人間の言うことを聞くなと何度も言うから。だから寺院に行くと言ったら」

反対されると思って、とエラドは囁《ささや》く。

「……きっと、花嫁が作った契約書だから、ウルカは甘くなったんだ。花嫁は僕の魂に近いから、ウルカは僕に望まれていると感じたんだ。それに契約を結べば、僕がもう人間に関わらないですむと……そう思ったと思う。それに、僕が騙されて、地下に下りる契約を結んでいなければ、なんの意味もない契約だもの。……だって僕は、それまでずっとウルカのそばから離れたことなんて、なかったんだから――」

エラドのすみれ色の瞳から、ぽろぽろと涙がこぼれ落ちてくる。窓から差し込む西日に光り、涙は宝石のように輝いていた。可憐《かれん》な容姿もあいまって、エラドは偉大な神だというのに、空気に溶けて消え入りそうなほど儚《はかな》く見えた。「僕のせいだ」と繰り返し自分を責めるエラドに、リオは胸がえぐられるように感じて、エラドの細い体を抱きしめた。

（エラドのせいじゃない。人間が悪い――）

そう思うけれど、上手《うま》く言葉が出てこない。ただ悔しくて、歯嚙みすることしかできない。

「陛下、この契約書はどうされますか？」

「……」

フェルナンに訊《き》かれたルストはしばらく考えていたが、結局は「俺が預かっておこう」と言った。

「おそらくだが、もう一枚の……エラドを縛っている契約書は、ここから見つからない可能性が高い。この一枚も、放っておけば盗み出されるかもしれない」

ルストの言葉を、リオは怪訝《けげん》に思って顔をあげた。ルストは受け取った契約書を丸めて、胸元にしまっているところだ。

「……どうしてそう思うの？　エラドの契約書は見つからないって」

「ウルカの結ばれた契約書は、破棄の条件が高すぎる。この問題の首謀者は、たとえ書類が見つかっても、破棄されないと踏んだはずだ。さらに、エラドの神力が使われた契約書を持ち歩くのは危険だ。普通の騎士や文官ならともかく、俺や『使徒』には違和感を持たれる可能性が高い。だから宰相府に置いたまま、ウルカの神力で覆って隠していた。普通なら、古い契約書の山の中から微量なエラドの神力を探すようなことはしない」

ルストの説明に、リオは納得して頷く。そこまでは分かる。

「……お前は、エラドの記憶で、エラドの結ばされた契約書を見たと言ってたな？　その契約書に、破棄条件はあったか？」

ルストは相変わらず、眼も合わせずに訊いてきたが、リオは今はそのことは脇に置いて、夢で見た文面をできるだけ思い出してみた。

「……そういえば、なかった、気がする」

エラドが地下から出る条件は一つだけ。ウルカが迎えにくること、だった。そしてそれは、今見た契約書によって、不可能だったことも分かった。

「……それに、なんていうか、エラドの弱みにつけ込んでる感じだった」

流民を追い出さないかわりに、だとか、ウルカはすぐに迎えにくるだとか。

そういう言葉でエラドを言いくるめていた。

「おそらく、エラドとの契約は早急に結んでしまう必要があったんだろう。ウルカに感づかれないうちに。だから難しい破棄条件などは入れなかった。そして、その契約書はウルカの神力で作られている……つまり、隠し持っていても、さほど疑いはかけられない。微量の神力なら、この国ではそのへんの導師でも持っていることがままあるし、この王宮内には、ウルカの神力が溜《た》められた神具がいたるところにある。『耳』のような感応器もその一つだ」

リオはそうだったのか、と気づかされる思いがした。尋常ではない城や王都の様々な設備は、ウルカの神力による恩恵だったのか。

「木を隠すなら森の中ってことだな」

　アランが、ため息をつく。

（……待って。じゃあ、どっちにしろその契約書を隠してる人がいるとしたら）

「契約書を隠した者がいるなら、それはウルカとエラドにこれらの契約を持ちかけた人物だろう。今生きているか、いないかはべつとして。……誰にも知られないよう、契約の事実を秘匿した者が、三百年前、王宮にいたということになる。『北の塔《セヴェルニ・エシュ》』の王国史には、このような事実は書かれていない」

　ルストが言い切る。ため息まじりに、「王家がどこまで関与したかは、今は分からない」と付け足した。

「『時の樹』はほとんどすべての事象を見極めますが……ウルカやエラドの神力が強く働いたものは見えないことがあります。陛下の真名をリオが知ったことで起きた、魂の分与などもそうでした。陛下の仮説が正しいなら、首謀者はある程度神力を操ってこの事態を隠した可能性があります。もちろん、『塔』が事態に気づきながらも、記述しなかった可能性も十分にありえますが……」

　フェルナンが、ルストの推量にそう付け加えた。どちらにしろ、神力の強い者が関わったとなれば、王や『使徒』が首謀者としては最有力で、実際、エラドの記憶では、契約を結ばされた場に『王の眼』もいた。

「……王室の中心部全員で、謀《はか》った可能性が高いよね」

リオが呟いても、誰も異を唱えなかった。みなそう思っているのか、重苦しく沈黙する。

どんよりとした昏《くら》い怒りが、リオの腹の中に生まれてくる。

名前も顔も知らないが、初めにエラドを欺き、ウルカを奸計《かんけい》に陥れた詐欺師のような人間が、この王宮の中に少なくとも何人かはいたという事実。けれど一方で、もし仮にそれが当時の『使徒』と王によるものだとしても、二百年前の第十六代国王ハラヤの時代で、それまでの『使徒』と王家の血統は根絶している。

（こんな罪を犯したまま、もしかしたらその首謀者たちの子孫すら、もう一人も残っていないかもしれない……）

少なくとも今ここにいるルストも、『使徒』の誰も、この不当な契約について知らなかった。罪を償わせるべき対象は、既にいない可能性があった。

それを思うと、リオはどこにぶつけていいのかやり場のない怒りに体がわななないた。

ルストはため息交じりに手元の契約書を引き寄せながら、「たぶんないだろうが、一応すべてに眼を通すぞ」と号令をかけ直した。

リオはまだ気持ちの整理がついていない状態だったが、万に一つも、エラドの結んだ契約書があるかもしれないし、大勢で手分けしなければ確認は終わらないので、席につき直した。エラドは気落ちしていたが、それでも、自分もなにかせねばと思うのだろう。手前の契約書を読もうとしていた。

「……共鳴鱗」

けれどどうしても、先ほどの内容が頭を離れないのか、エラドはそんなふうに呟いた。

「ウルカの共鳴鱗は、どこへいったんだろう……？」

その言葉に答えられる者は誰もいなかった。三百年も前のことなど、ここにいる誰も知らないのだ。

リオは自分の残り少ない生の中で、なにがなんでもウルカとエラドを自由にしたいと思った。騙すようにして二頭の竜を引き裂いた何者かへの怒りが、その決意に火をつけていた。

「結局、なかったな」

ルストの号令のもと、最後の一枚まで契約書を確認したが、残りは愚にもつかない内容ばかりで、エラドが交わした契約書は見つからなかった。

（契約書を探すにしても、難しそうだし……どうしたらいいんだろう）

エラドの契約を破棄してあげたいが、正直契約書がない以上どうすればいいか分からない。

リオは解決策を思いつかずに途方に暮れた。

そのとき腕組みをし、なにかを考えていたらしいルストが立ち上がった。

「明日、エラドを連れて神々の山嶺に行くことにする。ウルカとエラドを会わせる」

断言されたその一言に、集まっていた『使徒』たちと、リオとエラドも眼を瞠《みは》った。

「ほ、本当に⁉」

いつも、どちらかというと慎重なルストが一気に問題を片付けようとしているのを肌で感じて、リオは信じられずに立ち上がった。ルストは「それしかないだろう」と冷静な態度だった。

「契約書が見つからない以上、一足飛びに二頭を会わせたほうがいい。会えばエラドの契約条件である『ウルカが迎えにくる』というのが満たされて、地下に縛られなくなる可能性もある。ウルカとエラドを引き合わせたあとに、エラドの契約書を探したほうが効率的だ」

フェルナンはルストの提案に、一旦難色を示した。

「陛下。エラドを連れていけば、ウルカに契約の真実を明かすことになります。そうなれば、ウルカの怒りを買うことになるかもしれません」

「だとしても、他に方法はない。手をこまねいている間に、なにが起きるか分からない状況だ」

ルストはきっぱりと、フェルナンの主張をはねのけた。

アランは難しい顔をしていたが、

「まあ……フェルナンの言うとおり、賭《か》けにはなるな。とはいえ、いまだにエラドの契約書を隠している人間がいるなら、あぶり出せるかもしれない。ウルカには、エラドの契約を破棄にすることを条件に許してもらうしかないな」

と、妥協案を提示した。

ルースとゲオルクは、「陛下が決めたことなら」と異論はない様子だった。

リオは胸がどきどきと、高鳴るのを感じた。頬に熱が集まってくる。まだ事態を飲み込めていないまま、どこかぽかんとした顔のエラドへ、飛びつくようにしてその手を握っていた。

「エラド！　明日、神々の山嶺へ帰れます！　ウルカに会えるかもしれません！」

もちろん、なんらかの制約が働いて、ウルカと会えない可能性もある。契約書の力がどこまでエラドとウルカを引き離してくるか分からない。それでも、ルストが連れて行くと言うのならなんとかなりそうな気がした。

「……あ、会えるの？　ウルカに」

まだ信じられないように訊いてくるウルカへ、リオはこくりと頷《うなず》いた。エラドの眼にはじわじわと期待が広がり、彼はそこが痛むように、左胸を押さえつけた。

「おそらく魔女もこちらの動きを感知して神々の山嶺に向かうだろう。どこかで合流できるはずだ。動くのは明日未明。それまでは各自休み、備えるように」

ルストの命令は明快だった。散会を告げられた『使徒』たちは立ち上がり、それぞれが持ち場に戻る様子だ。宰相府所属のアランとフェルナンが、集められた大量の巻紙を魔法で縮小して運んでいく。

リオはまだ感動に打ち震えているエラドに寄り添っていたが、他の『使徒』が次々と執務室を出て行くので、慌てて立ち上がった。

と、部屋を出たところでアランが待っていた。

「アラン？」

フェルナンと一緒に宰相府に行ったものだと思っていたリオが首をかしげると、アランはさっと、エラドに向かって腕を出した。

「お摑《つか》まりください。部屋まで案内します」

エラドはちらりとリオを見たけれど、すぐに笑みを浮かべてアランの腕をとった。ありがとう、とお礼を伝える姿は、トゥエラドと同じ容姿だから、貴族の姫のように見える。美男子のアランと並ぶと余計だった。

「リオ、お前はルストと話してこい」

不意に言われて、リオは眼をしばたたいた。アランはそんなリオに対して、呆《あき》れたような表情だ。

「明日、神々の山嶺に行くことになったんだ。ウルカが怒り狂ったら、俺たちが無事でいられる保証はないだろ。今夜のうちに、ルストと和解しとけ」

あいつ、ずっとお前のこと見ないだろ、とアランは付け足した。気づかれていたのだと、なんとなく気まずい思いになる。

「俺、やっぱりルストに避けられてるよね……？」

　思わず確認すると、アランはため息交じりに「そうだろうな」と肯定した。

「昨夜、お嬢ちゃんと話したあとにルストとも話したけど、あいつなりに気持ちの整理をつけようとはしてる。でもルストはお嬢ちゃんのことに関しては、臆病だからな。無理にでもとっ捕まえないと、百日くらいあんな調子かもしれないぞ」

　アランの言うことには、妙に説得力があった。リオも、ルストの頑《かたく》なところは身に覚えがあるし、なによりこれまでの付き合いの中で、ルストの性格はある程度理解していた。

（ルストは出会ったときから……自分が決めたことは押し通すほうだった。俺を突き放すときは突き放して、振り向かせたいときには強引に振り向かせて……でも今は、どうしたらいいか決めかねてる状況なのかも）

　リオの死に対して、ルストはどういう態度をとるべきかで悩んでいる。そんな気がする。

　王として振る舞っている間は普通に話せても、リオと一対一になると、今のルストは上手く立ち回れないのではないか。だから、リオから眼を逸《そ》らそうとしているのだろう。

（……百日も眼を逸らされたままだと、困る）

　リオの命には期限がある。エミルと話して、自分の寿命の許す限り、ルストのそばにいようと決めたばかりだった。ヴィニゼルへの旅の道中では、できるだけルストから離れ、『使徒』

やエミル、セヴェルに残してきた寺院の子どもたちや導師とも離れて、一人になって死ぬことを考えていた。

けれどもう、そんなふうに生きたくはない。できることならユリヤのように、軽やかに生き、軽やかに死んでいきたい。

だから素直になるつもりだった。

以前のリオなら、ルストに避けられたら気落ちして、うまく近づけなかった。『使徒』になりたてのころも、リオと距離をとろうとするルストにどう接すればいいのか分からず、悩んでいた。

けれど今はもう、あのころの自分とは違う。見栄も外聞も、自分が傷つくかもしれないことも、リオにはどうでもよかった。

「エラド、ごめん。ルストと話してきていい？　なにかあれば、隣室で待機してるエミルが助けてくれると思うから……」

「もちろんだよ、リオ。それに三百年前までは、王宮に滞在したこともあるからあまり気にしないで」

エラドはいつものように優しく、リオを送り出してくれる。

「ウルカの王に優しくしてあげてね」

天幕で並んで眠ったときにも言われたことを、繰り返された。エラドが二度もそう言う真意がなにか、リオはいまだによく分からないが、冷たくするつもりはないから頷いた。

「……アランも。ありがとう」

アランは昨夜、森の中で誓ってくれたことを守ろうとしてくれているのだと思う。リオが望むように生きられるよう、きちんと導いてくれているし、リオの望みがなにかも、分かってくれている。

お礼を言っても「早く行け」と素っ気なく言われただけだが、リオは心から感謝して、頭を下げた。それから先ほど出てきたばかりの執務室の扉を、もう一度叩《たた》いたのだった。


入室の許可が下りたとき、リオは急に緊張して、鼓動が強く打つのを感じた。

扉を叩いたときは勢い任せだったけれど、いざ部屋に入り、一人で執務机に座るルストを見ると、なにを言えばいいのか一瞬分からなくなった。

ただ心臓がぎゅうぎゅうと締め付けられたように痛み、これ以上ないほどの愛《いと》しさと、切ない気持ちが誤魔化しようもなく迫《せ》り上がってくる。

(俺……やっぱりルストが好きだ)

自分の気持ちを、再確認する。

好き。一度胸の中でそう思うと、もう愛してはならないという自戒がないから、愛情は心の隅々まで行き渡っていく気がした。

瞼《まぶた》の裏には、ユリウスとして出会った最初のころから今までの——ルストの、様々な顔が思い出された。王都を目指した二人だけの旅路。選定の館で厳しく、けれど結局は優しく接せられたこと。初めて抱かれた夜。王だと知ってからの、突き放される日々は辛《つら》かったけれど、リオが死にかけたあとは、ルストは甘やかに変わった。

ルストがリオのために死ぬつもりだったと知ったときは、深い情を感じた。

『北の塔』で再会し、ヴィニゼルへの旅路をともにしたときは、ルストを拒んでいた。愛してはならないと思っていた。自分は生まれてきてはいけなかったのだと考えていたから。それでもセヴェルでは、セスを弔ってくれたルストへの想《おも》いが溢《あふ》れてしまい、泣きながら抱かれた。

ユリヤの死、セスの死を受け止められたのは、ルストがいてくれたからだ。理屈ではない。

初めて会ったそのときからずっと、リオはルストを愛している。

(まるで魂が、初めからルストを愛することを、選んでいたみたいに……)

部屋に入ってきたものの、つい思い出に浸り、かける言葉を失っていたリオへ、ルストが手元の書面を見ながら声をかけてきた。

「フェルナンか？　なにか伝え漏らしがあったなら——」

「ルスト」

人間違いをされていたらしいと知り、リオはルストの声を遮《さえぎ》った。途端に、ルストはぎこちなく固まり、口を噤《つぐ》んだ。まさかリオが入ってきたとは、考えてもいなかった態度だ。

どうしていいか分からないのか、いつも冷静な王は、視線を手元に固定したまま黙り込んでいる。

リオはそっと、ルストの机を回り込んで隣に立った。

手を伸ばして、簡素な王衣に触れた。絹の、滑らかな手触りが伝わってくる。その下にある逞《たくま》しく、強い体を、リオは知っている。

「……ルスト、俺」

もう一度話し合おうと、今までのリオなら言っていたと思う。

感情的で衝動的な言葉よりも、向き合って理性的になるべきだと、常に考えてきたからだ。相手が賢いルストだからこそ――分かり合える符号点を探すために、いつも言葉による応酬を求めてきた。

けれどこのとき、リオの口から飛び出したのは、まるで違う一言だった。

「俺、ルストのそばにいたい」

それはたとえようもなく、ただ素直な、リオの本当の気持ちだった。

声は拒絶を恐れてかすれ、小さくなってしまう。それでも、リオは勇気を出して続けた。

「……夜、部屋に行っていい？」

暗に、抱いてほしいと言っていた。言葉にした直後、頬が熱く赤らむのが分かった。自分がこんな下心を持っていると知られるのが恥ずかしかったけれど、本当はもう一秒も、ルストと離れているのが我慢できないのだと、リオは自分でもこのとき初めて、自覚した。

「……そんなことを言われると」

座っていたルストが、体を一瞬、震わせる。

拒まれたくない。その一心で、リオは言葉を継いだ。

「俺、ルストが好き。愛してる。だから……もう離れたくない」

――そばにいさせて。

一秒でも長く、ただ、そばにいたかった。願いを込めて懇願した途端、ものすごい勢いで、それこそたまりかねたようにルストが立ち上がった。

リオを振り向いた顔が、憤怒とも、苦悩ともつかない表情で、赤く染まっている。

「……っ」

リオは驚いた。怒鳴りつけられるかと思って構える。

けれど次の瞬間、リオはルストに腰を引き寄せられていた。

強く抱きしめられたかと思うと、強引に唇を奪われる――。

「あ……」

熱い唇の感触に触れられただけで、リオの心と体がとろけそうになる。

(……ルスト。ルストの体温だ……)

ルストに触れてもらえた喜びに、心が震えた。リオは腕を伸ばし、ルストの体にできるだけしっかりと、しがみついた。

リオの細い腕に、布越しでも分かるルストの大きな体軀《たいく》が感じられる。くっつき合った胸と胸から、ルストの鼓動が伝わってくる。

薄く唇を開くと、ぬらりとした舌が口腔《こうこう》内に入ってくる。そうしてルストの分厚く、熱っぽい舌は、リオの小さな口の中を激しく舐《な》めあげ、喉の奥のほうまで、リオがえずくぎりぎりのところを責めるように撫《な》で回した。強く唾液を啜《すす》られて、リオは酸欠になるかと思い、くらくらとした。目尻には涙が溜まる。

けれど息苦しいのと同じくらい、気持ちがよかった。

快感がぞくぞくと背筋を走り、膝に力が入らなくなる。がくりと崩れそうになった体を、ルストが抱え上げてくれた。そうしてルストは、書類や文具類が床に落ちるのも構わずに払いのけて、リオを机の上に下ろした。

広い執務机に横たえられて、リオは心臓が割れそうなほどどきどきと鳴るのを聞いていた。

リオを押し倒した姿勢で、ルストが唇を離す。

窓辺には夕闇が迫りかけ、部屋のランタンに魔法の光が自ずと点《とも》った。ルストの青い眼の中に、その明かりの色が映って、ちらちらと揺れている。

リオを見下ろすルストの眼に、熱い情欲が宿ってきらめいている。そのことが、リオはたまらなく嬉《うれ》しくて、王の首にそっと手をかけた。

「ルスト、抱いて……」

たった一つの望みを言う。今は、それ以外にほしいものはなかった。

まだ夕食の前だとか、エラドは一人で大丈夫だろうかとか、そういう、いつもなら気にしてしまうことすら頭から抜け落ちていた。

今この瞬間の欲望に、リオは忠実に従いたかった。

切なくなるほどの希求だった。ルストに抱いてほしい。一つになりたいという強い気持ちが、熱く、胸を焦がすように込みあげてくる。

「抱いて、ルスト」

「……っ、リオ……」

ルストは顔を歪《ゆが》め、苦しそうに、けれど我慢ができないように、リオに覆い被《かぶ》さってきた。

リオはそれだけでも嬉しくて、ルストの背中に腕を回し、強く、王の体を抱きしめた。

性急な仕草で、ルストがリオの衣服を緩めていく。リオも、ルストの服をほどいた。早く素肌と素肌で、触れあいたい。二人の体を隔てているものの、すべてが煩《わずら》わしい。

くらくらするほどの欲求で、指先が震えて、うまく釦《ボタン》がはずせない。

やっとルストの胸元があらわになったとき、リオは既にほとんど服を剝《む》かれていた。上半身ははだけ、下半身も薄物しか残っていない。ルストの唇が、しゃぶりつくようにリオの胸に吸い付いてくる。

「あ……っ」

突然乳首を刺激されて、リオは悶《もだ》えた。ルストは口の中、乳頭を舌先で転がし、こねて、押しつぶした。もう片方の乳首も、指でつまんでくる。

「んっ、あ、あ……っ」

なにか温かなものが、乳首から漏れ出たような気がした。

信じられないほどの愉悦が、全身を駆け巡っていく。胸を弄《いじ》られるたびに、下腹部に温かな湯が充満するような、そんな心地がある。腹の中の快感を感じる部分が、きゅうきゅうと引き絞られるように切なくなった。

「ああ……っ、ルスト、どうしよ、俺……っ」

なにかが昇り詰めていく感覚。一瞬で、それが弾《はじ》ける。

リオは胸への刺激だけで、勃《た》ちあがった性から、白濁を飛ばしていた。

「ああっ、あー……っ」

足の指も腿《もも》もぴんと張って、リオはがくがくと腰を揺らしていた。下半身に残されていた薄物がぐっしょりと濡《ぬ》れ、素肌にへばりつく。

わずかな刺激で達してしまったことが恥ずかしくて、ぶわりと涙がこぼれた。

「リオ」

「ル、ルスト。違うんだ、だ、抱かれたすぎて……」

乳首から唇を離したルストが、顔を覗《のぞ》き込んでくる。真っ赤になって、リオはもっと自分を追い詰めるようなことを口にしてしまう。

けれどルストにはもう嘘《うそ》をつくつもりはなく、素直でいようと決めているから、本当のことしか言えない。

「嬉しくて……いつもより、気持ちよかったから……」

眼を合わせられずに言うリオの下腹部に、固いものが当たった。おずおずと目線を下に向けると、そこにははち切れそうなほどに屹立《きつりつ》した、ルストの性器があった。ルストは前を寛《くつろ》げると、暴力的なほどに大きなそれを取り出し、薄布ごしにリオの性器に当てる。擦《こす》り合わせるように動かれると、リオの性器に甘い刺激が走った。

「あ……っ」

リオは震えた。同時に、自分とルストを隔てる薄布が、憎らしく思える。

何度も何度も同じように性器と性器を擦り合わされ、余裕をなくしながら、リオは薄布を取り払おうと震える指を動かした。

「あっ、あ、あっ、ルスト、布、とってぇ……」

リオの白濁で濡れたそれは重たくなっていて、上手く脱げずに懇願した。ルストは荒い息をつきながら、引き裂くように、布を引き下ろす。

リオの性器があらわになり、ルストのそれとぴたりとくっついた。その場所から、凶悪なほどの熱が昇ってくる気がした。

「あ、あん、あ……っ、んん……っ」

生身同士で擦り合わされて、リオは身もだえするほど感じた。

「ああ……ああ……っ」

もう少しで達してしまう。

そう感じたとき――突然、ルストが動きを止めた。きっと、次の動きをするためだと思ったリオは、息を乱しながらルストの行為を待ったけれど、ルストはそのまま動かなくなった。

（ルスト……？）

リオは思わず、顔をあげる。そしてそのとき見たルストの表情に、急に頭から冷たい水をかぶせられたような気がした。

ルストはリオを見つめて、血が出そうなほどに、唇を嚙みしめていた。その顔には苦悩と、葛藤《かっとう》と、痛みがあった。眼は血走り、大きな体は寒さに凍《こご》えているように震えている。

（ルスト、普通の状態じゃ……ない）

気づいた途端、素直な欲望に溶けていた体も、思考も、冷たくなっていく。リオの上に覆い被さり、執務机の上に突かれているルストの腕は、激しくわなないている。リオはそっと起き上がると、ルストの頰に手を触れた。振り払われないか、不安になりながら。

その瞬間、ルストは堪《こら》えきれなくなったように、青い瞳から大粒の涙をこぼした。

「う、うう……」

苦しそうに、ルストは嚙みしめた唇の間からうめき声をあげた。獣が痛みを我慢しているときのような、悲愴《ひそう》な声音だった。

(ルスト、辛いの？　どうして……)

なんと言葉をかければいいか分からずに固まっていたリオに、ルストが「リオ」と名を呼んでくる。その声は涙にかすれ、あまりにも弱々しかった。

「お前を抱くのが……怖い。抱きたいが……怖い」

ルストは泣きながら、頭を俯《うつむ》ける。

「これ以上お前を愛して、お前を失ったら、どう生きていけば……どう生きていけばいい？」

吐露されたのは、あまりにも剝き出しの、ルストの気持ちだった。

ルストの熱い涙が、リオの肌に落ちてくる。リオは数秒、衝撃のあまり言葉をなくした。けれど、やがて深い悲しみとやるせなさが、胸に広がってくる。

「……ごめん。ごめんね、ルスト。傷つけてごめん」

泣いているルストの頭を抱くようにすると、ルストは素直に、リオの胸に顔を預けてくる。まるで子どもが親にすがるように、ルストはリオの胸で嗚咽《おえつ》した。

「ずっと、考えてた……お前のことを、考えて……」

「うん」

喘《あえ》ぐように話すルストに、リオはただ静かに、相づちを打った。

「お前の言うことが、正しい、俺は……お前の死を、受け入れないと……でも、できるか、分からない」

「うん……」

「泣くことしか……もう、リオ、俺には泣くことしか……できない」

「うん――」

リオは喉がぐっと締まり、痛むのを感じた。熱いものが、目頭にこみ上げてくる。

いつも威厳を保ち、冷静で、時に傲慢《ごうまん》でさえあるフロシフランの王、ルストが、身も世もなく泣いている。泣くことしかできないと、嘆いている。

これほどに弱ったルストの姿を見たのは、初めてだった。

セヴェルでの逢瀬《おうせ》の夜も、ルストは涙を流してリオを死なせたくないと請うた。でもあのときのルストは、リオを説得しようと言葉を尽くし、なかば怒りを交えて泣いていた。

今のルストはただ悲しみに暮れている。愛する人をいつか手放し、見送らねばならないことを、そのあとどう生きていいか分からないことを、ただ恐れて泣いている。

「なんでお前なんだ……なんで、どうして……世界を、憎みそうになる」

リオはルストの背を撫でた。ルストの気持ちは、痛いほどに分かるものだった。セスを、ユリヤを、死という運命に奪われたときに、リオだって同じことを感じた。今でも考える。どうしてあの二人が生きられなかったのかと。

いくら自分の中で、二人の死を不幸だと思わないようにしていても、考えてしまう。やっぱり二人に、生きていてほしかったと。

リオがルストの立場なら、きっとルストと同じように世の不条理を恨んだだろう。自分の愛する人を失う悲しみに、とても耐えられなかったと思う。

やってくる死を予期しながら、なに一つ抵抗できない己の無力に、絶望すら感じるだろう。

（なのに……ルスト、……ごめん）

心からそう思った。傷つけたからだとか、苦しめているからだとか、そういう理由ではなく。

（ごめん。俺の気持ちを、ルストに受け入れさせて……）

そう、感じたからだった。

言葉では言わない。確認しあったわけでもない。それでも分かった。ルストはリオを、もう生き返らせるつもりもないし、リオが死んだあと、後を追うこともない。

だからこそ、リオを見送ること、そのあとも生きていくことへの、恐ろしさに泣いている。

ルストが覚悟をしようとしてくれているのだと、リオの思いを尊重してくれようとしているのだと思うと、嬉しくもあり、同時に苦しくもあった。

「ごめん、ごめんね……俺が、もっと違うものをあげられるならよかった……俺は」

土人形だから、と言いかけたとき、泣き濡れた眼をあげたルストが「お前がいいんだ」と否定した。

「俺は、お前にもらうから価値がある……分かってる。俺たちは初めから……同じ時は生きられなかった。もう分かってる。分かってるんだ、リオ。お前が、俺に望むのは……善い王であることだ。だから俺は、ちゃんとお前の願いを叶《かな》えるために……生きる」

涙にかすれた声で、けれど、それでもはっきりと、ルストはリオに約束してくれた。

王として生きることを。

ただ一つ、リオがルストに望む生き方を選ぶと。

ルストにとって、それがどれほど重たく苦しい枷《かせ》なのか、リオにだって分かっているというのに。

（もし俺がルストの立場で……ルストを失っても王として生きなきゃいけなかったら）

その孤独と絶望を想像するだけで、あまりにも苦しい。

自分で望んだことなのに、ルストが受け入れてくれたと分かった途端、我慢できずに涙が溢れてくる。

ルストの生を縛るような、そんな望みを持つ自分が申し訳なくて。

いかに残酷な望みか分かりながらも、受け入れてくれたルストへの、愛と感謝も一緒になって胸を締め付ける。

ルストが王じゃなければ。自分が土人形じゃなければ。

何度も考えては、考えることをやめた仮定を、空しくも繰り返しそうになる。

――それでもルストは王であり、リオは土人形で、だからこそ、愛し合った。

もうそのことは、どうしたって変えられない事実だった。

「ルスト……ごめんね。こんな俺でごめん。だけど、だけど」

泣きながら、リオもすがるようにルストの首に腕を絡め、抱きしめた。

「だけど、俺、生まれてきて……」

リオは泣きむせびながら、それでもただ一つの本心を、精一杯に伝えようとした。

「生まれてきて、ルストに出会えて、よかった……」

今までなら、絶対に言わなかった一言だった。

身勝手かもしれない、残酷かもしれないと思いながら――リオは、素直に言っていた。自分の人生で、これほど確かなものはないと思ったから。

作られただけの、世界にはおそらく害のある、意味のない命。

生まれてきたことに、意味はなかった。だとしても、この世界に生きる価値はあった。

ルストに出会い、愛したことは、間違いなく価値があった。

お互いを苦しめることになったし、自分さえいなければ、ルストの人生はもっと平和だったと分かっている。

それでも思う。

生まれてきて、ルストに出会えてよかった。

生まれてこられたことが、こんなにも今、嬉しいと感じている。

嗚咽をこぼすリオの頭を抱きしめて、ルストも同じように涙に濡れた声で、囁いた。

「俺も……俺もだ。俺も、生まれてきて……お前に出会えて、よかった。よかったよ、リオ……」

理不尽な運命の中でも、その気持ちだけは本物で、それだけが唯一の救いだった。

どんな最期を迎えても、愛したことを後悔したりはしない。

互いの涙でどちらともなく頬を濡らしながら、ふと眼と眼が合ったとき、自然とまた、唇が重なった。

今度の口づけは、最初のように貪欲なものではなかった。ルストは優しくリオの唇をついばみ、リオはそっと、自分からルストの口腔内に舌を差し入れた。

欲情というよりも、ただ一つになり、互いの境界線を失《な》くして、溶け合いたいという気持ちに、胸がうずく。

（ルストと、一緒になりたい。一つになりたい。魂ごと、溶けてしまえたらいい……）

優しい口づけは長い間続き、そのうちに、二人の涙はゆっくりとひいていく。

次第に、ルストの手がリオの体をまさぐってくる。リオもルストの首や胸を、優しく撫でた。

汗ばんだルストの体はしなやかで、触れるたび指先がじん、と痺《しび》れた。

その痺れは、やがて全身を覆っていく。

瞼の裏で、白い光が何度もちかちかと瞬くような、そんな錯覚を覚えた。

いつの間にかぬかるんでいた後ろに、ルストが入ってきたとき――魂が、深い悦《よろこ》びに包まれるのを感じた。

「あ……っ」

リオは震えながら、ルストのそれを後孔で締め付けていた。悦楽が下腹部に広がると、ほんの少し、ルストと溶け合えた気になれる。

体をしならせて、けれどなるべくリオの体に己の肌を寄り添わせながら動くルストも、

「リオ、お前と、一つになれたら……」

と、囁いた。ルストの眼から一粒、こぼれた涙が、汗と一緒にリオの上に散る。端整な顔がランタンの光に照らされて、夜の中に浮かんでいる。美しい王を、リオはじっと見つめながら同じことを言った。

「俺も、ルストと一つになりたい……俺とルストで、一人に……」

ふと、ウルカとエラドもこんな気持ちでいるのだろうかと思った。

一つの魂から分かたれた二つの魂。分かれながらも、離れることができない二柱の神。

全身が、愉悦に痺れて溶けていく。

「俺は……きっとずっと、お前を忘れない。一生、お前ならなにを望むだろう。どうしてほしいと言うだろう。そう考えて……生きる気がする……」

——お前が死んでも、お前の望みを叶えるために、生きると思う。

ルストが、そう呟く。

そうしてほしい、と言うのはあまりにも残酷な気がして、リオはなにも返さなかったけれど、その言葉は胸が震えるほど、嬉しかった。気持ちを伝えるように、ただルストを抱きしめる。足を腰にからめて、もっと近く、密着しようとする。

（ルストは、俺を心の中に入れたまま、生きてくれるんだね……）

——嬉しい。嬉しいよ、ルスト。それなら俺は死ぬその日まで、なるべく正しく、なるべく善いことだけを望むようにする。

……ルストが俺の死んだあと、俺の思い出を杖《つえ》にして、暗い夜道を照らす明かりとして、生きていけるように。

ルストの動きは緩慢だったけれど、じわじわと性感は高まっていった。頭の中が白くなり、眼の前で光が弾けたと思った瞬間、リオの腹の中にも、温かなものが放たれていた。

「……あ、あ、あ……」

二人同時に達したのを知って、リオは一瞬、本当に自分たちは二人で一人になったように思う。

その錯覚は酔いそうなほどに甘く、リオはルストと触れあっている肌と肌が溶け出して、ルストの逞しい体と己の細い体が混ざり合う……そんな気がして、その芳しい想像に酔いしれた。

十　急襲

睦《むつ》み合いが終わり、服を直したころに、西棟のエミルからリオに手紙が届けられた。

『エラド様は僕がお相手するから、陛下とゆっくり過ごして』

そんな、短い言付けだった。

リオはエミルに気持ちが見透かされているようで恥ずかしかったが、その申し出はありがたく受け取ることにした。まだ、ルストのそばから離れがたかったからだ。

自分は愛に溺れる質《たち》だったのか、と意外な気持ちだったけれど、そこにもう意地を張る気も起きなかった。

その夜は、ルストと一緒に夕食をとり、同じ寝具で眠った。

とはいえ、会話はほとんどしなかった。ルストはリオから眼を逸らさなくなり、むしろほとんどの時間、じっと見つめてくるようになった。リオもなるべく、ルストと眼を合わした。互いに見つめ合うと、愛と切なさが一緒くたになって、胸に満ち満ちてくる。ルストも同じ気持ちだと、確かめなくとも分かった。

眠る間際に口づけあったとき、ルストは独り言のように呟いた。

「お前ならなにを望むだろうと考えながら生きていくことは……お前と一緒に生きることと同じか？」

リオには分からなかった。けれど、ルストがそうやって自分を心に置いて生きてくれるのなら嬉しい。リオ自身、セスなら、ユリヤならどうするだろうと考えることはよくある。リオが生きた日々を、ルストが覚えていてくれるのなら、この上なく幸福だと思った。けれどいつかは、忘れてほしいような気持ちもある。

だから答えは言わずに、ただルストの広い胸に顔を埋めて抱きついていた。

夜が更けて眠りに落ちたリオは、夢を見た気がする。

自分とルストが、エラドとウルカのように神々の山嶺を駆け回り、じゃれ合って遊ぶ夢だ。

なぜ自分たちは二頭に分かれてしまったのだろう。二頭になれば淋しくないと思っていたのに、体と心が分かたれたことで、もっと孤独になってしまった……。

夢を見ながら、なにかが不安だった。

なにか、忘れている気がする。

なにか、取りこぼしている気がする。

――それはなに？

未明、真っ暗な朝、リオはふと眼を覚ました。隣で眠っていたルストも、ぱちりと眼を開くのが見えた。リオは心臓が、理由もなくどくり、と音をたてるのを聞く。

第六感ともいうべき本能の部分が、不意に警鐘を鳴らしていた。

「ルスト……」

「ああ、なにか妙だ。……静かすぎる」

リオは手早く、寝間着から服を着替えた。ルストは魔法であっという間に王衣をまとう。

「……『耳』が、止まっている」

ぽつりと呟いたルストの言葉に、リオがぎくりとしたときだった。

廊下からばたばたと激しい足音が聞こえた。ルストの寝室の扉を、誰かがドン！　と叩いた。

「陛下……っ、お目覚めください、陛下！」

「起きている、入れ！」

ルストが許可した途端、扉が開く。なだれるようにしてその場に膝をついたのは、頭から血を流した騎士だった。鎧《よろい》もなく、ほとんど寝間着に近い略装で、その服すら千切れ、あちこちに怪我《けが》が見えた。握りしめられた剣にも、血がついている。

「なにがあった！」

「……はっ、見張りの騎士ら数十名が強力な魔法で眠らされ……なぜか、侵入者が入ったときに鳴るはずの魔法鐘が鳴らず……エラドの教団員たちおよそ二百余名が王城内に入り込みました……！」

リオはその報告に、息を呑《の》んだ。ルストはマントをまとい、「騎士団で対応は？」と冷静に訊ねている。

「第一騎士団が制圧に動いております……が、第二から第五の騎士団員がすべて、魔法で眠らされており……機能しない状況です……っ」

「分かった、伝令ご苦労。リオ、手当てしてやれ」

言われて、リオは急いで騎士に駆け寄ると、額に手をかざして全身の怪我を治す。騎士は悔しげに打ち震えながら「ありがとう……ございます」とリオに頭を下げた。

「第一騎士団に伝えよ、すぐに状況を把握し、私と『使徒』が行くと」

「……はっ」

騎士はもう一度深く頭を下げてから、素早く立ち上がり、また来た廊下を戻った。

「ルスト、どういうこと？　『耳』が止まってるって……」

「分からない。とにかく今すぐ、教団員たちを制圧するぞ」

ルストが指を鳴らすと、銀の光がさあっと風のように広がった。その瞬間、ずっと静かだった室内に、遠くから、悲鳴や物の壊れる音、激しくぶつかり合う戦いの音が聞こえてきた。

（……聞こえなくされていた⁉　そんなこと……この王宮内でできるの⁉）

驚愕《きょうがく》しているリオの腰を、ルストが抱いた。と、あっという間にルストは窓から飛び降りていた。リオは息を止めて、ルストの体にしがみつく。

不思議と空気の抵抗もなく、ルストは暗闇の中、屋根を駆けていく。

「伝令する、『使徒』たちよ、俺のもとへ来い！」

ルストがそう言った途端、なぜかリオの頭の中に、今ルストの言った言葉と、目指すべき場所の像が流れこんできた。

（これって……ルストが『使徒』に送ったってこと？）

こんな魔法の使い方があるのか。ルストの手練《てだ》れぶりに驚いているうちに、大聖堂前の、城の広場にたどり着いていた。ルストとリオはその場所を、建物の屋根から見下ろす形だった。

そこは――いつの間にか戦場になっていた。

巨大な蜘蛛《くも》が数十頭居並び、その隙間《すきま》に挟まるようにして、黒い長衣をまとった教団員たちが構え、魔法を放っている。騎士団は数の面でも不利で、蜘蛛一匹に対して数人がかりで相手どり、明らかに押されていた。そして後方には、数人の教団員たちが集まって、魔法陣を展開していた。青白く光るその陣を、ルストがじろりと睨《にら》んだ。

「……なるほど。あの魔法陣で城の騎士たちを眠らせたのか。第一騎士団は最精鋭。さすがにそこまでは効果がなかったということだな」

「『耳』の感応は、まだ戻らないの？」

『耳』の機能を止めるなんて、そんなことが外部の人間にできるのか。おかしいと思って質問したとき、リオとルストのいる屋根の上に、次々と他の『使徒』たちが現れた。アランがエラドを抱いている。

「エラド！」

「置いておくわけにもいかないから連れてきた。リオ、守れるか？」

リオは頷き、屋根に下ろされたエラドの手を握った。

「ひでえ光景だな。陛下、それでどうする？」

「この事態がなぜ起きたのか探るのはあとだ。それぞれ四散して制圧する。アランとフェルナンは魔法陣を潰《つぶ》してくれ」

騎士たちは、蜘蛛を押し返しては跳ねのけられ、魔法を撃たれて傷ついている。突然の急襲に、装備すらままならずに戦っているのが見える。

「リオはエラドを護衛しながら、適宜騎士たちを癒《い》やせ。できるな？」

「できる」

頷いた。ルストの青い眼に、信頼が映っている。胸が緊張と、やる気に満ちてくる。けれど横にいるエラドの、真っ青な顔が眼に入った。

「蜘蛛は仕方ないけど……教団員たちはなるべく殺さないで。あの人たちも……フロシフランの国民だ」

そう言った途端、エラドが眼を潤ませてリオにすがりついてきた。

「リオ……あの子たちを許してあげて……っ」

今にも泣き出しそうなエラドの姿に、リオは胸が苦しくなった。

「はあ？　一切殺すなってことか？　それは難しいだろ」

ゲオルクが、早く戦場に下り立ちたそうに苛立《いらだ》った声をあげる。

「大丈夫、みんなは行って！　エラドとは俺が話す！」

ここで話し合っている時間はなかった。このままだと、騎士にも死者が出そうだ。頷いたルストが号令をかける。途端に、アランはアカトビになり、まっすぐに魔法陣のほうへ飛ぶ。フエルナンも狼《おおかみ》に変わって、蜘蛛の頭を潰すようにして駆け抜け、アランと合流する。

ルースは屋根よりももっと高い、尖塔の先へ素早く移動すると、そこから巨大な魔法弓を作り出し、一斉に矢を射出した。騎士たちが数人がかりで苦戦していた蜘蛛を、ルースの矢が正確に貫き、その硬い体を、一瞬で砕いてしまう。

ゲオルクは敵陣の中へ突進し、斧《おの》を振り回して蜘蛛を潰す。撃たれた魔法は盾で弾く。ルストは全身から銀の光を放って、悠々と敵陣の中へ歩いていく。「来るな！」と叫んでいた教団員たちは、ルストの光に当たった途端、魂が抜けたようにその場にばたばたと倒れていった。

「陛下と……『使徒』様だ！　見る間に敵が崩れていくぞ……！」

騎士たちが喜びの声をあげる。

「くそ……！　薄汚いウルカの狗《いぬ》どもが！　エラドが神の座につけば貴様らなど！」

「教主様！　どうかやつらに鉄槌《てっつい》を！」

叫ぶ教団員たちの中心に、目深に頭巾をかぶった女が立っていて、リオは胸を突かれた気がした。エラドも同じだったのか、身じろぎ、「トゥエラド……？」と囁いている。

（魔女……休戦するようなことを言っておいて、俺たちを騙したのか⁉）

そう思ったが、なにかが引っかかった。

教主と呼ばれた女の周りに一瞬、黒い靄《もや》が立ちこめ、次の瞬間人の姿を保っていた教団員たちの多くが、蜘蛛に変わっていく。ルストによって気絶させられていた者たちも蜘蛛に変わると、目覚めたように前肢を持ち上げ、悲鳴のような鳴き声をあげた。

「あいつ……っ」

リオは怒りで、腹の底が熱くなるのを感じた。蜘蛛にされてしまったら、ルストたちは殺す以外に選択肢がない。

「リ、リオ」

エラドが泣いている。リオは唇を噛んだ。

「こ、殺さないように、ウルカの王にお願いして……」

すがりつかれて、リオはエラドを見つめる。言わなければならないことは、もう決まっていた。

「できません。蜘蛛は人間に戻らないんでしょう？　なら殺すしかない。……俺を憎んでください。俺も『使徒』だから……これは、俺の罪でもある」

エラドは真っ青な顔で、言い切ったリオの胸にしがみつくと、嗚咽をこぼした。エラドがリオを憎むはずがないのを、リオは知っていた。それでも本当に、憎んでくれていいと思っていた。

（とにかく、俺にできることを……）

「第一騎士団は一旦下がり、隊列を立て直せ！　ここは俺と『使徒』たちで制圧する！」

ルストの声に、騎士たちは後方に下がっていく。

怪我人を運んで離れる者もいる。

リオはすうっと息を吸い込み、騎士たち全員の上に、治癒の雨を降らせた。

紫色の光が騎士たちを覆うと、彼らの怪我は治り、疲れたその眼に気力が漲《みなぎ》っていく。

「『鞘《さや》』様だ！　我々には『鞘』様の援護もあるぞ！」

屋根の下で、騎士たちが声をあげた。

アランとフェルナンは魔法陣を守る教団員たちと、魔法の撃ち合いをしている。

アランがアカトビに変化して教団員たちを引きずり倒したのと同時に、フェルナンが長い詠唱魔法を終えたらしく、魔法陣にひびが入り、消滅していく――。

ルスト、ゲオルク、ルースも、多勢に無勢《ぶぜい》をものともせず、増やされた蜘蛛も残った教団員も、次々に倒している。

（この戦い、もう、終わる）

リオがそう確信したときだった。眼の前に、頭巾を目深にかぶった、長衣の女が立っていた。

「トゥエラド！」

手を摑まれる。

リオは振り払い、エラドを守ろうと抱き寄せていた。

頭巾の奥で、女の笑った口元が見えた。そのとき、リオは違和感を覚える。

女の手に、白い玉がある。

銀色の光。ウルカの神力だ。

そう思った瞬間、眼の前が真っ白になる。

そして五感の感覚がすべて消えた――。

意識を失っていたのは、一瞬だった。

気がつくと、どこかの建物の中、床の上に倒れていた。冷たく白い床に、なぜか見覚えがある気がする……。

「エラド！」

すぐに我に返ったリオは、慌てて起き上がった。場所を見回して、ぎょっとする。そこは大聖堂の中だったのだ。

（なんで、こんな場所に？）

天井が崩落したままの大聖堂。鎮座するのは、巨大な白い竜の石像。ウルカの像だ。ウルカの足下には、洗礼の儀のときに見たのと変わらず、大きな白い玉がある。

そしてエラドは、その石像のすぐそばに倒れていた。

「エラド……っ」

駆け寄ろうとしたリオは、足を止めた。石像の陰から女が歩み出てきて――長衣をばさりと脱いだのだ。頭巾の下から現れたその顔に、リオは愕然とした。

女は、トゥエラドではなかった。

「右宰相様……」

信じられずに、いつも使っていた呼称で呼ぶ。黒髪に、たおやかな体。美しく優しげな宰相は、普段座っている車椅子にも乗らずに、その場に立っていた。トゥエラドと同じ、裾の長い服をまとい、優美とさえいえる笑みを浮かべて、リオを見ていた。

イネラド・ラダエ。

ラダエ家の三姉妹のうちの、次女。ウルカと契約し、王家に仕えることになった巫女《みこ》。

いやな汗が、じわりと全身に滲《にじ》んだ。

（まさか）

ありえないことを想像してしまう。けれど、固まっているリオの思考を読んだのか、イネラド・ラダエは小さく微笑んだ。

「いいえ、リオ。私が、トゥエラドのふりをして教団員を王城に呼び込んだの。『耳』の感応を止めて、城全体に魔法をかけた。しばらくの間、誰も侵入者に気づかないように。そしてあの者たちに、強い睡眠の魔法陣も授けてやった」

静かに、淡々と語りながら、イネラドはウルカの石像が抱く、白い玉に手を置いた。

リオは目眩を覚えた。頭が、がんがんと痛み始める。

なぜ？

まず、そう思う。一方で、そうだ、イネラドにしかできない、と腑に落ちた。

（ルスト以外なら、ラダエ様にしかできない……『耳』の機能を止めるなんて。でも……）

分かっていても、困惑した。信じられない気持ちだった。

「どうして、こんなことを」

かすれた声で、リオはイネラドに訊いていた。彼女はにっこりと笑い、「掃除をするためよ」と答える。

「邪魔が入ると困るの。だから片付けるしかない。それならいっそのこと、面倒な教団員たちも一掃してしまえばいいと思ったのよ。幸い、私がそうだと言えば、彼らは私を妹だと思う。王城にまで侵入させてあげたんだもの。感謝してほしいわ」

イネラドの言っていることが、半分以上理解できない。痛む頭を押さえて、リオはじりじりと、エラドのほうへ寄っていく。

そのときエラドが、ぴくりと動いた。

「片付けるって……なにをですか」

エラドのところまで、走ればあと、五歩くらい。リオはイネラドを警戒しながら、少しずつ、近づく。

「まあ、リオ。あなたは意外と鈍いのね」

イネラドは、おかしそうにした。今まで接してきたイネラドと変わらない、温かな笑顔と声で。

けれど次の瞬間、イネラドの顔からは表情がごっそりと消えた。

「決まっているでしょう。私の国をめちゃくちゃにする、この黒い竜を片付けるの」

リオは走った。

なにかがまずい。嫌な予感がする。

そう思って、エラドのもとへ走った。

「リオ……」

　エラドが意識を取り戻し、起き上がろうとする。そのとき、イネラドの触れている玉が強く発光する。

　イネラドが手を、玉の中に差し込み――再びずるりと引き出したとき、銀色に輝く剣を一本、持っていた。

「エラドーッ」

　リオは喉が引きちぎれそうなほどに、叫んだ。

　顔をあげ、立ち上がろうとしたエラドの左胸に、一瞬にしてイネラドが剣を刺したのだ。

　エラドの顔が、なにが起きたか分からないように眼を見開いたまま、止まる。

　そして次の瞬間、その眼は閉ざされ、華奢《きゃしゃ》な体がその場に崩れ落ちた。

「エラド！　エラド！」

　リオはエラドの体に取りすがった。剣を抜こうとしたが、びくともしない。なぜかエラドは血を流しておらず、青ざめた顔で、うっすらと眼を開いた。

「エラド！」

　一心不乱に、リオはエラドの体を抱き上げる。エラドは薄く開けた瞼の下で、リオを見つけると小さく囁く。

「リオ……これ、ウルカの……剣だ」

　だから、取れない。

——僕たちは、互いの力にだけは干渉できない。そういう理《ことわり》だから。

それだけ言って、エラドは再び眼を閉じる。リオは怒りと絶望で、眼の前が真っ暗になる気がした。

なにが起きている？　一体、なにが。

イネラドが魔女のふりをして教団員たちをそそのかし、王城に侵入させた。しかしそれらは、『使徒』たちが瞬く間に制圧するだろう。

だが——イネラドは、そうしてほしいのだ。だからさっきも、人の姿を保っていた者まで、蜘蛛に変えてしまった。

そして今、リオの眼の前でエラドを刺した。

「……エラドを、殺したのか？　……この竜は、神だぞ！」

怒りでよく眼が見えない。ぐらぐらと揺れる視界の中で、イネラドは静かな顔をしていた。

「死にはしないわ。ウルカの神力が流れ込んで、心臓を一時的に鈍らせることはできても、あなたが言うとおりエラドは神。だから、何百年もの間、死んだ王たちの心臓を捧《ささ》げて作ったその剣でさえ、命を絶ちきることはできないの」

冷静な物言いに、リオはぞくりと背筋が粟立《あわだ》つのを感じた。

ウルカの神力が宿った剣。何百年も、死んだ王の心臓を捧げた？

体が震えてくる。自分が聞いていることは、本当に真実なのだろうか？

「……これは、誰の意志、ですか。この剣は……歴代の王家が、作ってきたもの？」

自分の信じてきたものが、崩れ去りそうだった。

イネラドは眼を細めて、「いいえ」と答えた。

「いいえ、リオ。今の王家は知らない。ハラヤの代ですべての血が途絶えた、前王家が望んだこと。だからあなたが仕える王家に、この罪はないわ」

「つまり右宰相様！　あなたが全部仕組んだことですか……っ⁉　エラドを地下に落としたのも！　ウルカに残酷な契約を突きつけたのも……ハラヤが、花嫁を殺したのも！　全部……っ、全部！」

――あなたが、糸を引いていたんですか！

怒りに頭が弾け飛びそうだった。聖堂内にとどろいたリオの怒号に、イネラドは怯《ひる》みもせず、まっすぐに視線を向けてきた。

そうして淡々と、頷いた。

「ええ、そうよ。三百年前。私が仕組んだの」

冷たい汗が、全身に噴き出す。

なにか言おうとしたそのとき、聖堂の床の一部が爆発したように破壊され、土煙をあげながら崩落した。そしてそこには、イネラドとよく似た装束の、トゥエラドが立っていた。

「……イネラド。貴様、今の話は本当なのか」

トゥエラドの怒りはリオを通り越して凄《すさ》まじかった。

美しい顔は歪み、鬼のような形相になっている。細い腕はわなわなと震え、その額には青筋がたち、すみれ色の眼は据《す》わっている。

「答えろ！」

トゥエラドが怒鳴った瞬間、聖堂の中を嵐のような風が吹き抜け、リオはエラドを抱いたまま飛ばされないように耐えた。

イネラドは涼しい顔で、妹の顔を見ている。

「なぜ、我が主神にそんなことを？　なぜ……」

ずるずるとなにかを引きずるような音をたてて、トゥエラドがイネラドに近づいていく。イネラドは、「なぜですって？」と、不意に眼差《まなざ》しをきつくして、妹を睨んだ。

「お前の主《あるじ》であるエラドが、愚かだからよ。この国はウルカの加護なくしては成り立たない。それなのに、エラドはウルカを操ってしまう。どれだけ厄介だったか。引き離し、エラドを追いやらねば、フロシフランはとっくに滅んでいたわ！」

初めて、イネラドが声を大きくした。彼女は自分の胸を叩き、「私の役目は！　この国を守ることなの！」と叫んだ。

「奸計だと思うなら思うがいいわ！　でも私のしたことは正しい！　フロシフランのための最善だった！　トゥエラド、お前は知らないでしょうね。エラドが作り出す花嫁たちも、実に邪魔だったわ！」

トゥエラドが眼を見開いて、動きを止める。リオも、まさかと思い、イネラドを見つめた。

イネラドは過去を思い出したように、小さく嘲笑《ちょうしょう》する。

「フロシフランの王は大なり小なり、ウルカの神力を宿す以上……ウルカに魂が似るわ。そしてエラドが作る花嫁たちは、魂の形も、その性質まで、エラドにそっくり。これがいかに悲劇か分かる？」

リオには分からなかった。トゥエラドも分からないのか、答えない。張り詰めた空気の中で、イネラドだけが声をたてて笑った。

「愛してしまうのよ！　フロシフランの王は花嫁を、狂ったように愛するのよ！　花嫁の願いならなんでも叶えようとするのよ！　ウルカがエラドにそうしてきたように！」

イネラドの叫び声は、どこか悲痛を帯びて響いた。

（……愛してしまう？）

王は花嫁を。狂ったように。

そしてなんでも、叶えてしまう。ウルカがエラドの望みしか、聞かなかったように？

「花嫁の望みどおりに国政を行う王など！　流民は増え、犯罪者は恩赦を受け、慈愛のために知恵が踏みつけられる国になる！」

（そんな……それじゃ、最後の花嫁が殺されたのは……）

ふと、リオの中にいやな予感が兆す。イネラドが「だからずっと機会を待っていたのよ」と、呟いた。

「花嫁を殺し、その能力をエラドとはなんの関係もない、王たちが愛することなどない男に下げ渡す機会を！　エラドが男の花嫁を作って寄越したとき、だから……だからハラヤに殺させたわ！　本当なら、あれですべて丸く収まっていたはずなのに！」

激しい怒りをその顔に浮かべて、イネラドがリオを睨みつけた。

「なのに、また花嫁が現れるなんて！　トゥエラドが作った人形ならば欠陥品だろうと見過ごしていたのに——結局王は、その人形を愛したわ！　狂ったようにね！」

イネラドの叫びが、びりびりと空気を震わせる。リオはなにを言われているのか、そのとき初めて理解した。

リオに真名を与えて、自分は死のうとしたルスト。

リオを生かすためだけに、王位を譲ろうとしていたルスト。

『北の塔』にまで追いかけてきて、リオが死んでも、もう一度土人形を作ろうとしていたルスト。

……王としては狂っている。

狂わせていたのは、リオ。なによりも、リオの中に流れるエラドの血。と、魂。

それが、ルストの眼を眩《くら》ませていた……？

一瞬で、奈落に突き落とされるような心地がした。自分の存在を害悪ではないかと、何度も思ったことがある。けれどこれほどはっきりと、突きつけられるとは思っていなかった。

「……だとしてもっ、我が主を傷つけていい理由にはなるものか——！」

そのとき、黙っていたトゥエラドが怒号をあげた。瞬時に大聖堂の天井近くまで伸び上がる。

リオは見た。長い裾がはためき、その下に続く、太い蛇の胴体を。

ハッとする。

いつも車椅子に乗っていたイネラドも、椅子に座し一度も立ち上がらなかったセネラドも。

もしや、と思う。

トゥエラドが長い尾を鞭《むち》のようにして振るい、姉を攻撃する。叩きつけられるかに見えたイネラドは自身も伸び上がり、同じ蛇の尾で妹のそれを弾いた。

「トゥエラド、よく見なさい。私に刃向かうと、お前の主がどうなるか」

「う、うう……」

イネラドが言った途端、リオの腕の中でエラドが苦しそうに呻《うめ》いた。

「エ、エラド！」

治癒しようと手を胸に掲げても、無駄だった。そればかりか信じられないことに、エラドの胸に刺さった剣が、より深く、エラドの心臓を刺そうと蠢《うごめ》いている。

「……っ、イネラド……っ、貴様……っ」

「あれはウルカの神力でできている。エラドと契約しているお前にも、エラドの血から作られているリオにも、どうにもできないもの。お前がおとなしくするというなら、これ以上エラドを苦しめないわ」

トゥエラドは、今にもイネラドを殺したそうに激しい憎悪の表情を浮かべている。だが、手出しできないようだ。ぶるぶると震えながら、攻撃をやめた。

イネラドはそれを見ると、すっと下へ下り立ち、服の裾を引きずって、リオのそばまで来た。リオはもうわけが分からず、ただ絶望だけを感じて、イネラドを見上げた。

使徒候補として、初めて王都に来た日に会った——優しい右宰相。

ずっと、イネラド・ラダエのことをそう思って見てきた。ベトジフに嫌味を言われても、宰相府を正常に動かし、ルストの右腕として仕事をする彼女を、尊敬してもきた。

事実、イネラド・ラダエは誰よりも、この国を思っているのだろう。

「リオ。あなたは賢いから分かるわね。自分の存在がいかに、この国と王にとって有害か。陛下があなたのためになにをしたか、覚えているでしょう」

リオは唇を震わせた。

——陛下は、あなた一人のためにこの国を滅びの危機に追いやったわ。

イネラドが、静かに言う。

「あなたに真名を与えた。もし完全に契約が書き換わっていたら？　ウルカは殺されて、この国は滅んでいた」

それから、あなたに王位を譲ろうとしたのも同じ、とイネラドが言い含める。

「魔女の襲撃の惨事が片付いていないうちに、あなたを追いかけて『北の塔』にまで行ったわ。陛下は素晴らしい為政者だけれど、何度も過ちを犯している。そのすべては……あなたが理由よ」

胃がむかつく。吐き気がする。イネラドの言葉が、リオの心に突き刺さって痛い。

そうだ、としか言えなかった。なにもかも、そのとおりだった。

「……ルストは、俺が死んでも、善い王になる、と……約束、して、くれました」

声が喉に絡みつき、上手く出せない。言葉がつっかえる。

それでも、自分の信じていることを言う。イネラドは、悲しそうな顔をした。

「いいえ、また過ちを犯すわ。あなたはね、リオ。エラドが作り直せば、今までの花嫁たちと同じように王と同じ時間を生きられるの」

陛下も、いずれそれに気づくでしょう、もう気づいているかもしれない、とイネラドは言う。

イネラドは微笑んで、首をかしげた。

「幸い、エラドはあなたが連れてきた。あとはエラドに力を取り戻させれば、問題なくあなたを作り直せるでしょう。陛下は、なにをするかしら?」

分からない。

いや、分かる。分かった瞬間、全身から血の気がひき、絶望に心を襲われた。

トゥエラドを殺せばいいのだ。

エラドが本来持っている力の半分は、トゥエラドにあるのだから。

彼女を殺せば、エラドは力を取り戻す。そしてルストに請われれば、エラドはリオを作り直すだろう……。たとえ、四百年寄り添ってきた己の家族とも言えるような少女を殺した相手だとしても、エラドは、けっして人間を憎めないから。

（……ルストはそんなこと、しない。しないはず……）

そう信じたい。けれどリオは知っている。ルストの激しすぎる愛情を。

国民を裏切り、リオだけを生かそうとした王であることも。

（ルストは――やるかもしれない）

なにもかもが壊れていく。エラドとウルカを引き合わせて、問題を解決したら。

残りの時間を素直に生きていくつもりだった。

けれどルストが、リオの作り直しを思いついてしまえば……。イネラドが、あえてそれをルストに伝えてしまう可能性もある。今度こそ確実に、エラドを仕留めるための罠《わな》を張ったうえで。

（俺には、ルストを止められない）

そう、気づいた。

「俺は……どうすれば？」

どうしたら、エラドも、トゥエラドも、助けられるのか。

絶望の中問いかけた言葉に、イネラドがにっこりと笑うのが見える。

「いい子ね。じゃあ、エラドと一緒に、死ぬまで深い場所にいなさい」

トゥエラドの絶叫が聞こえた。

眼の前が昏くなる。リオはエラドを抱えたまま、深い深い穴蔵の中に落ちていた。

光すら差し込まない。一寸の隙もない暗闇。

ただエラドの胸を刺す剣だけが、銀色に光っている。

大聖堂の下なのか、それともまったく関係ない場所なのかすら分からない。

上も下も右も左も、リオとエラドがいる空間を除いて、触れてみても、出口すらないただの壁だった。

狭い長方形の箱の中に、リオは倒れたままのエラドと一緒に、閉じ込められていた。

十一　闇と光

暗い穴蔵の中、リオはまんじりともせずに座り込んでいた。エラドは息も立てず、人形のようにぐったりと眠っている。リオはその体を抱えたまま、けれど起こす気力ももうなくなっていた。

エラドと自分が地上に出てゆけば、それはフロシフランの破滅を意味するのかもしれない。

（……花嫁は性質もエラドに似るって言ってたっけ。エラドは……慈愛の神。その性質に似たら、たしかにどんな人間でも許し、受け入れ続けるだろうな……）

——慈愛のために知恵が踏みつけられる国になる！

イネラドの叫びが、耳の奥に残っていた。

——愛してしまうのよ！　フロシフランの王は花嫁を、狂ったように愛するのよ！

（俺がルストを愛したのも、俺が……エラドの魂に近いから？）

だとすると、ルストがリオを愛したのも、同じ理由だろうか。

愛の理由がどんなものでも、別に構わなかった。魂が近いから愛し合ったのだとしても、リオの気持ちはリオのものだからだ。ルストを愛したことに後悔はないし、その愛に一点の曇りもない。

けれど、愛のためにルストが誤るのだとしたら、そばにいてはいけなかったのではないかと、思ってしまう。

――やっぱり、生まれてきてはいけなかったんだ。

リオの心に、暗い影が差し込んでくる。苦しみですらない、深い深い絶望だった。

この穴蔵から出ようという気持ちすら湧かなかった。闇の中、いずれ寿命が尽きれば、自分は土塊に返るだろう。眼の前でユリヤが死んだとき、遺体すら残らなかったように。

心臓だけでも残るなら、せめてエラドに吸収されて彼の力になりたいけれど、ウルカの剣を胸に埋め込まれたエラドに、どれだけの助けになるかは分からない。

（……契約書、右宰相様が、持ってたのかもしれない）

ふと、そう思う。

暴けばよかっただろうか？　でも、どうやって？　エラドがいなければ、魔力を操作して戦うこともできないのに。

――もう自分のことを、無価値だとか、生まれてきてはいけなかったとか、考えないようにしようって決めたのに……。

自分でも、自分を滑稽に思う。乗り越えたつもりの悩みだった。それなのに、イネラドに強く存在を否定された途端に、自信がなくなった。

リオに真名を与え、自ら死んでまで命を与え、リオが死ねば新しい土人形を作ろうとしていたルスト。王として、何度も過った判断を下している。

その原因が、単純な愛によるものではなく。

ウルカの王が、エラドの花嫁のために狂ってしまうという、変えることのできない運命が理由なのだとしたら……。

(俺は……これ以上ルストに、過ちを犯させたくない……)

——ルストに生きていてほしい。賢明な王である、彼本来の姿として……。

そこに自分の存在は必要ない。

リオの心が暗くよどむ。自分を取り巻く闇と渾然《こんぜん》一体となり、同化してしまったのではないか。そう思うほど、リオの意識はおぼろげになっていった。


どれほどの時間が経《た》ったのだろう。

ルストたちは、教団員をきっともう制圧しているはず。

イネラドとトゥエラドはどうなったのだろうか。

じっとしていると、リオの意識は時折混濁し、寄り添っているせいなのか、エラドの記憶が混ざることがあった。

何度めか、エラドの記憶が脳裏をよぎる。

それは、神々の山嶺《さんれい》に初めて赴いてきた、流民たちの旅団の記憶だった。

フロシフランという王国が築かれる、最初の一幕。

その中でリオが見たのは、ラダエ三姉妹の誓いの儀式だ。

旅団の代表が、神々の加護を王国に授かるのだから、この巫女《みこ》たちは神々に尽くすことを誓約させると言う。

ウルカは不機嫌そうに、『いらぬ。誓約するのなら、我々にではなく、他のものにしろ』と冷たく突き放していた。

――リオはこれらの記憶を見ながら、自分の意識が、エラドと混ざっているのを感じた。

あのときは、とエラドを通じて、リオは思い出している。

（三姉妹はまだ、ただの人間だった……）

彼女たちが望むのなら叶《かな》えてあげようと、言い出したのはエラドだ。

そうして話し合われ、当初から堂々としていた長女がウルカとエラド両方から。まだ初々しかった次女がウルカから。初めて見る神に怯《おび》えて、震えていた三女がエラドから。力を授かることになった。

セネラドは、ウルカとエラド両方から祝福を受けたあと、こう言った。

──『ウルカの神とエラドの神の神力をお借りし、中立に立ち、国の知恵と慈愛のため、己の領分を忘れることなく、この国の始まりから滅びまでを見届けることを誓います』

対してイネラドが誓ったことは？

──『ウルカの神の神力をお借りし、この国の王家と国家のため、繁栄を約束し、己のすべてを捧《ささ》げることを誓います』

……そうか。あの子はあんなふうに誓っていたな。ならば、神を追放するくらいのことはやるだろう。

最後に浮かんだのは、トゥエラドだ。青ざめた顔で怯えながら紡いだ誓約は、たどたどしかった。

──『エラドの神の神力をお借りし……この地の愛と慈悲のため、エラドの神の幸福のために、働くことを……誓います』

あんなふうに、誓わせなければよかった。

エラドの気持ちが、リオにも分かる。

あんなふうに誓わせなければ、トゥエラドは大勢の人を死に追いやってまで動かなかっただろう……。

──僕は、愚かな神だ。ウルカと分かたれては、いけなかったんだ。

（俺も、生まれてはいけなかった。……生きる意味なんて、最初からずっとなかったのに）

なぜまた一瞬でも、わずかな日々であれ、生きていてもいいと自分に許してしまったのだろう――？

セスとユリヤの死から学び、自ら己の生を肯定したことを、間違いだったと思いたくない。それでももう一度生きたい、生きてもいいと自分に許すことができそうにない。

（生まれなければよかった。……俺には、この世界を生きる価値が、やっぱりなかったんだから……）

暗い闇に思考が沈み、がんじがらめに囚《とら》われていく。

そのとき脳裏の奥で、ふと、声がした。

――ちゃんと生きたいんでしょ。諦めちゃ駄目。

そんなふうに叱《しか》ってくる、ユリヤの声だった。

――自分の命を無価値だと決めるなんて、リオは愚かだよ。

厳しく叱責《しっせき》してくる、セスの言葉も聞こえた。自分をじっと見つめてくる、親友の緑の瞳も、見える気がした。

（……諦めたくない）

胸の奥、どこかに灯《とも》る、わずかな光を感じる。

淡く、弱々しく、今にも消えそうだけれど……それでも得がたい願いの光だった。

（俺はまだ、生きたい……！）

暗闇の中、はっきりとそう思った。

そのときだった。


突然強い光が、眼の前で弾《はじ》けた。

網膜を焼かれたように眩《まぶ》しく、眼をつむる。

そして次の瞬間、自分を呼ぶ声に気づいた。

「リオ！」

リオは、眼を開けた。真っ白な光を背景にして、ルストが立っているのが、かすんだ視界に映る。ルストはリオのほうへ身を乗り出し、手を伸ばしている。

「リオ、来い！」

これは幻だろうか？

そう思いながら、リオは恐怖を感じた。

駄目だ。行ってはいけない。ルストの手をとっては駄目。

力なく、首を横に振る。

――行けない。ルスト。俺は、あなたを間違わせる存在だから。

夢だとしてもルストの手を取れなかった。けれどそのとき、ルストがもっと身を乗り出してきて、リオの腕を摑《つか》んだ。摑まれた腕が痛いほどに、その力が強い――。

そうしてルストは言った。

「生きることに意味なんてなくても。この世界には、生きる価値があるんだろ……！」

瞬間、ルストの青い瞳が、強い意志に溢《あふ》れた眼差《まなざ》しが、リオの眼を覚ました。

「セスが言ってたんだ。間違いなわけがない！」

ルストは言いきった。

リオの眼から、突然、どっと涙がこぼれ落ちる。

――生きることに意味なんてないけれど。この世界には、生きる価値があるよ……。

セヴェルの寺院で初めて目を覚ましたときに、セスが教えてくれたこと。

この世界の、たった一つの真実。

それだけを信じて、リオは生きてきた。

それを今、ルストが認めてくれるのか。ルストがもう一度、リオに同じ言葉をかけてくれるのか――。

「ルスト……！」

気がつくと立ち上がっていた。ルストがリオを、ぐいと引き上げる。エラドは羽のように軽く、リオにくっついてきた。

ルストはリオの腰を抱き、エラドの体をそっと、隣に立つ男の胸へと押し出した。

その男は、まるで鏡映しのように、ルストそっくりの容姿だった。リオは驚き、眼を見開く。

(誰……？　ルストがもう一人いる……っ？)

瞬間、リオの脳裏によぎる記憶があった。いつか見た、エラドの記憶の中——エラドと一緒に戯れていた男。

(もしかして、ウルカ……っ？)

なぜだかはっきりと、確信した。

その男の体に触れた途端、エラドの胸を刺していた剣が、分解されたようにふわりと消えていく。そうして、エラドは眼を覚ました。

「エラド？」

見知らぬ男が、エラドに言った。顔をあげたエラドの眼に、みるみる涙が浮かび、頬をこぼれ落ちていく。

「……ウルカ」

「ああ……見えなくても、感じる。この魂は、エラドのものだ」

ウルカと呼ばれた男が、この世の愛のすべてを詰め込んだような笑顔で——エラドを見つめている。

(なにが……どうなったの？)

強い光は消えていった。リオを捕らえていた闇もなくなり、いつしかそこは、大聖堂の中に戻っていた。リオはルストに半ば抱かれるようにして、そこに立っていた。

トゥエラドが、ぽかんとした顔でこちらを見ている。石像のそばに立っているイネラドは、愕然《がくぜん》としている。

「陛下……なにを……なにをなさったのです！」

イネラドが叫ぶ。彼女の顔は、真っ青を通り越し、土気色になっていた。その眼には、激しい怒りと憎悪が浮かび、ルストとウルカを見据《みす》えている。

「なにって……破棄したんだ。この契約を。ついさっき」

ルストが胸元から、一枚の巻紙を取り出した。リオは悟った。ルストが破棄したのは執務室で見た、ウルカと王の契約だと――。

しかしそれはもう既に、真っ二つに裂かれていた。

眼を見開くイネラドの眼の前に、ルストは破いた契約書を投げ出した。切り裂かれた契約書は床に落ち、まとっていた黒と紫の光も失われていく。

イネラド・ラダエはぎこちない不自然な動きで、そっと、自分の服の裾をあげた。

ゆっくりと上がっていく裾の下から現れたのは、蛇の胴体ではなく、二本のすんなりとした足だった。

「あ……ああ……っ、あああああ！」

イネラドは狂ったように叫び、頭を抱えて床に伏せた。大聖堂の床に這《は》いつくばって、なにかを探すように必死に撫《な》でさすっている。

「ない……ない……神脈がない！」

絶望に顔を染め、床を這いずり回るイネラドは服も顔も埃《ほこり》にまみれて汚れていく。リオはイネラドの様子に狂気を感じて、ルストの隣に立ったまま、息を飲み込んだ。

一方で、自分でもイネラドの言葉に衝撃を受けた。

（神脈が消えてる……？　ウルカの神力の恵みが、フロシフランにはもう、ないってこと？）

――この契約は国王側から破棄できる。ただし、契約破棄はエラドの神、またはエラドの神の眷属《けんぞく》である花嫁が望んだ場合に限る。そのとき、国王は王家に連なるすべての神力をウルカの神にお返しし、これまでの契約のすべてを無効とする。

契約書にあった文言を、思い出す。

契約を破棄するときは、ウルカから与えられたすべての恩恵が、王からも国からも消えるという意味だった。

（ルスト……ルストは、ウルカをここへ連れてくるために、神力のすべてを……ウルカに返したんだ……！）

心臓が、どくりと音を立てた。

そんな大きな賭《か》けを、もし民衆に知られてしまえば反乱が起こり、玉座から引きずり落とされる可能性すらある決断を、ルストが一人で下したのかと思うと、そのことの大きさに体が震えた。

　思わず、問うようにルストを見上げていた。冷めた眼差しでイネラドを見ていたルストが、その気配に振り返り、リオと眼を合わせる。

「……ルスト」

　リオは自分で思う以上に切羽詰まった声を出していた。

「契約破棄をして……よかったの？　フロシフランが……滅ぶことになったら」

「そんなに簡単に国は滅ばない。それに、これが最善だった」

　ルストは落ち着いていた。まだ不安なままのリオに向かって、静かに微笑《ほほえ》んでいる。

「……考えていたと言っただろ。お前の死を受け入れようと決めてから、俺は善き王として生きなければと……リオ、お前が俺なら、きっと同じことをしたはずだ」

　言われて、リオは息を詰めた。そのとおりだと思った。もしリオがルストの立場なら、躊躇《ためら》いなく契約を破棄しただろう。竜の加護に甘えて、国作りをしても意味などないと考え、これが正道だと信じて決行したと思う。

「俺は一番正しい選択をしたと思う。褒《ほ》めてくれるか……？」

　ほんの少し、甘えたような表情をしたルストに、笑いかけた。もちろん、と言おうとしたそのときに、「陛下！」とイネラドが金切り声をあげた。

「なんということをなさったのです……やっぱり同じだわ！　ウルカの王は、花嫁の愚かな望みのために、国も民も裏切るのよ！」

床に這いつくばったまま、イネラドが怒声をまき散らす。頭をかきむしり、美しい黒髪が乱れに乱れた。その眼は血走り、全身は怒りにわなないている……。

ルストは一歩、イネラドに近づいた。

「ラダエ。最初に裏切ったのはお前だ。少なくとも、二柱《ふたはしら》の神を引き裂いたりしなければ、こんな結末は迎えなかった」

威厳に満ちた声は、神力を失ったはずの今も変わらなかった。

ウルカの力がなくとも、ルストは王のままだと、リオは感じる。

王は王。なにを持っているかではなく、その立場に立ったとき、王たらしめるなにかを持つ者だ。

「エラドを縛る契約書と、ウルカの共鳴鱗《きょうめいりん》。お前が持っているのだろう」

ルストの言葉に、イネラドがほんのわずかに、瞳を揺らした。

「今、ここに出せ」

厳かな、けれど有無を言わせないその命令に、イネラドはなにを感じたのだろうか。ぶるぶると震えながらルストを睨《にら》んでいたが、けれど結局、胸元に手を入れて、小さな小瓶《こびん》を二つ取り出した。

ルストがそれを奪い、小瓶を開ける。途端に瓶は消え、銀の光をまとう巻紙と、黒い鱗《うろこ》が現れる。

リオは張り詰めた気持ちで、それを見つめた。契約書の中身をざっと読んだルストは、リオに向かってそれを差し出してくる。

「リオ。確かめてくれ。そして、お前の手で破棄しろ」

リオは恐る恐る、その紙を受け取った。トゥエラドと、エラドの視線をひしひしと感じながら、中身を確認する。夢で見た、エラドの結ばされた契約と、同じものだった。

リオはすうっと息を吸い込み、ゆっくりと吐いた。

心臓が、どくん、どくんと鳴っている。

けれどやるべきことは、たった一つだった。

「この契約……破棄します」

そうはっきりと宣言する。

不安そうにリオを見ているエラドを振り返り、力強く頷《うなず》く。黙り込み、ただじっと事態の成り行きを見ているトゥエラドにも、ちらりと視線を合わせる。

それから、リオは契約書に手をかけて、勢いよく、二つに引き裂いた。

「ああ……」

イネラドだけが、その瞬間失望の声をあげた。

契約書が破けた瞬間、リオの体からなにか熱源の一部が、ごそっと動き、抜けていったような感覚があった。そのせいで体がよろけると、すぐさまルストの腕が伸びてきて、腰を支えてくれる。

リオの体から動いたなにかは、一瞬でエラドに吸い取られていくのが、眼に見えなくても分かった。エラドもそれを感じたのか、ハッとしたようにリオを見る。

(花嫁の力のうち、余剰分がエラドに戻ったんだ)

リオはそう感じた。エラドの力の半分を花嫁に差し出すという契約を破棄したことで、一番最初にエラドが花嫁を作り出したころの花嫁と、リオは同じ力の配分になったのだろう。力を取り戻したエラドの姿が、音もなく、リオそっくりの少年の姿に変わっていく。

「ウルカ、これをお返しする」

ルストが黒い鱗を、ウルカに差し出した。ウルカが鱗を受け取ると、それは、彼の手の中で幻のように消えて、黒い光がウルカの体に吸い込まれていった。

その瞬間——。

「エラド!」

ウルカが、腕の中のエラドをしっかりと見つめ、抱きしめ返した。

「ウルカ、僕の姿が見える?」

「ああ。ああ……会いたかった——」

二頭の竜は、ルストとリオそっくりの姿で抱き合っている。自分たちの姿を見るようで照れ

るかと思ったけれど、そんなことはなかった。リオは心から安堵《あんど》し、息をついていた。

自分の一番大切な役目が終わったことを感じる。

寄り添い合い、抱きしめ合っている二人は、ようやくあるべきところへ戻ってこられたように見えた。

そのとき、ずっと身じろぎ一つしなかったトゥエラドが動いた。ゆっくりとエラドに近づき、そして、エラドの眼の前で短剣を取り出した。

「……っ」

一瞬構え、助けに入ろうかと体に力を入れたリオだが、ルストに「待て」と囁《ささや》かれた。瞬間、トゥエラドは自分の手のひらを短剣でざくりと切り裂いていた。

彼女の白い手のひらからは、血が落ちていく。床に広がる赤い色を見ても、トゥエラドは落ち着いた様子で、エラドに向かって手を差し伸べた。

「……主神よ。長い間、あなた様を苦しめたことをお許しください。私が奪ったお力を、すべてお返しいたします」

呼びかけに振り向いたエラドは、痛ましげにトゥエラドを見た。けれど毅然《きぜん》とした表情のトゥエラドに、なにか思うところがあったのかもしれない。

「……ありがとう」

ただそれだけ言い、捧げられた手のひらの血に、口づけた。

不意にトゥエラドの体から黒と紫の光がこぼれる。

その光は、すべてエラドの中に吸い込まれていく。

リオには、エラドの顔が神々しく輝きを増し、全身に生気が漲《みなぎ》っていくのが、なぜか見えるような気がした。

力を返し終えたトゥエラドは、「主神」と、エラドに囁きかけた。

「私は、少し疲れました。つかの間、御前、下がらせていただきます」

エラドはなにも言わなかった。労《いたわ》りに満ちた優しい眼を、ただトゥエラドに向けているだけ。トゥエラドは踵《きびす》を返すと、リオとルストの前に立った。

「教団員たちの反乱と洗脳の首謀者として、捕らえたいならば捕らえよ。用がないのなら、私は主神が私の契約を破棄されるまで、地下に眠っている」

リオはルストがどんな裁定を下すのか分からず、緊張した。憎い魔女が相手だから、すぐさま牢獄《ろうごく》行きだろうか。

しかしルストは首を横に振り、静かに伝えた。

「今回の反乱の罪は、イネラドにある。お前に罪はない。……だが、三年前までの戦争の罪はある。もっとも、王家にも罪はある。追って沙汰《さた》を出す。呼び出しに応える気があるのなら、地下でも街でも、好きな場所で休むがいい」

リオはルストの寛大すぎる判断に驚いて、つい振り仰いでしまった。トゥエラドも同じ心境なのか、眼を瞠《みは》ってルストを見ている。

「……すまなかった。今の王家は知らなかったとはいえ、かつての王家はイネラドと共謀してお前とエラドを陥れた。とはいえ、お前が戦犯であることは確かで、その点では、俺はお前を許していない。だが」

ルストはわずかに眼を伏せ、静かに呟《つぶや》いた。

「リオと出会わせてくれた。……謀略だったとしても。それについてだけは、感謝している」

たった今、この瞬間だけは、ルストは王としてではなく、ただのルストという人間として話したのだと、リオには伝わってきた。胸が熱く、切なくなってくる。

そして同時に、イネラドに簡単に陥れられた、己の浅はかさを悔いた。

――きっと、リオを作り直す方法があると知っても、今のルストなら手を出さなかっただろう。

そう思えた。一瞬でもイネラドの言葉に惑わされ、心弱くなり、閉じこもることを選んだ自分を、情けなく感じる。

やがて小さく、トゥエラドが笑う。自嘲《じちょう》を込めた笑みは、可憐《かれん》な少女であるトゥエラドの姿を、老成させて見せる。トゥエラドの瞳には、ただならぬ疲労が滲《にじ》んでいた。

「そうか。ハラヤも、お前のような男だったなら……花嫁を、殺さなかったのかもしれないな」

ぽつりと呟いたあと、トゥエラドはリオを見た。

「……リオ。お前の勝ちだ。……主神の幸福を取り戻したのは、ウルカの王とお前だ。……私は召喚があるまで、おとなしくしていよう」

呼び出しはエラドに託してほしいとだけ言うと、トゥエラドは長い裾を引きずって、大聖堂を出て行く。その姿はやがて、空気に溶け込むようにすっと消えていった。

そのとき朝日が、崩れた天井の向こうから差し込んできた。

同時に陛下！　と叫ぶ声がして、大聖堂の中に騎士や、アラン、フェルナン、ルース、ゲオルクが駆け込んでくる。

「教団員たちの制圧は終わりました！　人姿の者は生け捕りにしてあります。騎士たちも全員目覚め……それより、先ほどウルカの竜が王宮より飛び立ち、大聖堂に舞い戻ったと伝えられたのですが……」

騎士団長が進み出てきて、白い竜の姿を探すようにあたりを見回した。ルストは構わず、

「教団員たちを王城へ侵入させ、混乱を招いた首謀者はイネラド・ラダエだ。貴族牢に繋《つな》げ！」

強い声で騎士たちに命じた。

彼らは床にくずおれたままの右宰相を見て、一瞬戸惑った顔をしたが、ルストに睨まれるとすぐにイネラドを引っ立てていった。イネラドは放心しているようだ。抵抗もなく、ほとんど

引きずられるようにして、大聖堂を出て行った。

「急に俺たちの神力が消えたんだが、どういうことだ⁉」

ゲオルクが困惑したように声をあげる。他の使徒たちも、同じように狼狽《ろうばい》していた。

（ルストが契約を破棄して、使徒の力も消えたのか……）

リオは不意に、そのことに思い当たる。

「なにがなんだか……ルストが突然竜の姿で出て行ったと思ったら、あれは？」

アランが眼を白黒させて、寄り添うウルカとエラドを見やる。

ルストが説明しようとしたのか、口を開いたときだった。

竜の鳴き声が、空高く響いた。ハッとして振り返ると、ウルカとエラドはきらめきながら二頭の竜に姿を変えていく。巨大な体は大聖堂の中でも窮屈そうで、二頭は一瞬頭を下げると、ルストとリオの体を鼻先ですくい上げるようにした。

リオはエラドの鼻先から、ごろごろと転げ落ち、やっとしがみついた場所が首だった。

瞬間、エラドは一気に飛翔《ひしょう》していた。

「わ、エ、エラド……！」

わずかな時間、風圧を感じた。けれどすぐに、まるで空気の中を自在に泳ぐかのように体はふわりと軽く感じられる。そしてリオは眼にした。

自分がエラドの首元に座り、空を飛んでいること。すぐ隣に、同じようにウルカの首に座ったルストがいること。ウルカの首元に、黒い鱗が戻っていること。

眼下には、朝日に照らされる美しい王都と王城が見えること――。

二頭の竜は共鳴し合うように鳴いた。

王宮からも街の家々からも人が飛び出してきて、寄り添って飛ぶ、二頭の竜を見上げて声をあげる。

「あれは？」

「ウルカの神様？　もう一頭は？」

「あれも、神様じゃないか？」

エラドが先に、美しい黒と紫の光を、人々の上にこぼしていく。エラドが促すように、ウルカの顔に自分の顔をこすりつけると、ウルカもまた、銀と青の光を、街と王宮へ降らせた。

――『我々二柱の神からの祝福である』

ウルカが言うと、その声は人々の耳に届いたらしい。わっと歓声があがった。二頭の竜は舞うように飛翔して、王都を過ぎ、北へ、南へ、東へ西へ、あらゆる土地を巡り、祝福を施した。

それはほんの一刻《いっとき》足らずの間のことで、二頭の竜は、フロシフランの隅々まで祝福を与え――リオは狐につままれたような心地で、それをただ眺めていた。

ルストも同じなのかもしれない。気の抜けた顔で、神々の与える祝福を見つめている。

最後の村にまで祝福を与えてから、竜たちは王都へと戻っていく。帰り道、一度祝福を与え

た街や村の上を通ると、

「白い神様と、黒い神様！」

「二柱の竜の神様！」

と歓喜し祈る声があがった。

ほんのわずかな時間で、エラドは神として人々に認められ、知れ渡ったのだ。

リオはそのことが、心から嬉《うれ》しかった。

ずっと忘れ去られ、地下に繋がれて、一部では邪神のように言われていたエラドが——。

正しく、フロシフランを長年守ってきた神であると、やっと人々に伝わった気がした。

ルストと顔を見合わせると、ルストもまた、リオを見て微笑んでいた。

この地から神脈は消え、フロシフランはウルカの加護を失った。これからは、人間だけの力で生きていかねばならないだろう。

ルストは責任を問われるだろうし、力を失った『使徒』は解散になるかもしれない。王家にはきっと大激震が走るだろう。ルストは王の立場をなくす可能性だってある。

先のことを思うと喜んでばかりもいられない。

それでも今はただ、ウルカとエラドの解放を、そしてこれが最後になるかもしれない神からの国と民への祝福を、喜んでいたい気持ちだった。

——『フロシフランの王と、そして花嫁よ』

王都に続く大河の上を飛んでいたとき、不意に、それまでルストとリオの存在を忘れたかのようだったウルカが話しかけてきた。

それはリオの鼓膜そのものに響き、空気の振動なのか、それとも音なのかすら分からない、不思議な声だった。

優しげなエラドと違い、威厳のあるウルカの声音に、リオはどきどきと耳をそばだてた。

『エラドが、お前たちの献身に贈り物をしたいと言っている』

ウルカの言葉にリオは固まり、ルストを見た。ルストも、困惑したような顔をしている。

エラドの贈り物とはなにかを理解しないうちに、二頭の竜は王都へ舞い戻っていた。大勢の人々が道に詰めかけ、空を見上げて二柱の竜を称《たた》えた。

手を振り、「ウルカ様、エラド様！」と叫ぶ声もある。

エラドの名前をどこで知ったのか、わずかながらでも人々の間でその名前が残り、語り継がれていたのか。

二柱の神は、優美な飛翔で王都を一回りすると、ゆっくりと広場に下りていく。王城からは、第一騎士団や高位文官たち、『使徒』たちと、エミルもが、広場に駆けつけてくる。

舞い上がったときとは違う、ゆっくりとした速度で空から下りていく竜の姿は、神秘的で、まるでいにしえの神話が、眼の前で繰り広げられているかのように見えるだろう。

やがて街の広場に二頭の竜が下り立ったとき、そこにはこの都で暮らす老若男女の市民たちに加え、王宮の要職にある人々がみな集い、節度ある距離を置きながらも、感動の面持ちで神々を取り囲んでいた。

下りてくるまではウルカとエラドの名を呼んでいた人々も、竜たちの放つ厳かな空気に圧倒されたように口を噤《つぐ》んでいる。

リオとルストはそんな中、二頭の竜の背から滑り降りた。

人々の期待を含んだ眼差しが、痛いほどに頬に突き刺さるのを感じて、リオは緊張した。

『使徒たちよ。来るがよい』

不意にウルカが呼び、戸惑った顔で広場に集まっていたアラン、フェルナン、ルース、ゲオルクが馳《は》せてくる。

四人がリオとルストのそばに立ったところで、空気が振動し、銀色の光が広場にいる人々のすべてを包み込んだ。

そして王都まるごとが、空気すら止まったかのように静まりかえった。

「……っ⁉」

リオは驚いて周囲を見回した。光に包まれた人々が、微動だにしなくなり、まるで時が止まっているかに見えるからだ。

『エラドが、話し合いが必要だと望んでいる。この話を、民たちに聞かせて心を痛めさせたくないとも。だからしばらくの間、ここにいる者たちの時を止めた』

ウルカが静かに言う。広場に集まった市民や騎士、文官たちはものすごい数だ。そのすべての人の時を操ってしまうなど、神の力はこれほどに絶大なものなのかとリオは圧倒された。それはルストや、アランたちも同じ感想のようで、驚きを隠さずにあたりを見回している。

「一体全体、どういうことなんだ？　急に神力が消えるわ、神様がそろってるわ」

ゲオルクが、神の前でもいつもの調子でぼやいた。

ルストはそれに振り返ると「ゲオルク。……ルース、フェルナン、アラン」と、『使徒』たちの名前を呼んだ。それから、深く頭を下げた。

「すまない。リオとエラドを救うため、ウルカを連れてくる必要があった。だから……契約を破棄して、俺に与えられていたすべての神力を、ウルカにお返しした。お前たちの神力も、そのときに消失している」

言われたことに、ゲオルクが口を開けたまま驚いている。ルースも眼を瞠ったが、フェルナンはなんとなく予想していたのか、特に反応しない。アランに至っては「やっぱりな」と呟いた。

「……ということは、フロシフランからは今、ウルカの力のすべてが消えたってことですか？」

「そうなる」

ルースの疑問に、顔を上げたルストが頷いた。

数秒、衝撃を受けたような沈黙に、その場が硬直した空気を孕《はら》む。

けれどすぐに、アランがため息をついて、「まあ、こうなると思ってたよ」と言ったので、場の緊張が少し緩んだ。

「アランは……予想してたの？」

リオは思わず訊《き》いてしまった。いくらアランがルストの性格を熟知しているにしても、王国全体を揺るがすようなことを、こうも簡単にルストがやるとは、リオですら驚いている。

けれどアランは肩をすくめ、

「あの契約書の内容を見た時点で、いざとなったらルストなら破棄するなって。お前たちもちょっとは思ってたろ？」

アランが水を向けると、ルースは深く息を吐き出し、「たしかに」と肯定した。

「まあ、神力がねえのは残念だが、俺はなくても戦えるぜ。陛下が決めたなら受け入れる。エチェーシフ家は忠誠を誓った主《あるじ》の決断にまで口出しする主義じゃねえ」

ゲオルクは神力が失われた事実をも飲み込んだらしく、さっぱりとしていた。

フェルナンは咳払《せきばら》いし、「もう既にことが為《な》されたことなら、忠告の意味はありませんね」とルストに向き合った。

「問題は、フロシフランが神力を失ったことを公表するかしないか、これからどのように国政を行っていくか、です。考えねばなりません」

この先を見据えて、フェルナンは既に考え始めているような姿勢だった。

「お前たちは……俺に怒らないのか？」

ほんの数秒で神力を失ったことを受け入れた『使徒』たちに、ルストは珍しく子どものような顔をして訊いた。心の底から、彼らの気持ちが分からなくて混乱している。そんな顔だ。

『使徒』たちはみな、顔を見合わせて、それから苦笑した。

「相談はしてほしかったけどな。でもまあ、やったことは正直、好感が持てるぜ。あんな契約はクソだったからな」

ゲオルクが率直に言う。

「王としては悪手です。国のためにこらえるべきだった。……ですが、陛下がリオを切り捨て、神々の痛みを無視するような王だったなら……個人的には、信用できなくなったと思います」

フェルナンが眉根を寄せ、ため息交じりに言う。まるで自分の言葉は正しくないと知りながら、それでも言わずにはいられなかったかのような表情だ。ルースもフェルナンの言葉に、同調するように頷いた。

「それはあるよね。国を統べる者としては早計だとしても……陛下がリオや神々を見捨てたら、次見捨てられるのは自分かもと疑うようになる」

「まあ……つまりはあれだよ」

ルースの言を受けて、アランが髪をかき上げ、腰に手を当てて呆《あき》れたように息をついた。そしてルストに近づくと、その顔を覗《のぞ》き込んで王の胸をどしん、と拳《こぶし》で突く。

「俺たちは全員、お前の選んだ『使徒』だってことだ」

ちゃんと覚えておけよ、とアランが言う。ルストの青い瞳が見開かれ、揺れた。その顔に一瞬だけ、泣きそうな色が映る。完璧な主君であるルストが、リオ以外の前で、ほんのわずかでも弱さを見せたのは初めてのことのように、リオは感じた。

ルストはアランを見、それからフェルナンを、ルースを、ゲオルクを見た。そうして、頷いた。

「……助かる。お前たちを選んだこと、心から誇りに思う」

ルストの、ややかすれた声に、リオは胸が熱くなっていく。

ルストは今まで、王としてはほぼ完璧だったけれど、『使徒』たちとつながり、絆《きずな》を築こうとすることはなかった。リオに譲位するためだったからだとはあとから分かったし、そもそもこの場にいる四人は、感情的な理由で主君に仕えているわけではないから、ルストがどういう態度でもいいのだろうと思ってはいた。

けれど、ルストの立場が崩れそうな今、四人がはっきりとルストを支持したこと。

仕えるべき主に、ルストが相応《ふさわ》しいと誰もが疑っていないこと。

ルストの、王としては過ちとも言える行為に――けれど、そうすべきだったと肯定してくれていること。

そのすべてが、リオにとっては嬉しかった。いつか願っていたとおり、やっとルストと『使徒』たちの間に、たしかな絆ができようとしている。そう思う。

そのとき、

『……ウルカの王。僕はきみにも贈り物をしたいと思っているんだ』

優しい声が、頭上から響いた。

黒い竜姿のエラドが、すみれ色の眼を和やかに細めている。リオはそんな竜を振り返った。ルストやアランたちも、ウルカとエラドを見上げる。

『さあ、ウルカ』

エラドがそっと、ウルカを促す。ウルカは一度渋るように眼を閉じたが、やがてひたりとルストを見据えた。

『ルスト・フロシフラン。私はお前と、今一度契約を結び直してもよい』

その言葉に、リオも驚いたが、ルストのほうはもっと愕然としていた。今聞いた言葉が信じられないように、ただただ、白い竜を見つめている。

『契約は単純なものだ。先の巫女たちのような監視役はいらぬ。ただお前とお前の『使徒』たちに、それぞれの器が許す分だけ、力を貸す。永遠にではない。契約の破棄も、私とエラドが決めたとき、いつでも行えるものだ。そして二度と、我々はそちらからの契約を呑《の》むことはない』

「……待ってください」

ルストが、思わずというように口を挟んだ。その眼はまだ狼狽を映して揺れていたけれど、さすがは王と言うべきなのか、口ぶりは落ち着き、静かだった。

「王家はあなたを裏切った。……エラドの頼みで再契約を、という話であれば、俺には頷く資格はありません。あなたと王家との契約を破棄し、エラドに引き合わせたのは俺がリオを救いたかったからです。神々のためにやったことではない。むしろ、王としては資質がなく、責められるべき行動です」

ルストは淡々と、けれどリオのことを口にしたときだけは苦しげに、そう告げた。

リオは自分まで、ルストのしたことを背負い込んだ気持ちになって、俯《うつむ》いてしまう。ルストが独断で契約を破棄したことは、正しかったとリオは思う。けれど王として、正しかったかというと、定かではない。

王としては――おそらく、過ちだったかもしれない。

けれどその言葉に、ウルカがふと、笑ったような気配があった。

『私は王の資質に、冷徹さを求めない』

……冷徹さを求めない？

その言葉の意味するところが分からず、リオは顔を上げた。ルストはやや困惑気味に立ち尽くしている。ウルカは静かに先を続けた。

『国政にも、人の世にも興味はない。だが、もしも私が王を望むとすれば、救うべき相手のために、正しきことを行える者だ。そして周りにいる者が、支え、諌《いさ》め、信ずる王だ。過ちは誰もが犯す。……エラドが選んだのではない。私の眼の前で、お前は私との契約を破棄した。一瞬の躊躇いもなく。そのことに私の心が動かされた。力を貸してもよい。ただそう思った』

ルストは言葉が出ないようで、どこか呆然《ぼうぜん》としている。

けれどリオの心の中には、喜びが広がり、熱くこみ上げてくる。

（ルストが……ウルカに認められた……！）

王として、受け入れられた——。そのことが、自分のことのように嬉しい。アランたちもまだ驚いているが、やがて金縛りが解けたように「それなら、もう一度フロシフランは同じような体制を取れるってことか？」と互いの眼を見交わしている。

とはいえ、リオの胸には微《かす》かな懸念があった。

「あの」

どうしてもそれを振り払えなくて、一歩ウルカのほうへ歩み寄る。白い竜がリオを見て、優しく眼を細めるのが分かった。

「ウルカ……エラドの望みはあなたともう一度、一つの竜になることなんです。ルストと契約をしても、それは叶うんですか……？」

リオがおずおずと申し出ると、ウルカが小さく、笑うような気配がある。

返事をしたのは、ウルカではなくエラドだった。

『リオ、ありがとう。でもね、僕の魂は地下に落ちていた三百年の間に……悲しみのせいで深く傷ついてしまって、きみやトゥエラドから力を返してもらっても、この体にウルカと同じだけの力が馴染《なじ》むのに、まだしばらくかかってしまうんだ』

「体に力が馴染むのに、しばらくかかるって……？」

そんなことがあるのかと驚きながら訊くと、エラドはなんでもないことのように答えた。

『たぶん、二百年か、長くて三百年くらいかかる』

「え……っ」

リオはエラドの告白に、胸が軋《きし》んだ。

二百年から三百年。

それが魂についた傷が治るのにかかる時間だと言われると、リオは泣きたくなった。

言い換えれば、それだけ深い悲しみを、人間がエラドに与えたということだからだ。けれどエラドは、リオの反応を見て笑った。竜の笑い声は音ではなく、空気の振動になって、リオに伝わってくる。それはそよ風のような、優しい振動だった。

『僕は待つつもりだよ。今度こそずっとウルカのそばで。僕らにとっての三百年なんて、さほど長くはない』

お互いさえ隣にいればね、とエラドが嬉しそうに言う。

『だから……残りの二百年から三百年の間に、僕らの力がなくても民が生きてゆけるよう、王と人々と、協力していきたい。いきなり神力のすべてがフロシフランからなくなったら、それは大変なことでしょう？　でも、少しずつ減らしていって、王家のあり方も、人々の暮らしも工夫していけば、できるんじゃないかって、ウルカと話し合ったの。ウルカと一つになったあとでも、この国の人たちが悲しむ姿を、僕は見たくない』

どこまでも優しいエラドの言葉に、リオはただ「エラド……」と囁くしかなかった。

ウルカがルストを認めてくれたのは事実だろうけれど、やはり、最後にはエラドが望んだから、ウルカはもう一度王家と契約すると言い出してくれたのではないか。

傷つけられ、利用されたはずなのに、こんなふうに慈愛を与えてくれる。

リオはそんなエラドに感謝と、罪悪感の両方を感じた。

けれどウルカがそばにいるからか、エラドは満ち足りた、弾んだ声で続けた。

『それにね、ウルカの王だけが王になるんじゃない。僕はきみと契約したいんだ、リオ——花嫁としてではなく、フロシフランの、もう一人の王として。この国の行く末を、きみの王、ルストと一緒に作っていってほしい』

どういう意味だろう？

分からずに、ルストを見る。ルストもしばし呆然としていたけれど、やがてハッとしたような顔になり、ウルカと、そしてエラドを交互に見た。

「エラド……それはつまり、二王制を採る、ということでしょうか？」

二王制。

耳慣れぬ言葉だった。

「二王制とは……二人の王が、国を治める形ですかね」

フェルナンがぽつりと呟く。

（二人の王が？　待って。ウルカがルストを王として選んで……エラドは、俺を王に選ぶ。そういうこと？）

それの意味するところがなにか、リオにはまだ飲み込めない。

「……俺の理解が正しければ」

ルストが慎重に、言葉を選んでいる。

「フロシフランは二人の王をいただき、それぞれの王が、それぞれの力を継承する『使徒』と、次世代の王を選出する。そして、それは二柱の竜の神が、また一つの竜に戻るまでの間と定める……エラドとウルカが、一柱の神になったときが、本当に契約終了のときだと」

『うん。そうなると思う』

エラドがルストの言葉を肯定する。

ルストがまた、口を開く。青い瞳に、期待と不安がないまぜになった、不安定な感情が乗っている。

「それなら」

と、ルストは言って、一秒言葉を止めた。

続く声を発する前に、ルストの唇が小さく震えるのを、リオは見た。

「リオは……普通の人間の寿命を得られる。そうですか？」

リオの心臓が、どくりと大きく鼓動した。

息が止まる。アランやフェルナン、ルースやゲオルクも、呼吸を詰めたのが分かった。

一瞬の、けれど長い長い静寂。

『うん。リオは人間になる。普通の人間として、生きて、死んでいく』

エラドの穏やかな声が、まるで夢か幻のように現実味なく、リオの耳に届く。

――土人形から、人間になれる。

思ってもみなかった言葉に、ただただ呆然として立ち尽くした。

けれどルストは期待を込めてリオを振り返っている。その眼が潤み、口の端に笑みが広がっていく。

アランが歓声に似たなにかをあげた。ゲオルクも「なんか分からんが……よし！」と足を踏みならした。

「お嬢ちゃん！　生きられるって！　王になれば！」

アランがリオに駆け寄り、肩を抱いて揺すってきた。リオはよく分からず、笑っているアランを見上げ、それからフェルナンを見た。フェルナンはぼんやりしていたが、リオと眼が合うと、じわじわと微笑みを顔に広げていく。ルースもリオのところまでやって来て、リオの手を握りしめ、「よかったね！　よかったね！」と繰り返した。

「俺……でも、王なんて、俺の身の丈には……」

リオがやっと出した声は、弱々しく、かすれていた。

「なに言ってるんだ、十分王の素質はある」

アランがすぐさま、リオの言葉を否定してくる。

「でも、二王制って……民たちが、国が乱れるかも……」

「そうならないよう強い制度を作るのが俺たちの仕事だ。そのくらいはできる」

フェルナンが言う。ルースもゲオルクも、リオと眼が合えば力強く頷いてくる。

リオはまだ事態が飲み込めず、どこかぼんやりとしていた。

ルストはさっきまでの喜色を抑え、ただじっとリオを見つめている。

リオが出す結論を、ひたむきに待っているのだと、リオにも分かった。

（……人間になれる。でも、だからって……俺が王に？　それをして、国のためになるの？）

分からない。考える時間がほしい。悩みの縁に立ち、その深い穴の中に落ちていってしまいそうになったそのとき。

「なにを悩む。契約をすればいい」

ここにはいないはずの声が聞こえて、リオは思わず顔をあげた。

いつの間に、どこから現れたのか。トゥエラドが、長い服の裾を引きずりながら、ウルカが時を止めた人々の間をかいくぐって、リオたちのところへ進んできた。

「トゥエラド……」

リオのすぐ眼の前に彼女が立つと、アランとルースは、なにかを察したように離れていく。

いつしか、リオはトゥエラドと顔を突き合わせて、立っていた。

トゥエラドの美しく可憐な顔からは、怒りや憎しみ、彼女を歪《ゆが》めていた負の感情が、この短いときの間にすっかりと抜け落ちているようだった。それでも隠しきれない疲労が、その瞳の奥に見える。

「……かつての花嫁たちは」

ふと、トゥエラドは静かな声で話し始めた。

「みな、エラドと似ていた。誰もが心優しく、清らかで、どこまでも寛容だった。それゆえに、自ら剣をとり、誰かを傷つけてでも最善を尽くすほどの胆力を持つ者は、いなかった」

遠い時代を思い返してか、トゥエラドが淋《さみ》しげに笑う。

「お前は違うな、リオ」

そうしてリオを見つめると、力強い声で断言してくる。

「ヴィニゼルの城でも、お前は私の幻影を逡巡《しゅんじゅん》なく刺した。……あれはウルカの王だったが、もし私だったなら、お前は私をあの場で殺していただろう」

からかうようなトゥエラドの口調に、リオはなぜか腹が立たなかった。ただ、あのときは必死だったこと、そして言われたとおり、あれが魔女だったなら、あの時点ではまったく迷わずに殺しただろうことを、思い出す。

「……お前は自分が死ぬと分かりながら、王に真名を返した。エラドの事情を知ったときに、ウルカの元へ連れていくために行動した。追ってきた私を殺すこともできたが、お前は——エラドを思う私の心を利用して、私を説得した」

トゥエラドが、にやりと笑う。けれどその笑みはすぐさま、静かに消えていく。

「リオ、お前はいざというときに、私利私欲ではなく、最良な未来のために決断する。——この王と違って」

当てつけのように言い、トゥエラドはルストを見やった。ルストはまったく動じていないが、リオは「私利私欲……」と、思わず呟いてしまう。

ルストがリオに譲位しようとした行為は、たしかに私利私欲とも言えるだろう。もっともそれは、リオがルストに真名を返したことと、そう遠からず思えるけれど。

「……その命、役に立つのなら、役立ててみせろ」

トゥエラドがリオの視線を捉《とら》えて、言った。その一言は重く、けれど強く、リオの心に響いた。

（そうだ。俺はもともと――望んでいた。この国を善くしたい。セスみたいに死んでいく子を、なくしたいって……）

王になればそれができるかもしれないと、一筋の光明が、リオの胸に差し込んでくる。

そしてそれは他の誰でもない、この場にいるどの人よりも憎んできた、魔女からの言葉によってもたらされた光だった。

リオはじっと、トゥエラドを見つめ返す。

三百年をエラドのそばで過ごし、己の信じる未来のために、多くの命を奪ったトゥエラド。それが罪なのはたしかだが、同時にトゥエラドの行動がなければ、今この瞬間は訪れていなかったこともたしかだった。

トゥエラドは、かすかに微笑んだように見えた。美しい唇が、柔らかく緩む。

「……お前は私が作った。だから……きっと戦えるのだな。自分が愛する者のために」

――お母さま。

かつてそう呼んでいたときの記憶が、ほんの一瞬、リオの胸をかすめる。

リオはエラドに近い魂を持っている。けれど、リオの心の中には、エラドにはない激しさも、憎しみも、怒りもある。戦う意志も、正しさのために人を傷つける覚悟もある。

もしかするとそれらの感情と意志は――トゥエラドから受け継いだものかもしれなかった。

トゥエラドはリオからはもう興味をなくしたように顔を背けた。それから、エラドの前へ進み寄ると、跪《ひざまず》くように屈《かが》んだ。

「主神。……リオを王と選んだ暁には、私との契約を解いていただきたく参りました。束《つか》の間《ま》も、最早待てぬと気づきました。私は、普通の女の一生に戻りたく存じます」

リオはその言葉に驚いて、トゥエラドを振り向く。黒い竜は淋しそうに、けれどまるで、その申し出を初めから予想していたかのように、大きな頭をトゥエラドの顔近くまで下ろした。

エラドは自分の頭をそっと、トゥエラドに押しつけた。優しく、撫でるような仕草だった。

『……分かったよ。きみのことを、心から愛してる』

トゥエラドは、それになんと答えたのだろう？

エラドの頭を抱きしめて、なにかを囁いたのは見えたけれど、その声は聞こえなかった。

四百年の歳月をともに生きてきた、一頭の竜と、かつて臆病だった少女だけの、秘密のやりとりなのかもしれなかった。

『結論は出たか？』

ウルカがリオに、声をかけてきた。そのすぐそばで、緊張したような顔で立っているルストと、リオは一瞬眼を合わせた。

そして気がつくと、微笑んでいた。

「はい。……エラドが選んでくださるのなら、王になります」

ルストと一緒に。

そう、リオは答える。その瞬間、ルストの顔にこらえきれぬ喜びが広がり、アランとゲオルクが、歓声をあげる。ルースがフェルナンに抱きつき、フェルナンも笑みを浮かべた。

リオの心臓はとくとくと、鼓動している。

頬が熱くなってくる。なにかの熱狂に取り憑《つ》かれたように、今自分が、どうやって立っているのかさえ分からなくなる。

(俺が、人間になる——)

『それでは、儀式を執り行う。立会人は、多いほどよいだろう——』

ウルカがそう言った瞬間、さわさわと、さやめきのような人の声が聞こえてくる。

いつの間にか広場に集まっていた人々を包んでいた銀の光が消え、市民たちやエミル、騎士や文官たちが、固唾《かたず》を呑んで二柱の竜と、その前に立つ王や『使徒』たちを見守っていた。

静寂はなくなり、声にはならない人々の期待が、熱気となって広場へと戻ってくる。

『フロシフランの人々よ』

不意にウルカが、声を伝えた。

人の魂そのものに語りかけるようなその声に、涙を浮かべる老婦人、頬を紅潮させる子どもの姿が見える。騎士たちは胸に手を当てて礼をとり、文官たちは頭を下げる。

アランたちは弁《わきま》えたもので、ウルカが声をあげた瞬間にリオとルストを前面に残して一歩下がり、その場に跪いて礼をとった。トゥエラドは、いつの間にか姿を消している。

『私はこのたび、半身の竜、エラドを取り戻した。これを機会に、我々は少しずつ、神々の国へ帰る準備を始めるだろう』

ウルカの「帰る」という言葉に、人々は落胆と、失望を浮かべた。

『永遠に去るという意味じゃない。僕たちはこの国と人々を、見守り続ける。あなたたちが、それぞれの力で生きていけるように助けになろう』

けれど続いたエラドの声に、ほっと、安堵の空気が流れていく。

『新しいフロシフランを作るために、新しい王との契約を交わす。私の力はルスト・フロシフラン、そなたの器に宿そう。王国と民草のために』

ルストが恭《うやうや》しく、ウルカの前に跪いた。

『そなたの「使徒」たちは、我が力をともに分け合うがいい』

ウルカはルストに、『使徒』の存在を許した。ルストは「は」と丁重に返事をしたあと、アラン、フェルナン、ルース、そしてゲオルクを振り返る。

四人は頭を下げ、「光栄の至りです」と示し合わせたように返す。

『王の翼、眼、弓、盾。そなたたちを王の「使徒」に認める。鞘《さや》は最早《もはや》いらぬ。私とお前は魂を寄せた者。私が半身の竜で癒《い》えるように、お前も半身の王で癒えるだろう』

半身の王？　集まっている人々の中から、不思議そうな子どもの声がした。

ウルカが言葉を区切り、今度はエラドが話し出す。

『新しいフロシフランのため、僕も新たな王と契約を交わします。これからのフロシフランには、ウルカの王と、エラドの王が立つ。二人の王が、二柱の竜の力を帯びて、国にはさらなる祝福が舞い込む。二人の王はけっして争わず、互いの領分を守り、慈しみ合い、ときには相手を諫め合う。そうすることで、竜の力はより健やかにこの国を巡るようになります』

エラドの言葉を聞いた人々は、ほんの一瞬意味が分からないように黙っていた。けれどエラドが、

『王になる者は、リオ・ヨナターン』

と、名前を呼んだとき。

不意に、誰かが叫んだ。

「『鞘』様だ！　我らの『鞘』様が、王になられると！」

途端に、弾けるように歓声があがる。

喜びがさざ波となって、広場にいる人々の間に伝播《でんぱ》していく。

リオはそこでようやく、かつて魔女の襲来を受けたとき、王都の民すべてを癒やしたことを思い出した。以来、彼らがリオを根強く慕っていることも。

リオは高揚した、信じられないような気持ちのまま、ルストに倣《なら》い、跪いた。

（本当に俺が王に……なるんだ。ちゃんと、務まるのかな……）

ふわふわとした喜びとはべつに、いざとなるとやはり不安が芽吹く。逃げ出したいような気

持ちが、わずかに心の端に湧いてくる。

けれどそんなリオの耳に「大丈夫だ、リオ」と囁く声が聞こえた。すぐそばで同じ姿勢をとっているルストが、ちらりとリオに視線を送った。

「お前は善い王になる」

（ルスト……）

不思議なことに、ルストにそう言われると、本当にできる気がした。ぐっと拳を握りしめる。

自分がやるのは単純なこと。

ただ、この国から薄暗い路地を、そんな路地で死んでいく子どもを、わずかな希望さえ与えられずに生きるしかない人々を、できるだけなくすこと。

最初から最後まで、そのために生きる。ただそれだけだ。

『リオ、きみも使徒を選ぶ権利がある』

そのときエラドに言われて、リオは眼を瞠った。黒い竜は優しい眼で、『好きな人を選んでいい。きみと一緒に、僕の力を分け合う者だ』と促した。

リオの頭に浮かんだのは、たった一人だった。

「エ、エミル・ジェルジ！」

視界の端で、赤毛の少年が眼を見開き、けれどすぐに勇気をこめた表情で、リオのもとへ馳せてくれた。エミルが、リオのやや後ろに跪く。

ごめん、という意味で視線を送ると、エミルは、なにもかも分かってくれているかのように、微笑んでいた。

『すべては揃《そろ》った。では、契約をここに』

ウルカが宣言した瞬間、リオとルストの頭上に、一枚の紙が現れ出た。

魔法だ。紙は銀と黒の光をまといながら、その姿を人々にしっかりと見せつける。集まっていた市民たちは、固唾を呑んで黙り込み、儀式の行方を見つめている。

『立ちなさい。そして、約束を読み上げること』

エラドにそっと促される。

ルストに手を差し伸べられ、リオはそれを取って立ち上がる。

眼の前の契約書を、一緒に読み上げる――。

ウルカとエラド、二柱の神によって作られた契約書には、つい先ほど、ルストがエラドに確認した事項が並べ立てられていた。

さらに、契約を破棄する権利は神の側にあること、二王制が原因で国が乱れれば神々は契約を早期に破棄すること、神々に契約を持ちかけることは禁ずることが書かれていた。

それは、ウルカとエラドに危険が及ぶことはなく、人間たちが節度を保ち、二人の王が互いに尊敬し合いさえすれば、多大な神の恩恵を受けられるという約束だった。

『内容に不服がなければ、印を』

ウルカが厳かに言う。

その場に書くものはなかったが、リオは迷わず胸元から、ガラスのナイフを取り出した。なにも言わなくても、ルストはリオがどうしてそうしたか、分かったらしい。

リオはルストに、美しい緑のナイフを渡す。

ナイフの刃は、死んだセスの瞳にそっくりな色だ。

ルストは指の先を、そのナイフで切った。垂れた血を、契約書に捺《お》す。リオも続いて、同じようにした。

瞬間、契約書は輝きを増し、自ずからするすると巻かれていく。そうしてリオとルスト、二人の手元に落ちてきた。

二人一緒に、一つの紙を掴んで立つ。

『契約は、ここに成った』

ウルカが言い、竜たちが首を下ろしてくる。

ウルカがルストの額に口づけ、エラドがリオの額に口づけた。

リオは額に、温かな熱が点り、それが全身にぶわりと広がるのを感じた。

頭の先から、指の先、隅々まで行き渡るその熱に、心臓の鼓動が強くなる。体が軽く浮き立ち、眼に見えない、とても優しいものに魂が包まれているような。そんなふうに思う。

（……俺、今、人間になったんだ）

不意にそう分かった。

神に、そして人々に。

祝福されながら、今この瞬間、リオは生まれてきたのだと。

胸の奥から、こみ上げてくるものがある。まだそのときではないと思いながらも、こらえきれずに、たった一筋だけ、リオは涙をこぼした。

言葉はなかった。

喜びも、悲しみもなかった。ただ人間になったという事実だけを、リオは噛《か》みしめていた。

リオが与えられた熱は、やがて後ろに控えるエミルにも届く。なぜだかそれが分かる。

そして次の瞬間、美しい虹が、二頭の竜の背後にかかっていた。

成り行きを見守っていた人々から、とどろきのような歓声が湧く。

「新しい王が生まれた！」

「称えよ、ウルカの王とエラドの王、そしてその『使徒』たちを！」

「この国はもっと、もっとよくなるぞ！」

歓声と祝福は渦になり、人々を飲み込んでいく。ルストと一緒にリオが人々を振り返ると、歓喜の声はいや増した。

二柱の竜からは、光の礫《つぶて》と花びらが吹きこぼれる。

春のように温かな風が、広場を中心にそよいでいく。

騎士団長が広場に膝をついて、「ルスト・フロシフラン陛下と、新しき王、リオ・ヨナターン陛下に、忠誠を」とのたまうと、騎士と高位文官たちも、同じように礼をとった。

美しく、歓喜と平和に満ちた光景の中、リオはふと人々の間に佇《たたず》む少女に気づいた。

銀髪にすみれ色の瞳。あえかな微笑みをたたえた口元。トゥエラドだった。風が吹き、彼女の服の裾がひらりと持ち上がる。

リオはそのときたしかに見た。

裾の下にすんなりと伸びる、少女の白い、二本の足を——。

ウルカとエラドが互いを慈しむかのように、首を擦《す》り合わせる。

そうするたびに擦り合わせた竜の鱗の合間から、花びらが溢れ、そよ風に乗って王都中に広がる。

その花びらの色は、竜たちの愛する色、青とすみれ色の花びらだった。

十二　フロシフランと二人の王

フロシフランに、ルストとリオ、二人の王が立ってから三つの月が巡った。

王都には、春が訪れようとしている。

リオはこの日、いつもどおりエミルに支度を手伝ってもらいながら、昨日までの国の情勢についていて、報告を受けていた。

「冬に神々からの祝福があったおかげで、どの土地も今年は実りが豊かになる予兆が報告されているよ。リオが心配してた寒冷地区でも、猟果だけじゃなく、農作物も期待できそうだって」

「大学校の試験再開については、どうなってる？」

「秋には再開できそうだよ。各地の寺院への連絡も八割方終わってる」

「ハーデからの流民も、試験を受けられるようになりそう？」

「そこは陛下、あなたの説得次第でしょう」

着替えるのが面倒な王衣をリオにまとわせながら、エミルは悪戯《いたずら》っぽく笑った。

リオは苦笑し、

「明日の朝議で議題にかけてみよう。ベトジフ様に反対されそうで今から憂鬱だよ……」

と、ため息をついた。

エラドと契約をしてから――リオは、フロシフランの王になった。

王はリオだけではなく、ルストも王のままだ。

二王制という新しい制度に、初めは反発があるかと思ったけれど、竜が祝福する姿をはっきりと目の当たりにした人たちが多かったので、それはなかった。むしろリオのほうがまだ、この状況に慣れていない。

とはいえ仕事は山ほどあって忙しいので、なぜ俺が王に？　などと言っている暇すらなかった。

エミルはリオの『使徒』になり、エラドの神力を使えるようになったけれど、役割としてはもっぱらリオの補佐が中心だ。もっとも、リオにはもう、エミルがいないと食事一つままならない。王としての為政に取り組むリオは、ときに寝食を忘れがちなので、エミルがリオの体調管理をし、仕事でも様々な雑事や連絡係を一手に引き受けて、助けてくれている。

（王様ってこんなに大変だったんだ……セヴェルからの旅の途中で、ユリウス相手に文句をつけたこと……自分が王になったら恥ずかしい）

毎日、リオはそんなふうに思う。

それほどやることが多いうえ、貴族や平民など、様々な立場にある国民たちを気遣わなければならない。

胃が痛くなる日もあるが、やりがいのある仕事も多かった。

リオはルストと話し合い、互いに政治の受け持ち分野をある程度分けた。

リオは国民の福祉と生活全般に関わるもの。それから医療、教育分野を希望して引き受けた。

ルストは他のすべての分野を担っている。ルストの方が仕事量が多いのだが、経験の差か、忙しさはリオと同じくらいに見える。

王衣を身につけると、リオは今日の、昼の会議に向かった。

高位文官たちとの会議で、教育制度について話し合うものだ。指定の部屋に入ると、先に宰相府から来ていたアランとフェルナンがいた。

「陛下」

フェルナンは畏《かしこ》まってそう呼ぶ。リオは「他の人がいないときはリオでいいって言っただろ？」と苦笑した。

アランはそんなフェルナンの肩に腕を乗せ、

「この堅物には無理だって、お嬢ちゃん」

と、他の臣下の眼があるときには絶対に口にしない、からかい混じりのあだ名でリオを呼んでくる。

人数の絞られた話し合いの場なので、長卓にずらりと椅子が並んでいる。リオは一番の上座につき、エミルとアラン、フェルナンがその両脇に座った。文官たちが来るまでの束の間、リオはアランとフェルナンと言葉を交わせることが嬉しかった。

アランやフェルナン、ルースやゲオルクたちも、リオのことを助けてくれている。

リオが『使徒』になりたてのころに、王宮内にあった『使徒』への不信感は、今ではもうなくなっていた。

なにせウルカとエラドが直々に認めた『使徒』なのだ。

戦争のせいで悪くなっていた『使徒』の印象は完全に取り払われた。

『使徒』たちは独自の立場での発言権が与えられ、それぞれが自由に会議へ参加して、文官や宰相たちとも意見を戦わせる存在になった。

アランとフェルナンは相変わらず宰相府に属し、ほぼすべての分野で意見を発する立場。

ルースとゲオルクは武官側なので、ルストが担当する軍事関連の会議への出席が主だが、それでも全体会議の朝議では、リオの提案に真っ先に賛成してくれたり、解決策を探してくれたりする。

ルストの『使徒』四人は、ルストだけではなく、リオの補佐も進んで買ってくれているのだ。

「今度ルースと遠駆けに行くんだって？　ゲオルクが護衛につくって張り切ってたよ」

俺も行きたいな、と続けながら、アランが切り出した。

リオは三の月の末、なんとかもぎ取った休みで、花が見頃だというルースお勧めの場所へ、遠駆けに行く予定だった。それはずっと前に、リオの寿命が決まっていたころからの約束で、リオはその日を楽しみにしていた。

「アラン、お前には宰相府の仕事がある。勝手に抜け出して行かないように」

フェルナンがアランに釘《くぎ》を刺し、「それはこっちの台詞《せりふ》だ」とアランが言い返している。

「知ってるんだからな、お前が度々厨房《ちゅうぼう》で菓子をもらって、リオに差し入れしてるの」

平静な顔をしていたフェルナンの顔が、ぐっと気まずそうに歪んだ。

リオは思わず、笑ってしまう。フェルナンが頻《しき》りとリオに菓子を差し入れるのは本当だが、アランはアランで、隙《すき》あらばリオの執務室を訪れ、短いおしゃべりをしていくのだから、どちらも似たようなものだ。リオとルストの執務室は隣同士なので、立ち寄りやすいというのもあるのだろう。

エミルはアランとフェルナンの言い合いに、「外でやってくださいよ」と呆れ顔だ。

「城のあちこちで、アラン様たちはリオの『使徒』なんじゃないかって言われてるんですよ。まあルース様とゲオルク様も大概ですけど」

ゲオルクは本来ルストの騎士なのに、リオの護衛をすることが多い。

エラドの力を宿して、ルストと同じくらいの神力の持ち主になったものの、まだ魔法は練習中というリオのほうが危なっかしいからだそうだ。ルースもルースで、よくリオの護衛をしてくれる。貴族たちは初めのうちは困惑していたが、最近は、ウルカの『使徒』はエラドの『使徒』でもあるのではないか、と言い始めていた。

けれどアランたちがリオに協力的なおかげで、いい面もある。

二人の王が立っていても、どちらかに勢力が傾く気配がなく、貴族たちは王二人が平等に手を取り合うことを望む雰囲気だった。二王制が争いのもととなれば、ただちに神々が契約を破棄すると、明言したのも大きいだろう。

とにかく王と『使徒』は全員仲良く。

と、貴族たちは願っているらしい。

「まあでも、エミルが言うとおり、ルストのためにも働いてよ」

リオが言うと、フェルナンは「精進します」と堅苦しく言ったが、アランは唇を尖《とが》らせた。

「仕方ないだろ？　ルストだけが、ウルカの魂に近くて、エラドに近いお嬢ちゃんの願いを叶えてやりたくなると思うなよ。俺たちウルカの『使徒』も、エラドの王には与えたくなる性分なんだからさ」

——そうなのだ。

ウルカの神力を宿し、その魂をウルカに近くするルストがリオを愛するのはもう当然のことと、一連の騒動に深く関わった者には受け止められているが、そのルストから神力を分け与えられているアランたち四人の『使徒』も、自然とリオへ好意を抱くらしい。それもやはり、ウルカの神力の副産物のようだ。

「俺なんか前は大変だったんだからな。洗礼の儀を受けたあと。お嬢ちゃんを排除しなきゃいけないのに、絶対傷つけたくない気持ちもあって。それでも国のために自分の気持ちを押し殺してた俺を、評価してほしいね」

「リオ陛下に毒を飲ませた過去を評価しろと言われましてもぉ」

　エミルが嫌味たらしく言い、アランはうっと呻《うめ》いた。

『使徒』として選び終えたあとで、エミルにはこれまであったことのほとんどすべてを、リオから伝えていた。エミルは可愛らしい見た目とは裏腹に、肝の据わった性格だから、ただ受け止めてくれ、理解してくれた。「今まで頑張ったんだね」と言われたときは、リオも思わず泣いてしまった。

「まあでも、アランにはあのときくらい俺に対立的な視野を保ってもらいたいな。もちろんフェルナンにも。公平な人がいないと、政《まつりごと》が乱れるからね」

　リオが言うと、フェルナンはまた「精進します」と答え、アランは「ご褒美《ほうび》がないとやってられないなあ」とうそぶいた。

「ご褒美に、ストリヴロへの視察時期を早めてよ」

「おい、アラン」

「フェルナン、お前もついて来させてやるから、宰相府権限で調整してくれ」

むちゃくちゃなアランの要望に、フェルナンが困りながらも、それもいいかも、という眼をしている。軽くて気兼ねのないやりとりのあとに、文官たちが「すみません陛下、遅れました」と言いながら入ってきたので、話はお開きになる。

エミルとアラン、フェルナンがさっと立ち上がって表情を引き締める。文官たちが揃ったところで、リオもにこやかに立ち上がる。

「みな、席に着いて。明日の朝議で、ハーデからの流民にも大学校の試験を受けさせる旨、議題にかける予定だ。反対の声も多いと思う。まずはみなの意見を聞かせてくれ。この国の未来を担う人材のために、なにができるのか話し合いたい」

声をかけて着席する。

部屋の中には仕事に前向きな文官ばかりが集まっている。彼らは次々と手を挙げ、リオに発言の許可を求めた。

「今日はこれから、あの人のところへ行くんだよね」

会議が終わり、忙しいアランとフェルナン、文官たちが先に部屋を辞した。

最後まで部屋に残っていたリオが立ち上がると、付き添いのエミルが少し心配そうに訊いてくる。

「ついていこうか？」

リオは親友の肩を、安心させようとそっと叩《たた》いた。

「大丈夫。陛下も一緒だから」

エミルと別れて会議の部屋を出ると、リオはルストとの待ち合わせ場所へ急いだ。

北の棟の手前にある小さな庭で、ルストはリオと似たような王衣をまとってリオを待っていた。

「ルスト」

少し小走りになって近づいていくと、ルストが両手を広げてくれる。見ている者もいないので、リオは遠慮なくその胸に抱きついた。

ルストの強い腕がリオをぎゅうと抱きしめ、頭のてっぺんに唇がかすめる。

顔をあげると、ルストは晴れやかな顔で笑っていた。

「会議は無事進んだか？」

「うん、うーん……ベトジフ様が納得しそうな案は出せなかった。みんなかなり前向きに検討してくれたけどね」

リオがため息をつくと、ルストは「そうか。長期戦になるかもな」と頷いて、リオを離した。

「夜、寝る前に時間がとれる。俺にも出た案を話してくれ。なにか解決策が見つかるかもしれない」

リオはそんなルストの申し出が嬉しくて「ありがとう」と囁いた。ルストは微笑んだだけだ。リオが仕事で行き詰まると、ルストはいつでも助言をしてくれる。毎日のように、リオの話を聞いてくれ、答えを見つけられるよう導いてくれることに、リオは心から感謝している。ルストは頼もしい王だ。

リオはエラドとの契約によって、ごく普通の人間の寿命を得た。王の花嫁ではないから、ルストと同じ寿命というわけではない。

だとしても、今までの憂いが晴れたからだろう。ルストは以前のように不安定になることはなくなり、毎日をはつらつと過ごしているように、リオには見えた。

ルストの笑顔から暗い影は消え、王としての仕事も、楽しんでこなしているように見える。リオに対しては限りなく甘いが、それでもリオの政策に対して「それは駄目だ。為政者がすべきことではない」と厳しく諭してくれる部分もちゃんと残っている。

こうやってすべての呪縛《じゅばく》が解けた今、ルストがリオに見せてくれる顔はどれも健やかで、本来のルストはこういう人だったのだと、リオは日々思い知っていた。

北の棟に入り、中を守っている騎士たちに声をかけながら、リオはルストと一緒に地下へ続く階段を下りた。

「リオ、摑まれ」

前を歩くルストが、リオが足を滑らせないようにと手を差し出してくるのに、リオはむくれた。

「俺もいつまでも、そんなに弱くないんだってば。今ではもう、ルストと同じくらい神力があるんだよ？」

リオはこの三巡月で、エミルやアラン、フェルナンなどに習って、魔法操作の力を養っている。治癒《ちゆ》魔法が最も得意なのは変わらないが、他の魔法も少しずつ使えるようになってきたところだ。ルースとの馬術訓練や、ゲオルクとの短剣の授業も続けて、守られるだけではなく、守れるようにだんだん変わってきている。

それでもルストがあまりに甘やかな瞳をしていて、それが可愛く思えてしまい、仕方なくリオは手を取って階段を下りきった。

狭い階段の先には騎士が二名、見張りに立っている。地下とは思えない、美しい装飾扉をルストが開けて入り、リオもそれに続いた。

一見すると、貴族の寝室にしか見えないきれいな部屋。

その部屋の肘掛け椅子に、イネラド・ラダエがもたれかかるようにして、座っていた。

「ラダエ」

リオが扉を閉めると、ルストがそう声をかけた。

かつて有能な右宰相として、王宮内を忙《せわ》しく駆けずり回っていたイネラドは、その美しい顔を気怠《けだる》げにこちらへ向けてくる。

黒い瞳には生気がなく、静かな絶望が、彼女を取り巻いていた。

ルストは静かに長椅子に座り、リオも隣に腰掛けた。二人して、イネラドと向かい合う形だ。

「先日も通達したとおりだ。トゥエラドは、エラドとの契約を切り只人《ただびと》に戻った。セネラドは、『北の塔《セヴェルニ・エシュ》』を維持し、いずれウルカとエラドとの契約が切れるときに備えるため、引き続きウルカとエラドと契約をしている。彼らが一つの竜に戻るとき、契約を破棄し、只人に戻ると意志を確認した」

ルストはまず、イネラドの姉と妹の処遇について話を切り出した。イネラドは興味もなさそうに無反応だが、リオは少しでも彼女の中に変化はないか見逃すまいと、じっと眼を凝らしていた。

ウルカとエラドがラダエの三姉妹と交わした契約について整理すべきかどうか、リオとルスト、それから二人の『使徒』たちの間で協議され、結局はウルカとエラドの意志を汲《く》むことになった。

二頭の竜は、呼びかければいつでも王宮へやってくる。ただし、必ず二頭一緒に。

リオが神々の意志を確認すると、竜たちは意外にも、三姉妹の考えを知りたいと述べた。

トゥエラドは、そもそもエラドがリオを王に選んだ時点で、契約を破棄して、ただの少女に戻った。ルストはこれまで、王家がトゥエラドにしてきた仕打ちと、戦争犯罪を天秤《てんびん》にかけた上で、もはや神力を持たない少女に科す刑罰はないと判断した。トゥエラドはこれまでの素性を隠して市井《しせい》に下り、平民として生きることになった。

セネラドはこれらすべての先行きを、どれほど見ていたのか。

王家から訪ねて行くより前に、便りを送ってくれた。

突然『北の塔』がなくなれば、様々な混乱が生じる。だからリオやルストと同じく、二百年後、はたまた三百年後の、竜たちとの契約切れに備えて、徐々に『時の樹』と『北の塔』の存在を小さくするため、契約続行を選ばせてほしいと望んでいた。

セネラドらしい考え方であり、王家にも、二柱の神にも不服はなかったため、リオはルストと連名で、是とする正式書簡を送った。

そして今日、リオはラダエ三姉妹のうち最後の一人、イネラドに、今後どうするかの確認をとりに、ルストとともに彼女の捕らえられた貴族牢を訪ねたのだった。

「ラダエ様は、ウルカとの契約をどうされたいですか？」

リオはそっと訊いた。右宰相の地位はとっくに剝奪《はくだつ》されているので、ルストと同じく姓で呼ぶことにしていた。

「……契約もなにも」

と、イネラドは疲れたように呟いた。

彼女は簡素な装束を身にまとっており、床についた裾からは、人間の、美しい足の先が見えていた。

「私はとうに、ウルカとの契約を切られています。陛下が神力をお返ししたときに、王家に仕える巫女だった私の契約まで、切れてしまったのですから」

「ウルカには……もう二度とこちらから契約を持ち込めない以上、再契約は難しいだろう。俺としては、別の考えがある」

ルストが言うと、イネラドは嘲《あざけ》るように嗤《わら》った。

「別の考え？　すべての責任をとって死ねと仰《おっしゃ》るのなら、どうぞ火あぶりにでも、絞首刑にでも処してください」

投げやりな返答に、ルストが息をつく。リオはルストに、目配せした。

「ラダエ様……」

そっと、呼びかける。イネラドは、返事もせずにリオをじろりと見るだけだった。

「ずっとお聞きしたかったんです。……どんな気持ちで、これまで過ごされてきたのか」

リオの言葉に、ラダエは冷たく笑った。

「どんな気持ち？　エラドと妹を騙《だま》したことについて、私が激しい罪悪感で苛《さいな》まれていたのかどうかを知りたいの？　ええ、憐《あわ》れだとは思っていたわ。でも今でも言える。私は正しいことをしたとね」

突き放すような言い方だったが、リオは怯《ひる》まずに続けた。

「……あなたは俺に優しかったですよね。王宮に、俺が来たとき、本当は……俺を疎んでらっしゃったのですか？」

「なぜそんな当たり前のことを訊くの？」

イネラドは苛立《いらだ》ったように言ったが、リオはじっと、彼女の眼を見つめていた。

本当の、イネラドの気持ちが聞きたかった。

あんなに憎んでいた魔女でさえ、今はもう怒りの対象ではない。彼女が罪人だとしても、なぜあんな行動をとったのか、その気持ちは理解できるから。

イネラドのやったことも、道義的には許せなくても、為政者としての判断は、誤りだと断ずるのが難しかった。

長い間見つめていると、イネラドは腹を立てたように体を起こし、「疎んでいたかですって？」とリオの質問を繰り返した。

「ええ、なぜ現れたのかと絶望したわ。ハラヤのときでもう……やっと終われたと思っていたのよ。もう花嫁を傷つけなくてすむと……」

イネラドは、椅子についていた拳をきつく結んだ。

「私だって……私だってウルカと契約をしていたのよ。花嫁たちの要求がいかに浅はかでも、叶えてやりたいという本能があったわ！」

イネラドは叫んだ。そうして、座っていた椅子の座面を、悔しそうに叩いた。

リオは突然溢れてきたイネラドの本心に、驚いて眼を瞠った。

「でも私が王と同じように、優しく愚かな願いを聞き入れていたら？　国は滅んだわ。だから私は宰相府の奥で、花嫁たちの要求を取り下げるしかなかった。彼女たちがそれで泣くのを見て、私が苦しまないと？　リオ、あなたを傷つけて、私が辛《つら》くなかったとでも？　私は王と同じように、ウルカと直接契約していたのよ。考えれば分かるでしょう、私がどれほどエラドと……花嫁たちを愛するかなんて！」

言い切ったイネラドは、息を乱していた。額に手をあて、疲れたように長椅子に沈み込む。

「……ラダエ様」

ラダエがどれほどの決意で国を支えてきたのかを思い知り、リオは言葉を失っていた。

ルストは自分の、リオへの愛情を知っているからこそだろう。しばらく沈黙していたが、

「そうか」と囁いた。

「お前がいかに素晴らしい政治家であったか、痛感する」

ウルカの、エラドに対する愛の深さは尋常ではない。

互いに互いがいなければ、完全になれない存在同士。

エラドの魂を身に宿しているリオだって、ウルカの分身であるルストを心から愛しているし

——出会った初めから、イネラドに好意を持ったのも、当然のことだったのだと思う。

イネラドもまた、ウルカの分身だったのだから。

自分の心を傷つけながら、国のために己を律し続けたイネラドは、行いが正しいかどうかは

別として、やはり類い希《まれ》な為政者だったのだとリオは思った。

「……俺たちには、あなたのような人が必要なんです」

気持ちが高じて、ついそんなふうに言ってしまう。

イネラドはリオの言葉に顔を背けたが、ルストは静かに説明した。

「右宰相の地位は用意できない。だが、下位文官の地位なら与えられる。……長年王家に尽くしてきた功と、その政治的手腕を買っている。ただ一人の人間となり、残された寿命で、政務に関わってほしい」

聞いたイネラドが、信じられないものを見るように、ルストを振り返った。

この案は、リオとルストが二人で何度も話し合って、イネラドとの面会の中で提案しようと決めたものだった。

黙っていたイネラドが、やがて呆れたように冷笑を浮かべる。

「陛下。リオ・ヨナターンに説得されたのでしょう？　思ったとおりね。エラドの魂を受けた存在は、ウルカの王を惑わし続ける。なにも変わらない。たとえこの地に神々の加護が戻ったところで、これからはエラドの選んだ王が、ウルカの王に過ちを犯させるだけ」

ルストはそれを聞いた途端、しかめ面になり「ラダエ」と低い声を出した。リオはけれど、正面から否定されても、もう慌てたりしなかった。

「……ラダエ様。あなたによって、大聖堂の地下へ、エラドと一緒に閉じ込められたあの日」

そして三巡月前の、あの目まぐるしい一日を思い出しながら、そう口にした。

ラダエはぴくりと眉を動かし、リオの話の続きを待っている。

「俺は、俺の存在がたしかにルストの行動を誤らせるのだと思いました。だから穴蔵から出る気力もなかった。けれどルストが迎えに来てくれて——気づきました。俺が思うよりずっと、ルストは善い王なのだと」

リオはあの日ルストを信じられなかったことを、ずっと悔いている。

リオのためにトゥエラドを殺すかもしれないと疑ったのは、自分が愚かだったせいだ。

ルストはリオの死を受け入れるのと同時に、リオの望みのすべてを、分かろうとしてくれていた。セスの死後、リオが作りたいと思った国を作るため、善き王になろうと、決意してくれていた。

そのルストの覚悟を、リオは助けられてから初めて、信じることができるようになった。

「俺の望みを、ルストができるだけ叶えたいと思ってくれている。それは事実です」

リオが言うと、イネラドは眉をしかめた。その瞳に、怒りが点る。

「……ですが、だからこそ、答えは一つです」

リオは毅然と、顔をあげた。

王になっての三巡月で、どう生きるべきかを考えて、たどり着いた答え。

それをただ真摯《しんし》に、イネラドに伝える。

「俺が、俺自身が善い人間であり、善い王であること。公平であること。ときには犠牲を惜しまないこと。少なくとも、そうなれるよう努力し続けること。悩み続けること。そうすれば、ルストが過ちを犯すことはない。……これから先、二王制が続く限り、俺はエラドの王に、この考えを引き継いでもらうつもりです」

——リオが善い王であり、善い人間であれば。

ルストに望むことも、きっと善いものになる。リオはただ、ルストの幸せを願っているし、自分が幸せでいることも、大切だと思っている。

リオが不幸になれば、ルストは怒りや憎しみを覚えるからだ。

それがウルカとエラドの魂を受けた人間の残酷な一面だとしても、リオはそのことを憂い嘆くよりも、信じようと決めた。

——この世界には、生きる価値がある。

セスの言った言葉を、死ぬまで胸に抱えて生きようと決めた。

きっと変われる。昨日よりも今日。今日よりも明日。未来を、もっといいものにできる。

生きていく限り、そう信じて進むしかない。

たとえ明日、死ぬのだとしても。

ラダエは表情をなくして、ただ、リオの瞳を覗くように見つめていた。彼女はやがて眼を伏せ、「ずっと、善い王であり続けるなんて……」と囁いた。

「できるはずがない。そんな危ういものを、保証にするなど」

「……でもラダエ様。国は、王家ではないですよ」

リオはそっと、諭した。ラダエが伏せていた眼を上げる。

「王家がなくなっても、国の名前がフロシフランではなくなっても……ここに生きる人が豊かなら、それでいいじゃありませんか。俺は……俺とルストは、二百年先、三百年先。王家も国もなくなっても、人々が生きていけるようにすること。それが目標なんです」

とても壮大で、途方に暮れますが、とリオは笑った。

笑ったリオを見て、イネラドが、瞳を揺らしている。まるで彼女の心の、揺らぎを映し出すように。

「その目標のために、あなたの力を借りたいと思っています。……俺は今、大学校の試験再開を目指してるんですが、ベトジフ様が厄介で……」

苦笑気味に言うと、イネラドは、どこか悲しそうな顔で呟いた。

「あの人は一度持ち上げて、それからこちらの意見を言うのよ。まるでそれがあの人の考えみたいにね。そうすれば、すんなり通るわ」

リオはその言葉が嬉しくて、微笑んだ。「やってみます」と言うと、イネラドはため息をついて椅子にもたれ、ふいと顔を背けた。

「……下位文官ね。そんな地位じゃ、瞬く間に出世してしまうわ。……でも書類仕事はいいわね。陛下が私を宰相職になんて引きずり出さなかったら、下位文官に紛れて、一生大好きな計算書を作れたのに……」

イネラドは小声でぼやいたけれど、リオのことも、ルストのことももう、見なかった。

部屋を出ていってほしそうな彼女に、リオはルストと顔を見合わせ、立ち上がった。

「また答えを聞きにきます」

リオはそう、声をかけた。

次にこの牢を訪れるとき、彼女は決断してくれるだろう。その決断が最良のものであることを、リオは心密かに祈った。

部屋を出ようとしたとき、「ねえ」と静かに、独り言のようにイネラドが声を出したので、リオは振り向いた。

イネラドは相変わらず顔を背けたままだったが、小さな声で続けた。

「私は……国は、王家だと思っていたわ。王家に仕える巫女だったから。……そうではなかったのかも、しれないわね」

リオは返事をしようか迷ったが、気の抜けたようなイネラドの横顔からは、なにも求められていない気がした。

だからただ、頭を一度だけ下げて、部屋を退出した。すぐそばで待ってくれていた、ルストと一緒に。

「これでとりあえず、ラダエの三姉妹の問題も解決しそうだな」

その晩、湯浴みを終えて寝室へ戻ると、ローブを着たルストが、ワインを注ぎながらそう話しかけてきた。

リオとルストは、同じ寝室を使っている。一応それぞれの寝室もあるけれど、よほどのことがない限り、夜は一緒に過ごすことにしていた。

二王制は今代の王が、次代の王を指名する制度だ。

かつ、ハラヤが殺してしまってから、『鞘』はエラドの魂を宿していなかったから、王が『鞘』に溺《おぼ》れることはなかったが、これからはウルカの王のそばに、常にエラドの王がいる。

お互いに他の相手を愛したり、求めることは難しいだろうと考えて、リオとルストの代では、王は結婚をしないことを宣言した。

貴族の娘たちは落胆し、我が娘を王妃にと考えていた者たちは失望したようだが、それならば次は『使徒』に輿《こし》入れだと、仕切り直しているらしい。エミルのところにも知らないご令嬢から手紙が届くようで、リオの親友は辟易《へきえき》していた。

二王制になったり、王が結婚をしなかったり、というある種乱暴な改革も、王都に住まう貴族と国民が、二頭の竜が契約を交わすところを見たという事実と、フロシフランのあまねく土地に、ウルカとエラドが祝福を与えて回ったことが功を奏して、大きな反発もなく受け入れられている。

そうしてリオは、夜の間だけ、ルスト一人の王になり、ルストもまた夜の間だけは、リオ一人の王になるのだった。

「ラダエ様が下位文官の話、受けてくださるといいな。姿を変える魔法具も用意したし、あの人なら、すぐに出世して、厄介な議員たちを手玉にとってくれそうだよね」

リオはルストとそろいの寝間着を着て、ルストが座る長椅子の、隣に腰掛けた。

ワインの入った杯を渡されて、一口飲む。ほんのりと広がる酸味と甘み。

「セヴェルのワインだね」

言うと、ルストは甘やかに笑った。

「大学校の試験が再開すれば、ヤンとニレは絶対受けるって。昨日もらった手紙に書いてあった」

リオは最近、字を覚えたセヴェルの寺院の子どもたちと手紙を交わしている。忙しい政務のさなか、子どもたちや導師から届く手紙で知る故郷、セヴェルの様子は、リオの心を癒やしてくれた。

リオがエラドに選ばれて王になった話は、遠い故郷にも届いていて、寺院は、「エラドの王の育った場所」として各地からの巡礼客でいつもいっぱいらしい。こちらはリーシャの手紙に書いてあった。リオもなるべくこまめに返事を出している。

セヴェルへの思いにひたって微笑んでいると、リオのほうを向いて長椅子の背に凭《もた》れているルストが、「妬《や》けるな」と囁いてくる。

「なにが?」

びっくりして訊くと、「俺より、お前を喜ばせるものがあることが」とルストは言うが、その口の端はからかいまじりに笑っていて、瞳には甘く、溶けるような情が浮かんでいた。

毎晩見ている顔なのに、リオは胸がどきどきと、ときめくのを感じた。

杯を卓に片して、リオはルストの胸に、顔を埋めた。ルストも、リオを抱き寄せてくれる。

ルストの手が寝間着の合わせ目からリオの肌を滑り、撫でさする。

胸の突起に触れられて「あ……」と声を出すのと同時に、まるでさらわれるように抱き上げられて、リオは大きな寝台へと仰向けに放られた。

柔らかな寝具のおかげで、投げられる痛みはなく、布の波の中に沈んでいるうちに、ルストが覆い被さってくる。

どちらからともなく笑いながら、口づけを重ねる。

やがてゆっくりと、ルストの舌がリオの口腔内を、撫でるように舐めてくる。大きな両手は器用にリオの寝間着を脱がし、優しく丁寧な愛撫《あいぶ》で、全身を愛《め》でられる。

「ん、ふ……」

甘い愉悦を感じながら、リオは快感に震える指先で、ルストの寝間着をはだけさせた。互いに一糸まとわぬ姿になってから、肌と肌を密着させるように抱きつくと、ルストは硬くなった性器でリオのそれをえぐるように動いた。

「あっ……ああ……っ」

ルストの性器よりも小ぶりなそれが、刺激されて震える。甘やかな刺激につま先までぴんと張って震えているリオは、胸元を舐められて、さらに感じた。

「あー……っ、駄目、ルスト……乳首、触られると……」

「尻の中が感じるか？」

低い声で囁かれ、ぶるりとリオは震えた。

この三巡月、ルストにはほとんど毎日のように抱かれている。義務感からでも、必要に迫られているからでもない、ただ愛し合う恋人同士としての睦《むつ》み合いは甘ったるく、ただでさえ感じやすかったリオの体はすっかりルストの色に染められてしまった。

乳首を弄《いじ》られると、下腹部が熱くなり、後孔がきゅうと締まる。

そのことが恥ずかしくて、リオは顔が赤くなるのを感じた。

「言わないで……あっ、あん！」

乳首を吸いながら、ルストが既に濡れてぐっしょりとしたリオの後孔に指を差し入れてくる。中の感じやすい場所を撫でられて、リオは一際甲高く鳴いた。

毎日のように交わっているから、リオの後ろはすぐに柔らかくなる。指は瞬く間に三本に増やされ、性器の抽送《ちゅうそう》と同じ速さで抜き差しされると、奥が物足りなくなってきて、リオは細い腰を揺らした。

「あっ、あっ、ルスト、ルスト……！　も、もう、入れ」

入れて、と消え入りそうな声で言うと、ルストがふっと小さく笑った。眼を見合わせると、ルストは楽しそうに、そしてリオのことが愛しくてたまらないという顔をしていた。

「仰《おお》せとあらば。俺の王よ」

リオはあっという間に抱き上げられて、寝台の上にあぐらをかいて座したルストの股の上へ、落とされた。

「あっ、あああ……っ」

ほしかった刺激と官能が、ぞくぞくと体の奥を満たす。ルストの大きな性器に、腹の最奥まで貫かれ、リオは丸い尻をぐらぐらと揺らして、達していた。白濁がルストの腹を汚す。それすらも愛しそうに、ルストはリオの体を強く抱きしめると、上下に揺さぶった。

「あっ、あん、あ……っ、あー……っ」

達したばかりの体に容赦なく与えられる快感に、リオの脳髄が溶けてしまいそうになる。下半身の感覚はもうとろけていて、ルストが動くたびに愉悦で全身が粟立《あわだ》った。

「俺の王、リオ……愛してる」

ルストがリオの耳元に、口づけながら囁いてくる。リオは快感に溶けながらも、必死でルストを抱きしめ返した。大きな体に腕を回すと、しなやかな筋肉と、雄々しい躍動を感じた。

「ルスト、俺も、あ、愛してる……っ」

俺の王様、と、リオは呟く。

「ずっと、ずっと……こうして、いようね」

ルストの瞳を覗き込んで言う。その青い眼には、悦楽にとろけながらも、心から懇願しているリオの顔が映っていた。ルストはうっとりと微笑み、「ああ」と頷いた。

「永遠に……リオ」

ルストの動きが速くなる。リオはその体に足を絡めた。全身が溶け合うように。二人で一つになれるように。

ルストの熱い飛沫《しぶき》を奥に感じるそのときまで、少しでも二人の体の境界線が分からなくなるように、強く強く、ルストの体にしがみつく。

「出すぞ、リオ。お前の中に……っ」

「うん……っ、うん、来て……っ」

苦しそうなルストの声音に、全身で答える。やがてリオの中にルストの精が注ぎ込まれると、リオは深い悦楽に全身が痺《しび》れるのを感じ、出さないまま果てていた。

休みの前夜以外は、二人の睦み合いは一晩につき二度までとなんとなく決まっていた。ルストがリオの体を軽く拭《ふ》いてくれ、水を飲ませてくれる。

もう一回してもいいけれど、すぐに再開せずに、少しの間二人で寄り添いながら他愛ない会話をするのが、習慣になっていた。

リオは寝台でルストに後ろから抱き込まれながら、明日の会議のことや、優秀な文官のことなど、今日あったことを話す。ルストは大抵聞き役だけれど、たまにその日あった事件を話してくれて、そんなときリオはたまらなく楽しいと感じる。

「エミルがね、ご令嬢から逃げ回ってて」

「ジェルジは今、この国の貴族の娘の間では、最も結婚したい男らしいからな」

そうなのっ？　とリオは思わず大きな声を出してしまい、それからルストと顔を見合わせてくすくすと笑ってしまう。

「アランやフェルナンより人気なんだね」

「あいつらはお前に夢中じゃないか」

ルストが拗《す》ねたように唇を尖《とが》らせたので、リオはそれが可愛くて、思わずルストの頭を撫でてしまった。リオに撫でられると、ルストはすぐに表情を柔らかくする。素直な大型犬のような反応に、愛しさを感じる。

心の中が温かく、それがあまりに奇跡に思えて、リオはぽつりと呟いた。

「……不思議だね。まだ少し信じられないんだ」

「なにが？」

「ルストと、なんの憂いもなく……こうして一緒にいられることが」

幸せだった。幸せだから、ついそんなふうに言ってしまう。

実際には、リオに憂いがないわけではない。

王としてのこれからは不安でいっぱいだ。問題は山積みで、フロシフランという国を作り直す道筋も、まだまだこれから考えなければならない。

二百年後か三百年後か、いつかはこの国から竜の加護が消える。

そのときにも強く生きていけるよう、根本から国を鍛えなければならないし、人々の意識も変える必要がある。

それはリオとルストの代だけでは成しえない大仕事で、次世代の王の選出も、これから見据えていかねばならない。

そして、リオの寿命はたしかに延びたけれど、はっきりとした期限がなくなったというだけで、人間には結局死があり、寿命は期限つきだ。明日死ぬかもしれないことは、寿命が延びた今でも変わらない。

だとしても出会ってから今までの中で、今日この瞬間が一番、安心して、幸せな気持ちで、ルストに抱かれていると感じる。

きっと明日はもっと、明後日ももっと、今が一番幸せだと思える気がする。

ただただ、生きていることが嬉しい。

生きていることを噛みしめると、ただ嬉しさが、喜びが、幸せがリオの胸に広がる。

だからこそどんな時間も、素直に、真っ直ぐに、命の喜びを感じて生きていたい。

「明日死ぬように生きようと思うんだ」

リオはそう呟いた。

「どんなことも、できるだけ精一杯向き合っていけば、もう今日死んでもいいと思えるかもしれないから」

「そうだな。……俺もそうしよう」

ルストは小さく笑って、リオの髪の毛に口づけた。

「リオ。……俺は王でよかった。お前に、出会えたから」

顔を上げると、ルストの唇はリオの瞼《まぶた》に、鼻先に、そして唇にも降ってくる。リオはくすくすと笑いながら、自分も伸び上がって、同じ場所に同じだけ、ルストに口づけた。

リオは時々自分たちが、二柱の竜の神そのものになったような気になる。

互いに寄り添えば、それだけですべての傷が癒え、幸福に満ち足りる、あの竜たちと同じようなものに。

リオは、だからそっと、ルストにだけ聞こえる声で囁いた。

「俺も」

「俺も、生まれてきてよかった。……ルストと、一つになれるから」

きっと死ぬまで、こうして生きていくだろう。リオはそう思った。

王としてルストと助け合い、国を作り、夜にはルストと寄り添って、剝《む》き出しの魂を交わらせるように過ごす。

そのリオの傍らには、エミルやアランやフェルナン、ルースやゲオルク、それだけではない、多くの人たちがいて、助けてくれる。

たくさんの命が、星のようにリオの内側で輝き、リオの命も同じように輝いている。死んでしまったユリヤとセスの命もまた――リオの中で、最期の時までずっと、燃え続けるだろう。

だから死を、生を、もう忌《い》むことはない。恐れることもない。

リオの命の価値は、触れあう人々の中で輝くだろうから。

九の月に始まったリオの旅は、三の月、雪解けを迎えるころだった。

淋しい秋と、苦しい冬を越えて、春がやってこようとしている。

王国のあちこちで美しい花が咲き始め、温かな土に芽が吹き、冬眠から目覚めた動物たちが森へ下りてくるだろう。

眼を閉じると、リオにはフロシフラン国土の、強く、豊かな胎動が聞こえる気がした。

「リオ、寝るな。もう一回いいだろう？　夜はこれからだぞ」

優しく揺すられて、リオは笑いながら眼を開けた。

ルストは満ち足りた表情で、同じように笑って、リオの唇に、唇を重ねてくる。

触れたところから溶け合うような口づけに酔いしれながら、リオはルストの首に腕を回した。

これから二人で、一つに溶け合うことを夢見ながら。

生きているからこそ味わえる、悦びに身を委ねた。

のちの時代、歴史学者たちはフロシフラン王国史に突如として現れる、二王制という制度と、それを取り入れた二人の王、ルスト・フロシフランとリオ・ヨナターンについて、激しい議論を繰り返すことになる。

竜の加護などという神話じみた話を信じる者はいない。

争いのもとにしかならない二人の王という体制を、一体どのようにしてルストとリオが作り上げ、維持し、そののち二百年余りもその王制をつつがなく続けられたのか。

すべての王たちが権力に溺れなかったとは考えがたい。

けれど史実に残っているのは、二王制を採ったフロシフランが、その制度を王家自ら解体するまでの二百年余りの間、争うことなく、平和に発展させたという記述ばかりだ。

そして疑わしいことに、どの王たちも、互いをよく支え、愛し合っていたという。

かつて存在した『北の塔』という学術機関の残した記録について、偽造だろうと言う研究者は少なくない。

一方で、現代の文化的価値観とは違う考えが、古い時代にはあったのだろうとする者も多い。

いずれにせよ、二人の王が同時に存在しながら、ただの一度も対立が起こらず、豊かな国として栄え、今も一地方に名を残す幻の国のことを、誰もがこう称える。

——フロシフラン。奇跡の国と。

あとがき

こんにちは、樋口美沙緒《ひぐちみさお》です。さすがに続き物の四巻目ではじめまして、の猛者はいないと思いますのではじめましては省きます（笑）。

というわけで『王を統べる運命の子』最終巻です！　わーっパチパチ（自前拍手）！

感慨深いですね……このお話を思いついたのがおよそ六年前。書き始めたのが２０１８年。最初の一巻と二巻は特に苦労しました。書けなくなり、弾丸で取材旅行に行ったりもしました。とにかくリオの旅路を予定どおり終わらせられて、ほっとしています。リオの旅は、このお話が終わってからも続くんでしょうけれど。

最後なので、私らしくないですが、各キャラについてちょっと語ります。

セス、ユリヤ。二人のことは、きっとリオが語り継ぎ、いずれは童話の中で生きるでしょう。

エミル、貴族令嬢が結婚したい男ナンバーワン。リオの右腕として頼もしく活躍。他の『使徒』たちを尻に敷きそうです。

ゲオルク、これからも変わらずあのまま。たぶん騎士団長になる。ルース、エミルの次にモテ男。リオと月一で乗馬デートするのでルストに若干疎まれるかも。

フェルナン、実は作中、一番悩んでいた人かもしれません。国の中枢をしっかりと回しながら、リオの好物を見つけるのが趣味になりそう。アラン、なんだかんだこの人がいないと、リオを甘やかすやつらばかりなので超貴重な存在。

ルストはやっと前を向けて、十七歳のころのような爽《さわ》やかさを取り戻すでしょう。

そしてリオには、お疲れ様と言いたいところですが。これから先は王様として、悩みながらも一生を幸せに暮らしていくと思います。時々はセヴェルにお忍びで帰って、寺院の子どもたちと一緒に寝る日もあるといいな。

ラダエの三姉妹や導師様たちにも言いたいことはありますが、ずっと話し続けてしまうからやめておきます。その後の番外編が、『小説Ｃｈａｒａ』の五月発売号に載る予定なので、よかったらそちらもぜひご購入のうえ、お読みくだされば嬉しいです。

ここまでずっと伴走してくださった担当さん。折れそうになっても、信じてくださったので書けました。本当にありがとうございます！

そして素晴らしい挿絵をつけてくださり、イメージに翼を与えてくださった麻々原《ままはら》絵里依《えりい》先生。先生の絵を見返しては、その美しさにため息をつきながら書いていました。投稿時代から先生が挿絵を担当されている小説を読んでいたので、ご一緒できて本当に嬉しかったです！

ありがとうございました。

最後まで読んでくださった読者のみなさんも。リオの旅を支えてくださり、心から感謝しています。ありがとうございます。またいつか、どこかでお会いしましょう。

樋口美沙緒

この本を読んでのご意見、ご感想を編集部までお寄せください。

《あて先》〒141－8202　東京都品川区上大崎3－1－1　徳間書店　キャラ編集部気付
「王を統べる運命の子④」係

【読者アンケートフォーム】
QRコードより作品の感想・アンケートをお送り頂けます。
Chara公式サイト http://www.chara-info.net/

■初出一覧

王を統べる運命の子④……書き下ろし

王を統べる運命の子④

【キャラ文庫】

2023年3月31日　初刷

著　者　樋口美沙緒
発行者　松下俊也
発行所　株式会社徳間書店
〒141-8202　東京都品川区上大崎3-1-1
電話　049-293-5521（販売部）
　　　03-5403-4348（編集部）
振替　00140-0-44392

印刷・製本　図書印刷株式会社
カバー・口絵　近代美術株式会社
デザイン　カナイデザイン室

ISBN978-4-19-901095-8

樋口美沙緒の本

好評発売中

「王を統べる運命の子」全4巻

イラスト✦麻々原絵里依

戦禍の残る貧しい国境の街に、王都から遣いがやってきた⁉　国王を守護する「七使徒」選定のためらしい。白羽の矢が立ったのは、三年前の記憶を失くした孤児のリオ。仕事もろくに貰えず、その日暮らしの俺がなぜ⁉　呆然とするリオは、黒衣の魔術師ユリウスと、王都を目指す旅に出るが…⁉　色褪せた辺境から、鮮やかな大海へ——激変する運命と恋に翻弄されるドラマチック・ファンタジー開幕‼

樋口美沙緒の本

好評発売中

「パブリックスクールーロンドンの蜜月ー」

シリーズ1〜4 以下続刊

イラスト✦yoco

イラスト◆yoco
樋口美沙緒
パブリックスクール
ロンドンの蜜月
Misao Higuchi Presents
Public School
12年間待ち続けた。おまえを愛するのに
もう我慢なんかしたくない──。
キャラ文庫

二年間の遠距離恋愛が終わり、ついに恋人の待つイギリスへ──。名門貴族の御曹司で巨大海運会社CEOのエドと暮らし始めた礼《れい》。まずは自分の仕事を探そうと、美術系の面接を受けるものの、結果は全て不採用!! 日本での経験が全く役に立たない厳しい現実に向き合うことに…!? エドの名前には頼りたくない、けれど恋人の家名と影響力は大きすぎる──甘い蜜月と挫折が交錯する同居編!!

樋口美沙緒の本

好評発売中

「パブリックスクールーツバメと殉教者ー」

シリーズ1〜2 以下続刊

イラスト✦yoco

由緒ある伯爵家の長男で、名門全寮制パブリックスクールの監督生《プリフェクト》──。なのに、制服は着崩し、点呼や当番はサボってばかりのスタン。同学年の監督生・桂人《けいと》は、密かにスタンを敬遠していた。卒業まで、極力目立たず、無害な空気の存在でいたい──。ところがある日、桂人はスタンの情事を目撃!! 見られても悪びれない態度に、苛立つ桂人は優等生の仮面を剥がされてしまう。さらに、二人一組の当番で、スタンのお目付け役を任されて!?

樋口美沙緒の本

好評発売中

「キャラ文庫アンソロジーI 琥珀」

カバーイラスト✦円陣闇丸

「パブリックスクール」番外編『コペンハーゲンから愛をこめて』時を経ても今なお甘く疼く、礼への想い——ギル視点で描く、秘められた片恋の軌跡!!

■「DEADLOCK」英田サキ（イラスト／高階 佑）■「守護者がめざめる逢魔が時」神奈木智（イラスト／みずかねりょう）■「毎日晴天!」菅野 彰（イラスト／二宮悦巳）■「パブリックスクール」樋口美沙緒（イラスト／yoco）■「FLESH & BLOOD」松岡なつき（イラスト／彩）　計5作品を収録。

樋口美沙緒の本

好評発売中

［キャラ文庫アンソロジーIII 瑠璃］

カバーイラスト✦円陣闇丸

「パブリックスクール」番外編『画廊オーナーの気懸かりな案件』（イラスト/yoco）恋人が笑顔で働く小さな画廊——オーナーにとって、そこは忌々しい面々が集う敵地だった!?

■「DEADLOCK」英田サキ（イラスト/高階 佑）■「初恋をやりなおすにあたって」尾上与一（イラスト/木下けい子）■「パブリックスクール」樋口美沙緒（イラスト/yoco）■「FLESH＆BLOOD」松岡なつき（イラスト/彩）■「悪食」宮緒 葵（イラスト/みずかねりょう）■「式神の名は、鬼」夜光 花（イラスト/笠井あゆみ）　計6作品を収録。